寺尾善雄訳

後三國演義

秀英書房

まえがき

本書の正式名称を『後三国石珠演義』という通り、その内容は、西晋の中、末期（四世紀初め）に兵を起こした石珠（後趙の石勒《ろく》の養母に比定される）と、劉弘祖（後漢の劉淵に比定される）を中心とする物語で、二人が協力して西晋を破る話になっている。

だが、もとより小説であって事実ではない。物語中には多くの実在の人物、たとえば西晋の恵帝、懐帝、愍《びん》帝、東晋の元帝、賈《か》皇后、斉王冏《けい》、河間王顒《ぐう》、東海王越、陶侃《かん》、卞壺《べんこ》、桓彝《かんい》、温嶠《おんきょう》らが登場するが、いずれも、いわば〝狂言廻し〟の役目を果たしているに過ぎず、したがって歴史上の実際とは大きく違っている。しかし、こうした実在の人物を、うまく登場させた上、歴史的事実をも適宜に挿入、点綴して、いかにもレアリティのあるように物語を展開させたところに、原著者のなみなみならぬ手腕がうかがわれる。

本書の内容は、お読みいただければ判るのだが、では、そのころの実際の歴史はどうであったのかご参考までに以下、述べてみよう。

三国鼎立時代、最後まで残って天下を統一したのは魏だが、その魏は、諸葛孔明と戦って名高い司馬仲達の孫の司馬炎に国を奪われてしまい、司馬炎は国号を晋（西晋）と称して洛陽に都した（二六五)。これが西晋の武帝である。

ところが二代目の恵帝は暗愚であったため、皇后の賈氏の力が次第に強くなり、実質的には賈皇后が政権を専らにしたので、宗室諸王や朝臣の間に賈后排斥の動きが起こった。そして元康九年（二九九)、趙王倫は斉王冏《けい》と語らってクーデターを起こし、賈后を殺した上、恵帝に迫って位をゆずらせて自ら帝位についた。

だが、趙王倫は凡庸であったため朝政は乱れ、こんどは斉王冏が河間王顒《ぐう》、成都王穎《えい》を仲間にひき入れて兵を起こし、趙王倫を殺して恵帝の位を復した（三〇一）。

このように、晋室の諸王が内紛の立役者になっているのが、一連の事件の特徴であり、世に〝八王の乱〟と称される所以《ゆえん》である。

こうした諸王の権力争いは、なおも続き、光熙《こうき》元年（三〇六）に至って東海王越は、長安の河間王顒のもとにいた恵帝を奉じて洛陽に帰ったが、恵帝は帰京後、間もなく麺を食べて中毒で急死した。実は東海王越の手にかかって毒殺されたのである(この事実は、本物語にうまく採り入れられている)。代わって第三代の天子になったのは恵帝の弟の懐帝だが、以上のような事件による晋室の衰運に乗じて、いわゆる〝五胡〟と呼ばれる西北異民族の跳梁が甚だしくなり、その兵馬の中原蹂躙によって西晋は遂に滅亡するのである。

五胡のうちで、西晋の命運に対して直接的な脅威となったのは、山西に起こった匈奴左部の酋長劉《りゅう》淵《えん》（本書では劉弘祖）で、永興元年（三〇四）には自立して漢王を称し、ついで永嘉二年（三〇八）には平陽に都を定めて漢帝と自称した。その部下として活躍したのが石勒《せきろく》（本書では趙王石珠の養子）である。

劉淵の死後、子の劉聡が位をつぎ、永嘉五年（三一一）、石勒は東海王越らの晋軍を殲滅し、劉曜の率いる一隊は晋都洛陽を攻めおとして、懐帝を捕虜とし、市街を焼き払って暴行殺戮の限りをつくした。

捕えられた懐帝は漢都平陽（本書では晋陽）に送られ、二年間、屈辱に満ちた虜囚生活を送ったのち、永嘉七年（三一三）劉聡に殺された。これを〝永嘉の乱〟という。

これより先の永嘉五年に洛陽が陥落したとき、わずか十二歳の司馬鄴《ぎょう》（武帝の孫）が擁立されて皇太子となり、長安に難を避けたが、懐帝の死を聞いて帝位についた。これが西晋最後の愍帝である。だが、それから間もない建興四年（三一六）には劉曜の率いる匈奴軍が長安に殺到して殺戮暴行の末、愍帝を捕えて平陽へ送り、やがて殺した。こうして西晋は滅び、黄河流域の中原は全く五胡という異民族の手中に帰し、いわゆる五胡十六国の乱立興亡時代を迎えるのである。

一方、江南の地においては、西晋宗室の一人である琅琊王の司馬睿《えい》（本書でも同名）が江南豪族に擁立されて建康（かつての呉の都、今の南京）に東晋の国を建てて初代の元帝となる。

その東晋の元帝の大興元年（三一八）、漢の劉聡は死に、太子の粲《さん》が位についたが、間もなく大将軍の靳《きん》準に殺されたため、石勒も五万の兵を率いて準を討った。そのころ長安にいた漢の相国の劉曜は自立して皇帝を称し、石勒を趙公に封じた。その翌年、靳準は部下に殺されたが、劉曜と石勒は不仲となった。

劉曜は長安に帰って趙を建て、石勒もまた後趙を建てたので、両者の不仲は決定的となったが、のち石勒は劉曜を破って殺し、皇帝になるのだが、ここまで来ると本書とは関係ないので省略する。

こうした史実をふまえた上で本書を読むと、事実と虚構（物語）の部分がよく判って、興味はさらに倍加するであろう。

文中には、他の小説の影響がかなり看取できる。たとえば、主人公の石珠が石壁から誕生したり、通天河で水妖と戦ったりするのは『西遊記』に、また英雄豪傑の集まり方、合戦における方術の使用については『水滸伝』に、さらに戦いの描写については『三国志演義』に、それぞれ表現上の範をとっている。また、劉弘祖が出生前、カラスに守られたことは、のちに烏姓の女―夢月と偕老の契りを結ぶに至る伏線であろうし、石珠が石壁から生まれたことも、実在の石勒の養母として石姓を名乗らせるための舞台装置といえる。

原本には「庚申孟夏澹園主人序」「梅渓遇安氏著」とあるだけで、原著者は不明である。刊行年についても、この庚申が清の乾隆五年（一七四〇）、嘉慶五年（一八〇〇）、咸豊十年（一八六〇）のどれか不明だが、乾隆五年説が有力のようである。

訳文については、中国講談本特有の冗漫さ、日本人にはなじめない詩、装飾的描写を出来るだけ簡略化あるいは削除するとともに、理解を助けるため若干の筆を加えるなどして、平易かつ判りやすい文章にしたつもりである。したがって、本書は、原文そのままではないことを、ここにおことわりしておく。

〃中国講談後シリーズ〃の第三作として『後西遊記』『水滸後伝』に続いて、本書を訳出刊行できたのは、一に秀英書房の森道男社長のおかげである。末筆ながら特記して、深甚なる謝意を表したい。

庚申雨水の日

訳者しるす

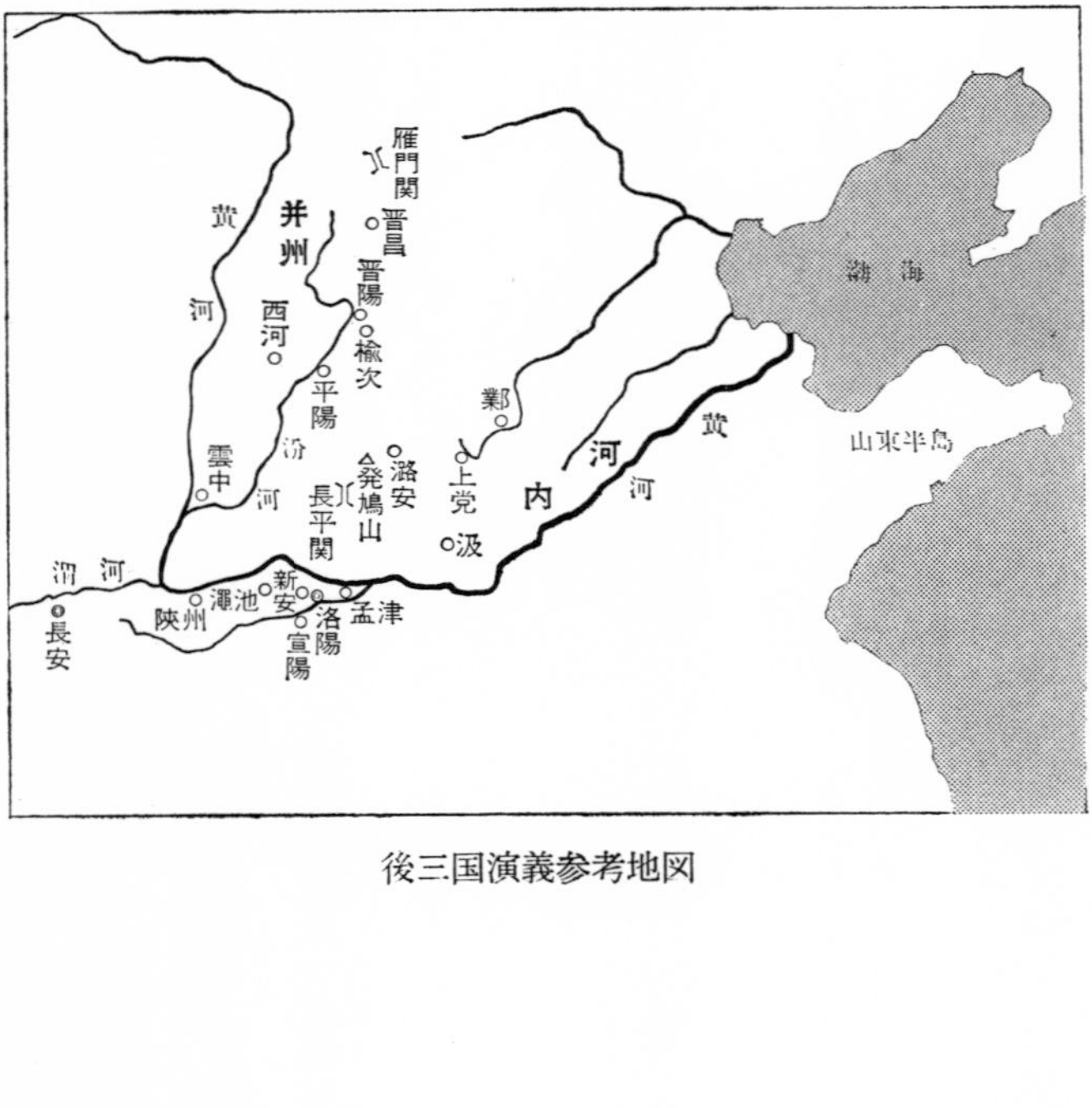
雁門関
并州
晋昌
黄河
晋陽
西河
楡次
平陽
汾河
雲中
潞安
発鳩山
長平関
鄴
上党
汲
河内
黄河
渤海
山東半島
渭河
長安
陝州
澠池
新安
洛陽
宜陽
孟津

後三国演義参考地図

後三国演義

目次

三国鼎立時代が魏によって終止符が打たれ、ついで司馬氏の建てた西晋の武帝の太康年間、山西の発鳩山中の石壁が割れて一人の女の子が生まれた。本書の主人公の石珠である。石珠は呉道士の教示によって修練を積み、やがて侯有方の助けを受けて、発鳩山にまず城郭を築き、桐凌霄を味方に加えて募兵の準備に乗り出す。やがて立昇る紫の気にひかれて旅立ち、稽有光と相識る。

演武を終えた劉弘祖軍は、洛陽めざして進撃を開始した。一方、敗北した司馬勤は洛陽に逃げもどり、危うく死罪になるところ夫人らの賄賂によって助かる。洛陽では実力者の成都王が殺され、河間王が権勢を専らにしたが、それを伐って代わった東海王は恵帝を弑して懐帝を立てる。懐帝は劉輿と王弥に出撃を命じたが途中で劉輿は陣没、王弥は弘祖軍に対して守勢一手に出る。

やがて攻勢に転じた王弥が、奇計を用いて輸送中の弘祖軍の粮秣を奪えば、有方は取っておきの水攻めの計で王弥軍を徹底的に撃破する。王弥は身をもってのがれ、蒲公亮という武将とめぐり合って部下にする。一方、弘祖は近くの山中で不思議な廟に参詣して暗示を得た。王弥は蒲公亮の進言により陣立てをするが、二回とも弘祖に見破られたので、奥の手の陣形を作り上げる。

後三国演義

一　石珠、発鳩山の石壁から生まれ、侯有方らの同志を得る

三国志に登場する蜀の英雄たち――張飛《ちょうひ》がまず部下の裏切りによって寝首を掻かれて命をおとし、次いで関羽が魏の曹操に捕えられて首を打たれ、それを怒った劉備（蜀漢の昭烈帝）が無理な戦いを仕掛けたものの、敗れて死に、残された諸葛孔明《しょかつこうめい》が魏都を指呼の間に望む五丈原頭に兵を進めはしたが、過労と病気のために陣没して蜀軍が兵を返して以来、蜀の国運は日々に非となり、無能暗愚の後主劉禅が遂に魏に降って蜀が滅亡したのは、建国してから四十五年目、西暦二六四年のことである。曹操《そうそう》の建てた魏は、やがて孔明の好敵手であった司馬懿《い》（仲達）の子孫に乗っとられ、ここに司馬氏による晋（西晋）が生まれ、太康元年には呉を伐って天下を統一した。司馬炎《しばえん》はここに晋の武帝として四百余州に君臨するに至ったわけだが、この物語は、その武帝の太康年間（二八〇～二八九）のことである。

潞安《ろあん》州（山西省）に発鳩山という山がある。奇峰が天を摩してそそり立ち、木々は鬱蒼《うっそう》と茂って、あらゆる珍禽怪獣、山妖石精のたぐいが棲むという深山。その山の東南に翠微壁《すいびへき》という石壁があり、その下に恵女庵と名づけられた古庵が建っている。建てたのは前漢のころ（BC二〇〇～AD七）だそうだから、ずいぶん古い建物。そのため、ほとんど崩れかかっている。その石壁の上部は雲がかかるほど高いため、月日の精華の気がみなぎり、ために、あざやかな色彩が人を驚かせるわけである。加えて時折り、仙人の乗った船が、万丈の霞を発しながら空中を夜行し、暗黒の闇は白昼同然に明るくなることもあるという、俗気を断った神境であった。

あるとき、大暴風雨が起こって、雷鳴電光が山や谷をゆるがし、切り裂いた上、雹《ひょう》が降り注いで里人を驚かしたが、しばらくして風雨がやむと、カーンという澄んだ音がした。天が崩れ、地が裂けたような響きである。と、彼の翠微壁が割れて、一人の美しい女の子がとび出した。これは不思議、と目を見張る間もなく、石壁は、もと通りに閉ざされてしまった。

その女の子は、元来、天上界の錦織り仙女だが、仕事を怠けてボンヤリしているところを天帝に見とがめられ、こらしめのために、人間の世に追放されたものである。

女の子は、かたわらの石の上に坐って何やら深い物思いに沈んでいるようだったが、ほどなく立ち上がって石壁を離れ、あたりを見廻し始めた。そして下を見下ろしていたが、何か嬉しいことに思い当たったらしく、天地を拝し、次いで石壁にもおじぎをし、自分の生まれたゆかりから「石珠」と名乗ることに決めた。というのは、石壁の中から生まれたので石という姓を、折りから雹が珠のように降っていたので名を珠としたのである。石珠は、そこで考えた。

（わたしはいま人の世に生まれた。人として生まれ出たからには、人として何事かをなしとげなくては……）

そして崖下の恵女庵を見下ろして、ひとりごとを言う。

「あの庵は、その名の通り女性のための草庵。とりあえず、あそこに住んで修養にはげむことにしましょう。ほかによいところがあるかも知れないけど、天涯孤独の身、とにかく落着くところが必要だわ」

そこで、そろそろと山をくだった。見れば庵の中にはテーブルや椅子、一応の什器までそろっているが人の姿はない。石珠は喜んで奥の間へ入ってみた。そこはガランとしているが、うまいぐあいに夜具が一組置いてある。（古い庵で住人はいないのに、家具や什器がキチンとそろっているのは不思議だわ。それにしても、この布団一組は天がわたしに、ここへ住めとおっしゃっているのに違いないわ。それともここは何か神魔妖怪のたぐいの棲家かしら。まあいいわ。知らん顔をして、しばらくここに住んで、何が起こるか様子を見ることにしましょう）

度胸を決めて庵の内外を調べ回ったところ、台所には石造の厩《くりや》があり、不思議なことに、その中には、たくさんの新鮮な果物が入っている。ちょうど腹の空いていた石珠は、これ幸いと、その中から桃をいっぱい取り出して食べた。腹もくちくなったので奥の間に入り、布団をのべて前後不覚で眠り込んだ。

何事もなく夜が明けた。門を出て、あたりの山や谷、川や林を歩き回って一日を過ごし、日が暮れると庵にもどって寝る。人ひとりやって来るでなく、庵の明け暮れは、まことに快適で、天与の楽境…と喜んだ。

こうして一カ月余が、またたく間に過ぎたのだが、これでよいのだろうか…という疑いの念が、ようやく彼女の心にきざし始めた。（人身は得がたく、時は移ろいやすい。このままウカウカと日を送っていては、何のために生きているのか判らなくなってしまうわ。何とかして不老長生の道を会得して、天地がわたしに生を与えて下さった厚恩に報いなければ……。奥の間にある布団は、ただそれで寝るだけではなくて、それに坐って考え、真の道を得よという天意に違いない。いまのように、ただ慢然と歩き回っていたって、何のトクもないわ）

そう気付いたので、表の戸を閉め、奥の間の布団の上に坐り込んで、ひたすら神気を凝らし始めた。

二、三日が過ぎた。石珠が例の如く坐って目をつむっていると、外で一陣の狂風が吹き起こった様子。何事？と目を開いたところ、空中で雷鳴に似た大きな物事がした。びっくりして思わず身をすくめると、いつ、どこから来たのか彼女の目の前に、丸い目、長いあごひげ、頭巾をかぶり、道服を着た中老の男が立っているではないか。

「わしの姓は呉、名は礼。この草庵は実はわしの別荘じゃ。ここに来たのは、第一に、人と生まれ変わったそなたの、ここにおける起居のさまを見るため。第二に、武芸に習熟して他日、神霄《しょう》を輔佐して大事を為す運命《さだめ》にあることを告げんがためじゃ」

やはり真人（道教における聖者）のお越しであったのかと、石珠は改めて深々と頭を下げ、庵を無断借用したことを詫び、さらにたずねた。

「その神霄という方とは、いつ、どこで、どのような大事をなすのですか」

「それは、いまは言えぬ。やがて判るであろうよ」

呉真人はそう言って、懐中から一巻の天書をとり出して石珠に与えて言った。

「妹よ、この本をよく読みなさい。他日きっと役に立つ」

石珠は、何が何だか判らぬまま、それを受取り、ロを開こうとしたところ、呉礼は身をひるがえしたと思うと、一陣の狂風をまき起こし、一条の金光と化して、たちまち見えなくなってしまった。石珠は驚いたり喜んだり。（一度も会ったことがないのに、あの方は、なぜか私のことを妹と呼んだり、この庵をわたしに下さったり、書物を与えたりされた。そのうえ、神霄を扶けて天下に大事をなせ、そのうちに判るだろう、とナゾのことばを残された。何にしても、わたしの身には、将来、なみなみならぬことが起こりそうな気がするわ。とにかく、がんばらなくちゃ）

彼女は布団をたたんで机の前に端坐し、香を焚いて天を拝し、

「おろか者のわたしに、なにとぞ冥助を垂れたまえ」

と祈ったのち、静かに書物を開いた。上巻は、すべて将兵を意のままに動かす術、中巻は敵の陣やとりでをくだす陣立て、兵法のこと、下巻には、たくさんの人名が書いてあるが、知っている名前はない。これは他日、彼女と関わりを持つ人名録と見たので、それはしまい込んで、上・中巻をくり返しくり返し読むとともに、駒を作って図上演習すること百余日、その内容をことごとくそらんじ、どのような突然の変化にも意のごとく対応できるまでに上達した。

ある日、

（呉礼さまに、お礼を申さなければ……。それにしても、どこに住んでいらっしゃるんだろう）

と思って外へ出てみると、雲や霧が下りている。と、そこへ二人の異形な人物があらわれた。一人は道士ふうの男で鉄の如意を手にし、他の一人は女道士のよそおいをして法子《ほっす》を持ち、いずれも、宝剣を背負っている。石珠が進み出て名前をたずねると、道士ふうの男が言う。

「私は侯有方と申し、これなるは妹分の袁玉鑾《えんぎょくらん》です。我々は呉真人の命を奉じて、あなたと一緒に住むために参りました次第」

のちに石珠を助けて、あらゆる戦いに鬼謀神慮を発揮する軍師の侯有方は、早くもこうして石珠の前に姿を見せたのである。石珠は思った。

（呉礼さまは、わたし一人じゃさみしかろうと、友をお寄越し下さったのだわ。うれしいにはうれしいけど、三人住むには、この庵は狭すぎるわ）

承諾をためらっていると、侯有方は早くも彼女の胸中を察したとみえ、笑って言う。

「家の狭いことを気にしていらっしゃるようですが、心配ご無用。ひとつ、われわれ二人の力を見ていて下

さい。すぐ大きな家を造り上げてご覧に入れますから」

そう言われては、ことわれない。二人が同居することを承諾した。

その夜、侯有方は台所でやすみ、石珠と袁玉鑾の二人は奥の部屋で眠ったのだが、夜半ごろ、石珠は夢うつつに、殷々たる雷鳴怒濤のような物音で目がさめた。あたかも庵外で万馬が奔騰しているかのような物音である。驚いて起き上がって、となりを見ると、袁玉鑾の姿はない。

（？）

床から出て台所へ行ってみたら、侯有方の寝床も、もぬけのからである。いよいよ不審に思って外へ出て見てビックリした。これはどうだ。中空を行き来し、地上で忙しげに働いているのは、すべて異形の怪物ばかりである。青い顔、赤いひげ、一本角、三つ目等の怪物が、水や泥を運び、煉瓦や石、木材をかつぎ、ノコギリでひく者、斧をふるう者、石を組む者、それぞれが懸命に働いている。そして、侯有方と袁玉鑾の二人は、中空に浮かぶ雲の端に立って、あれこれと指図しているではないか。

石珠は、前夜の侯有方のことばを思い出して

（やはり、ただ者ではなかったんだわ）

と自らうなづいたが、ここは知らぬふりをしている方がよいと考え、ほどなく庵の中に引き返し、布団をかぶって寝てしまった。

どれほどの時が経ったのだろう、石珠は鳥の啼く声を夢うつつに聞いた。と、袁玉鑾が、

「姉さん、もう夜が明けましたよ。よくおやすみのようでしたね」

と揺り起こす。夜半に工事を見に出たことには、仕事に夢中になっていて気がつかなかったらしい。

「まあ、もう夜が明けたの？　わたし、バタン、キューで、夢さえ見ないくらい、ぐっすり寝ていたのよ」

と調子を合わす。ベッドから下りて着物を着ると、そこへ侯有方も入って来て、

「お約束通り、大きな家を造りましたよ」

「えっ！　いつ？」

「夜のうちにですよ」

「たった一晩で？」

「そうですとも。我々は道士ですからね。鬼神を駆使して仕事をしたのです。とにかく、ご覧下さい」

三人そろって庵を出たところ、巍々《ぎぎ》とした金殿玉楼が、いらかをつらねて幾棟となくそびえている。前には大門、二の門、三の門とあり、その美麗かつ壮大さは、まことに人目を奪うばかり。昨夜垣間見て、あらかたは知っていた石珠も、正直なところ驚いたため、

「まあ、何てすばらしい」

という声が自然に出た。

「おほめをいただいて、私どもも、やり甲斐があったというもの。いざ、まずこれへ！」

という侯有方の声に促されて中へ入り、正殿にのぼる。

「家が出来上がりましたので、間もなく神人が見えるでしょうから、それを待って我々は新居に移ります。そして旗やのぼりを立て、四方に豪傑をつのりましょう。いまや晋室の威はおとろえ、中原は争乱のちまたと化しつつあります。まさに我々が功業を立てるの秋《とき》です。石姉も妹も、努力をおこたってはなりませんぞ」

と侯有方が言えば、袁玉鑾も、

「兄さんのおっしゃる通りです。ところで石姉は以前、呉真人から三巻の秘典を授かったとか。実地にころみたことがおありですか」

と言う。石珠が
「図上の兵棋演習はやりましたが、実地にはまだです」

と答えると、侯有方は笑って、

「図上とはいえ、十二分にコナしていらっしゃるから、実地においてもぬかりはあるまい。ところで、お前は石姉と、しばらくここで待っていてほしい。私はちょっと出掛けて来るから」

と言うや否や、雲を呼んで跳び乗り、一陣の風に乗って、たちまち見えなくなった。残された二人が中へ入って、しばらくおしゃべりをしていると、空中に声がする。外に出て見上げたところ、侯有方は一人の赤ひげの道人を伴って空中を帰って来るところである。見れば二人とも、大きなつづらを背負っている。雲が下がり、二人は地上に降り立つ。

「この方は桐凌霄《とうりょうしょう》といい、発鳩山の前の住人で、道術の大家です」

と侯有方は紹介する。二人が持って来たつづらを開くと、中には、たくさんの旗、のぼり、金銀から、どんすのたぐいがぎっしりつまっている。女二人も大喜び、さっそく取り出し、そのうち一番大きな刺繡入りの旗を竹竿にゆわえつけて大門の外に立て、どんすで四人の衣服を作って、それぞれ身にまとった。また金銀でおびただしい糧食、家具什器、衣服、刀槍、甲冑を買い込んだのは、もちろん将兵を募集するのに備えてのこと。買い入れた刀剣のうちから、石珠は刃の青く光る宝剣を、凌霄も紫電鎮魔剣をとった。他の二人が、それぞれ宝剣を所持していることは、すでに述べた通りである。

また幾日か過ぎたある日、石珠と袁玉鑾の二人が楼上に坐って話をしていたとき、西南の方角に一条の紫の気が立ち昇っているのが見えた。紫色は中国人が古来、重んじる色である。目ざとく見つけた袁玉鑾が言う。

「姉さん、あの紫の気の下には、神人がいるに違いないわ。将来、きっとわたしたちと関わり合いが出来ると思うわ」

「そうね。いっそのこと、こっちから出掛けて見ないこと?」

「でも、もう少し様子を見てからだって遅くはないわ」

「いいえ、見てしまった以上、放ってはおけないわ。あたし、せっかちだから、一人でも行って見ます。もし神人だったら、つれて来るわ」

石珠はそう言い捨てると、袁玉鑾が口を開くひまも与えず、外へ飛び出した。西南方へ小半里も行ったが、紫の気らしいものは何にも見えない。仕方なく、さらに進んで行くと森にぶつかった。と、奥から一匹の怪獣がとび出して石珠に跳びかかって来た。石珠は、とっさに身をかわして怪獣をつくづくと見ると、何とも変わったけものなのである。熊でなく、ひぐまでも虎でも豹でもない。毛は五色、頭には一本の角が見え、口は懸河のごとく、目は丹鳳に似ている。性質はすなおで走ることは速い。人にかかっては来るが人を傷つけない。吉凶を予知する能力があり、邪鬼魔性を怖れないし、これに乗っていると、魔物をやっつけることができるという珍獣で、山中の百獣はみな、これに心服しているというシロモノ。

この怪獣の名は〝五花〟といい、常に泉のほとりに棲んでいて死人の脳ミソを常食としているのだが、石珠は、まだそこまでは知らない。この怪獣が跳びかかって来たのをかわしたとき、彼女は、とっさに思った。

(わたしにはいま乗り物がない。いいものが見つかったわ。こんな変わったけものは、わたしが乗るのに打ってつけだわ)

見れば怪獣は、勢いおとろえて、そこにうずくまっている。そこで口中に降竜伏虎の呪文をとなえて手をのばすと、その指先から電光のような光が出て、五花をしたたかに打った。五花は、それに打たれて頭を低く垂れて憐れみを乞う様子。石珠は、そばへ寄って背中に負うていた宝剣を抜き、それにフッと息を吹きかけ、五花の頭上に呪《まじな》いの文字を書き、ついで剣の腹で五花の身体を叩いて一喝した。

「わたしに従って来るかどうじゃ!」

五花はうなだれたまま、首をたてにふり、口を開いた。「はい」と言っているかのようである。これを見て石珠は大いに喜び、ひらりとその背に乗ると、五花は心得たかのように歩き出す。そこで、さらに西南に向かって進んだ。

大きな道が尽きると山道にさしかかる。五花は石珠を背にしたまま、山道を突っ走り、いくつかの山のはなを越えたところ、前に大きな石の壁のあるところへ出た。まわりは幾かかえもある大木が生え繁っている。そこまで行くと、五花の足はピタリと止まってしまって、それ以上は進もうとしない。

石珠は不思議に思い、とび下りてその石壁をよくよく見ると、それは何と巨大な石門で、閉まった扉の上には「梅花洞」と大書してある。

(こんなところに、こんなものが……)

と、あやしみながら、中からだれか出て来ないものか、そうすれば、ここのことが判るのに…と、しばらくそこにたたずんで待っていたが、だれも出て来ない。しびれを切らした彼女、その扉をトントンと叩いたところ、ギーッと音がして、石門は半ば開いて童子が顔を出した。

「どこの、どなたで？　どんなご用がおありですか」

「わたしは石珠と申し、発鳩山に住む者。神人をおたずねして歩いているうちに、ここまでやって参りました。見るからに神人のお住まいらしいたたずまい。神人がいらっしゃるに違いありません。何とぞ、おとりつぎ下さいますように」

童子は笑って、

「ああ、あなたが石道女さんですか。わかりました。お師匠さまに伺って参りましょう」

と言って扉を閉めた。待つことしばし、やがて童子は出て来て言う。

「よろしゅうございました。お師匠さまは、お目にかかると言っておられます」

石珠を中へ招き入れ、先に立って歩き出す。いくつもの回廊を経て着いたところは、立派な御殿で、中には男と女の二人が坐っている。石珠を見受けると立ち上がって殿下まで降りて来て、相互に一礼し合う。

「道を会得されたあなたの令名は、かねて承っておりましたが。お目に掛かる機会がなくて残念に思っておりました。今日は、わざわざのお越し、かたじけのう存じます」

という、ていねいなあいさつ。石珠は、この人を知らないので、あいさつの仕様もない。あわてて先日、紫の気が立ち昇っているのを見掛けて、ここまでやって来たことを述べ、

「おはずかしいことに、まだ尊名を存じ上げておりません。どうぞ、お聞かせ下さいませ」

と言うと、その人は大笑いをして、

「いや、あなたとは実は前にお会いしたことがあるのですよ。知らないなんて、おっしゃるな。手前は陸静、号は雲間、これは妹の松庵です。ずっと山中に住んでいますが、定まった住居というものはありません。あなたが侯道兄の法力によって一夜にして壮大な宮殿を建てられたと聞き、一度お訪ねしたいと思っていたところへ、お越しいただいたわけです」

そこで左右に命じて一席を用意させる。ならべられた料理は、竜の胆、鳳の髄と、世間ではお目にかかれぬ品ばかり。酒もほどよくめぐったところで石珠は膝を乗り出す。

「わたくし、さきに呉真人から兵法の秘伝書をさずかりましたが、そのとき真人は、これは他日、大いに役に立ち、そなたの名を天下に轟かすであろう、といわれました。その後、さらに侯袁ご兄妹の法力を得て、宮殿を建てました。侯道兄は、天下の英雄豪傑を訪ねて、ともに殊勲を立てられよ、といわれました。いま、はからずも、お二人の真人とお目にかかることを得ましたことは、全くもって天の佑け、身の幸い。そこで、いかがでございましょうか。お二方、わたくしのところへお越し下さいましては？」

雲間は、しばらく黙って考えている様子なので、妹の松庵が、そばから口を出す。

「石道姉が、せっかく、ああ言って下さるのですから、ご一緒しては？　黙っていらっしゃるのは、行きたくないということですか」

「いや、そうじゃない。実は私には、稽《けい》有光といって、長林村に住む親友がいる。大変な道術家で、五百人の手下を擁している。先日も会って、ともに天下の英傑を語らって勲功を立てたいもの、と話し合ったことがある。どうせ石道姉のおさそいに応じるのなら、この稽兄と一緒した方がよいと思ったのだが、何せ長林村は、ここから百余里（中国の一里は日本の一里の六分の一）も離れているので、誘うのに、ちょっとひまがかかるな、と思ったものだから」

「でしたら、兄さん、わたしは石姉と一足お先に発鳩山で、お越しをお待ちしておりますわ」

話は決まって、その夜は三人で大いに一夕の歓をつくしたのであった。

あくる朝、石珠は松庵とともに出発する。松庵は金銀財宝を車にのせ、墨頂という馬に牽かせる。石珠の乗る五花の異相と、鞍もくつわもないのを見て、松庵は不思議そうにたずねる。

「この怪獣、手に入れたばかりのようですね」

そこで石珠は、これを捕えたいきさつを語って聞かせ、

「何という名前か、わたしには判りません」

と言うと、さすがは学者の雲間、五花という名前であること、死者の脳ミソを常食にしていること、人の心をよく察すること、そのほか、前に述べたような特性を語って聞かせ、

「それにしても得がたい奇獣、これがあなたのものになったのも、天のご配慮でしょう。大切にお扱いなされ」

そう言って、馬具一式をとり出して、石珠に与えた。石珠はそれを五花に装着して松庵とともに出発した。残留する陸雲間に、一日も早く長林村へ出かけて、稽有光をさそってほしいと頼んだのは勿論である。

石珠と松庵の二人が出て行くと、雲間は一人の弟子を呼んで、

「私はこれから長林村へ稽師父《しふ》（師匠）を訪ねて行くから、お前は留守をしっかり守っていてくれ。半月もしたら戻って来る。そしたら、この洞をたたんで、お前らを連れて発鳩山へ行くことになろう。そのつもりで出発の準備も少しずつやっておいてもらいたい。もし来客があったら、ただ〝留守だ〟とだけ言ってほしい。よけいなことは言わなくてもよい」

童子は委細かしこまり、雲間は道士のなりをして出発した。

目指す長林村も潞安州《ろあん》にあるが、松、竹、柳、椿のたぐいがよく繁り、村のはずれには白石厳という小山がある。稽有光は、この小山の中に住んでいるのである。号を有光という稽徳《けいとく》は、顔は子供のようだが背丈は一丈もあり、二尺ものひげを生やしている修道者で、武芸を好み、百二十斤の大神刀を水車のように振りまわす。加えて道術に長じていて、手下に五百人もの神兵を持ち、ともによく水火に出入し、雲に乗り、霧にまたがるのを得意としていた。ただ、村の中で神兵や鬼どもを動かすと、村人を驚かすので、山中で練兵を実施するのを常としていた。

その日も稽有光は、五百の神兵を岩の前に整列させ、手に赤旗を持って東南に展開させ、訓練に余念がなかった。彼の号令一下、五百の神兵は五隊に、五隊は十隊に分かれたり、またもとの通りに集結したりする。その駆け引き、進退につれて旗幟はひるがえり、はためき、甚だ勇壮な眺めである。たった五百の兵力だが、動きが素早いので、五万、十万の大軍のように見える。

こうして稽有光が神兵の調訓演武に余念ないとき、たちまち一陣の狂風が西北から吹いて来たと見る間に、大将旗の竿がポキリと折れた。

（これは奇っ怪千万！）

早々に兵を収め、強風が吹いて来た方角を見てあれば、二ふりの剣を手にした童子が突き進んで来るではないか。有光は大いに怒って、その童子がだれとも判らぬまま、大神刀をふりかぶって斬りかかる。しばらく戦ったところ、童子は支え切れずに遁走する。有光の怒気は、なおも収まらず、追いかけて叫ぶ。

「貴様らは、どこのどいつだ。何の怨みがあって俺の練兵の邪魔をする。名を名乗れ。でないと、その青白い素っ首、胴と泣き別れにしてくれようぞ」

そう言って、なおも追いかけて行くと、童子は林の中へ入って、たちまちその姿は見えなくなった。が、その代わり、一人の真人がいた。長いひげを生やし、林中に端坐している。近づいた有光、つくづくとその真人を見て驚いた。

「雲間、雲間道兄ではないか。どうしてここに?」

ゆっくり立ち上がった陸雲間、笑いながら言う。

「わざわざ剣の舞いのお出迎え恐れ入る」

有光も、やっと判った。

「そうか、貴兄が童子を出して戦いをいどみ、拙者をここへ招いたというわけか。そうとは知らず、とんだ失礼をした。まあ赦されよ。それにしても貴兄は、なぜまっすぐ拙宅へお越しにならぬのだ」

「いや、失礼はこっちの言うこと。なに、話があって来たのだが、貴公は練兵の最中だったので、ちょっと見学をし、ついでに、いたずら心を起こして童子を出して、小細工したまでのこと。それを貴公は本気にして追いかけて来たというわけだ」

そこで二人は顔を見合わせて大笑い。手をたずさえて白石巌の有光の家に入り、一別以来のあいさつを交わして、何はともあれ、酒となる。ほどよく廻ったところで、有光は居ずまいを正して切り出す。

「雲間兄、いまや晋室の威光は地を払い、世の中は騒がしくなりつつある。貴兄が本日、わざわざお越しになったのは、何かそのことについてであろう。隠さずにお聞かせいただきたい」

「お察しの通りだ、有光兄。いま発鳩山に住む石珠という女道士が、天下に英雄豪傑を求めており、先日わざわざ梅花洞を訪ねて来られ、拙者と妹に出馬を求められた。そのとき拙者が大兄のことを告げたところ、ぜひご同道をたまわりたいとのことなので、妹を先行させ、拙者は貴公を引っ張り出すべく、かくは推参した次第だが、貴兄は必ずや拙者を失望させないであろうことを信じていますぞ」

「なるほど、そういう次第だったのか。拙者もかねてから天下に志を抱いている身、ただ機を得なかっただけだ。いま大兄にさそわれたとあっては、嫌も応もない。ぜひ、ご一緒させてくれたまえ。ところで、その石珠という女道士のもとには、いかなる人物がいるのだ」

「将来は、英雄豪傑が雲霞のごとく集まるのは必定だが、いまのところは、侯有方、袁玉鑾、桐凌霄の三人がいるだけだ。この石珠という女性、実は、呉礼道士の愛弟子で、女ながらも、なみなみならぬ人物と見た」

「なに？　あの呉真人の？」

「さよう。当代最高の道士とうたわれている呉礼師の高弟だ」

有光も、それを聞いて喜んだ。

「それは頼もしい。願ったり叶ったりだ。こうなれば、押しかけてでも行くぞ」

話は決まった。万事は明日ということにして、その夜は心ゆくまで痛飲したのであった。

二　劉弘祖、天からくだって誕生し、豪勇の士、ぞくぞく幕下に参集

稽有光は、あくる朝、洞の留守を姪に頼み、腰には少しばかりの食物をつけ、武器をたずさえ、五百の神兵をひきつれ、まだら毛の猛虎にまたがって、陸雲間ともども出発した。

やがて発鳩山が見えるところまでやって来た。ずっと徒歩だった雲間、どうも足がつかれてならぬ。今後もこれでは、軍中にあっても不便だというので、有光に

「何とか乗り物を都合してもらえまいか」

と頼むと

「よし、まかせておけ」

と言って、どこかへ跳び出して行ったが、間もなく連れて来たのは、たてがみも秀でた一頭の青獅子である。「これは助かった」と雲間は大喜び、二人は一路、風をまき起こして前進し、とりあえず梅花洞に入った。雲間は言う。

「有光兄、しばらくここで休息しようではないか」

二人は連れ立って洞に入ったが、ここでも酒攻めの歓待はまぬがれがたい。二日間は酒びたりになって三日目、雲間は洞中の留守番を端正という心きいた部下に命じ、有光、神兵とともに洞を後にし、半日足らずで発鳩山に到着した。

二人が見ると、ここは梅花洞とはさま変わって、四囲は天を摩す岩壁、奇峰峻嶺にかこまれ、その下は水をたたえた濠がめぐらしており、門の上には、最近かかげたと見える「棲賢洞」という金字の三文字が、陽を受けて光り輝いている。二人が内心、感嘆しながら洞門を入ると、立派な御殿があって、そこには「風雲共際」の四字の額がかかっている。あまりの壮麗森厳さに、そのまま進むこともためらわれた二人は、馬(ではなくて虎と獅子)から下りて歩いて行くと、洞府の前には、文字を刺繡した大きな赤い旗が二本、高々と立っており、そのわきには、それぞれ十人の兵士が立番をしている。いずれもたくましく、身なりのよい者ばかりである。

二人の姿を認めた兵士の頭らしい男が、つかつかとやって来て言う。

「それなるご両人、何といわれ、どこからお越しなされた?」

雲間が答える。

「我らは梅花洞と長林村から、わざわざやって来た稽有光と陸雲間と申す者。洞のご主人におとりつぎ願いたい。我らの到来は、すでにご存知のはず」

「ならば、しばらくそれにてお待ち下さい。お取りつぎ致しましょう」

そう言っているところへ、うまいぐあいに愛馬の墨頂にまたがった陸松庵が出て来て、雲間らを認めると、急いで馬からとびおりた。

「これはまあ、稽道兄と兄さん、ようこそお越しになりました。お待ちしていたのですよ。どうぞこちらへ」

と言って先に立ち、二人を鳳儀殿に案内する。三層の門の前まで来て見上げると「叙義門」の扁額がかかっている。そこをくぐってなおも進むと、前方に、さらに大きな御殿が見えて来た。そこへは白い石を敷きつめた大道があり、西側には広壮華麗な回廊がえんえんと続いている。

ほどなく噴水をしつらえた大きな御殿——鳳儀殿につく。有光と雲間の二人が、その階段をのぼりかけると、中から石珠、侯有方、袁玉鑾、桐凌霄の四人が迎えに出て来た。互いに先をゆずり合いながら中へ入り、座も決まって、それぞれ名乗りを上げる。

「久しく石姉の令名を聞いていましたが、お目にかかる機会もなく、残念に存じていたところ、今回、はからずも陸道兄のお引き合わせで拝眉の機会を得まして、まことに幸いに存じます」

と稽有光が頭を下げると、石珠も礼を返して、

「わたくし、侯道兄の法力の助けを得まして、この住居をさずかりました。いま稽道兄には陸道兄ともどもお越しいただきまして、本当にありがとうございます。何せ、わたくしは井の中の蛙、道兄のみなさんのお力ぞえなくしては、何ごともなし得ません。どうぞお見捨てなきよう、末長くよろしくお願い申上げます」

陸雲間が、そばから口をそえる。

「石姉は呉真人の高弟で、法力は広大にして無辺、とてもわれらの及ぶところではないのだ」

それをやわらかく制した石珠、

「とんでもございません。わたくしごときに何が出来るものですか。万事、みなさまのご教示、ご協力を

お願いするのみでございます」

石珠がこんなにも謙虚で、みんなを立てようとしているのを見て、なみいる英雄豪傑たちは心から喜び、かつ感服したのである。

「さあ、みなさん、宴会の用意がととのっております。どうぞ」

という石珠の声に、一同うちそろって奥へ入ると、そこには盛大な宴席が準備されていた。左側は侯有方、稽有光、陸雲間、桐凌霄の四人、右側には石珠、袁玉鑾、陸松庵の三人が坐り、堂下には楽人がいて妙なる音楽を奏する。おのおの胸襟をひらいて、夜おそくまで歓談暢飲したのであった。

お話かわって、この棲賢洞に近い平陽府河津県に、劉員外《りゅういんがい》という退役の宦《かん》者（自ら男性のシンボルを切除した者）が住んでおり、田畑を耕して生活していたが、宦者だから、もちろん子供はいない。ある日、用事があって平陽府へ出かけての帰り、竜門山の道をとったのだが、日も暮れかかったので、山のふもとにある知人の家に一夜の宿を乞うた。

この家の主人は韓緯《かんい》、あだ名を地栗鬼という男で、劉員外の頼みをこころよく承知し、妻の賈《か》氏に命じて、いろいろともてなし、その夜は久しぶりの歓談を楽しんで寝についた。さてあくる朝、夜も明けはなれたので、員外は礼をのべて立ち去ろうとすると、竜門山の方角から異様な物音が聞こえて来る。員外、不思議に思ってたずねると、韓緯は言う。

「実は一年ほどまえ、あの山のいただきに、何やらえたいの知れぬ奇怪な球が天から落ちて来て、山頂にある池の中へ入ってしまったんでさ。村の者がそれをとり出そうとしたんですが、泥の中深くはまり込んでしまって、どうしてもとり出せねえ。そのうえ、人が近づくと、たくさんのカラスがとんで来て、その球を守るかのように奇声をあげて舞うのでさ。あんな物音がしているところを見ると、きょうも朝早くから、たくさんの人が行って、無理にでもとり出そうとしているに違えあるめえ。

ところで、その球じゃが、泥の中へ入《へえ》ってさわったことのある人の話によると、何でもブヨブヨした肉のかたまりで、いくら叩いても少しも傷つかねえそうな。しかも、その球は夕暮れか朝には泥の上に浮かんで怪しい光をはなつそうで、そのような怪異が、さよう、ここ一年あまりも続いているんでさ」

「全く信じられんことだ。しかし、たくさんのカラスが護っているというのは、尋常一様の物でない証拠だ」

「信じられねえのなら、一緒に行って見ませんか。百聞は一見にしかずとか。いまならまだ泥の上に浮かんでおりやしょうから」

そこで二人は一緒に家を出、山まで来て見ると、大きな木の下で十数人の男がののしり騒いでいる。劉員外がそこへ行き、人をかき分けて見ると、なるほど光を放つ一箇の肉球が、半ば泥の中に姿を没しかけているではないか。

（これは全くキテレツじゃ）

劉員外は目を丸くしながら、手をのばしてその肉球にさわったところ、他の者からは逃げて泥中に姿を消してしまう肉球だが、員外が手をふれると、逆に次第に泥の中から出て来るではないか。

まわりの者も不思議に思い、ワイワイ、ガヤガヤをやめてじっと員外の手元を見つめる。間もなく員外の手によって、すっかり泥の上に出てしまったその球は、次にはいきなり自分から地上にポンととび上がり、大木の下をころげ始めた。

「皆の衆、これを私に下さらぬか」

と員外が言うと、まわりにいた人たちも、

「ほかの者には手に負えなかったこの球が、おめえさんにだけはなついた。してみると、おめえさんには縁があるんじゃろ。遠慮なくお持ちなせえ」

と言ってくれたので、員外は喜んでそれをとり上げてふところに入れ、山を降った。

韓緯と村人たちは、劉員外がその肉球をどうするつもりか興味を覚えたと見え、その後をつけてゾロゾロ山をおりて、韓緯の家までやって来た。それを見た員外は、村人たちに向かって言った。

「皆の衆、天地の間には奇怪なことも間々起こるもの。あまり驚かっしゃるな。というのは前漢のはじめのころ、夜郎という人が水辺で、これと同じような肉球を拾って家に持ち帰ったところ、後ほど中から男の子が生まれ、大きくなって学問し、漢朝から爵位と封禄とをもらって巴蜀（四川省）の郡王となり、夜郎国を建てたということが、ものの本に書いてある。

この肉球は、すでに一年余も山中にあったが、皆の衆にはとり出すことができず、行きずりのこの私にとり出せたのは、そろそろ私の手によって生まれ出させたいという、天のみ心であろう。この肉球から生まれる子は、将来、夜郎王のような大モノにならんとは限らんて。そこで私は、この肉球を家に持って帰り、様子を見ようと思いますのじゃ。もし皆の衆がお忘れなくば、他日、わが家にお越しになって、この肉球のその後を確かめられるがよいと思うが、いかがじゃな？」

みんなも「それがいい」「そうしようじゃないか」と口々に言って散って行った。

見物人が立ち去ったので、劉員外はその肉球をしまい込み、韓緯に別れを告げて、珍貴な物が手に入った喜びに、足どりも軽く家路についた。家まで十五里（約十キロ）の道のりである。

三分の二ほど来て林にさしかかったとき、一天にわかにかき曇って暴風が吹き始めた。

（こりゃ来るな）

そう思ったので、急いで近くにある破れかけた古い廟の中へ走り込んだ。とたん、雷鳴電光とともに激しい雨が降り出した。何しろボロ廟なので、雨漏りがひどく、員外は間もなく濡れネズミになってしまった。仕方なくシャツを脱いで、それで肉球を包み、雨漏りのしない内陣に置いて扉をしめ、自分はその下にしゃがんで雨漏りに打たれながら、晴れ上がるのを待つことにした。

外の風雨は、いよいよ激しくなって来る。

（やれやれ、困ったことだ）

と員外がため息をついたとき、どこからか一条の赤い光がまっすぐに廟内に入って来て内陣を突いた。と、この時はやく、彼のときおそく、内陣の中から呱々の声が響いて来た。驚いた員外が内陣の扉を開いてみると、何と、そこには丸々と肥えた赤んぼうが彼のシャツの上にいるではないか。くだんの肉球は見あたらない。

（やはり、あの肉球から生まれたのだ）

かつは驚き、かつは喜んだ員外、さっそく抱き上げてみると、顔は四角で耳は大きく、眉はひいで、目は早くもパッチリと開かれている（注＝方頭大耳といって中団人は最も福相とする）。加えて驚いたことに、その握りしめた掌を開いてみると、中にはハッキリと「神霄子《しんしょうし》」の三字が書かれているではないか。（霄とは天という意味、これぞまさしく天の申し子）とすれば、韓緯の言った、幾百羽ものカラスが鳴き群れて守ったことも、怪光を放ったことも、まんざらウソとは思えなくなって来た。

間もなく雨もやみ、陽もさしはじめたので、員外は神霄子を抱いて外へ出た。

（この子は、ただの子ではない。将来きっと大きなことをしでかすであろう。幸か不幸か、わしには子がいないので、この子を大事に育てよう、それがいい）と自分に言いきかせて道を急ぐうちに、はやわが家である。折りよく妻（宦者のくせに妻を持っていたのである）の封氏が門のところに待っていて、員外の手の中に赤ん坊がいるのを見てたずねた。

「まあ、その赤ん坊をどこで？」

隠し女に生ませたのだろう？　となじらなかったのは、員外にその能力がないのを知っていたからであろう。

員外は、ただ笑うばかりで中へ入ると、妻は追いかけて来て問いただす。員外は満面に笑みをたたえながら、これまでのいきさつを語ってきかせると、妻の封氏も、

「まあ、これこそ天のさずかりものですわ。それにしても、このとしになって、こんなよい赤ん坊を手にすることができるとは……」

と早くもオロオロ声、

「さっそく名をつけなくちゃ。あ、そうでした。神霄という、よい名がもうちゃんとあるんでしたっけ」

「そうだ。神霄は立派な名なので、幼名にしよう。というのは、わが家は漢室の劉氏の支流だが、世に聞こえた人物は出ておらぬ。しかし、いま天から授かったこの子こそ、祖先の名を挙げてくれるに違いないので、正式には弘祖（祖を広める）と名付けよう」

「劉弘祖、よい名ですわ」

以来、劉員外夫婦は、弘祖を掌中の玉といつくしみ育てる。過ぎ行く歳月に関所はなく、弘祖はいつの間にか十六歳になったので、元服させて、元海という字《あざな》

を与えた。

ある日、員外父子が門のそばで閑談していると、ちょうど通りかかった道士が、弘祖を見て驚いたように叫んだ。

「霄子、こんなところにいたのか。ずいぶんわしはお前を探し回ったのだぞ」

弘祖も進み出て、見ず知らずの道士の手をとり、なつかしそうに言った。

「私もですよ。老師。私とて老師を訪ねて行く時節が到来したな、と思い始めていたところでした」

「うむ、よいかな、よいかな。しかし、大きくなったのう。もうすっかり立派な青年じゃ。ところでわしは、実は宝具を一つ所持しておる。それを与えるから大事にしまっておくように。これは一朝ことあるときには威力を発揮するであろう。が、決してそれをもって正しい人に危害を加えてはならぬ。このことだけは肝に銘じておくがよい」

と言って、懐中から何やら取り出して弘祖に渡した。弘祖が手にとって見ると、それは小さな銀の箱で、ふたをとると、中には極めて小さな石製のカササギが入っていた。美しい光沢があり、白い羽毛もきれいで、さながら生きていて、いまにも飛び立たんばかりである。

弘祖はこれを見て嬉しくなり、もと通りふたをして懐中にしまい込んだが、自分の幼名の神霄と何やら符合するものがあるように思えて仕方がない。

父親の員外も、そばでじっといきさつをながめていたが、ややあって、その道士に名前をたずねた。けれども道士は笑って答えず、

「長い間のおいつくしみ、かたじけない」

と頭を下げただけで、門を出てどこかへ行ってしまった。

(妙なこともあるものだ)

そう思いながら、弘祖をうながして中へ入り、妻の封氏に、ことの次第を物語ったが、わからぬのは、初対面の道士に対して、弘祖が、いともなつかしげに語った、さっきのことばである。

「よくは判らぬのですが、どこかでお会いしたような気がして先日から、しきりに気にかかり、訪ねて行きたいと思うようになっていたのです」

という弘祖のことばに、

（やはり、この子は天の子だ）

という思いを、夫婦は強くしたのであった。

「ところで、さっきもらった小箱を母さんにも見せておあげ」

「ああ、忘れていました。これですよ」

と差し出せば、封氏はふたを開いて石のカササギをつまみ上げる。

「まあ、何てかわいいんでしょう。まるで本物みたい。でも、飛ばないのは残念ね」

そう言いも終わらぬうちに、パサッという音がしたかと思うと、その石のカササギは一羽の白い、本モノの大カササギに変じて窓から飛び出し、中空へと昇って行った。

と見た親子三人、あわてて外へ跳び出て空を仰いだ。が、そのカササギは空中を二、三度旋回したかと思うと、そのまま雲の中に入って見えなくなってしまった。三人は空を仰いで、しばらく待ったが、カササギは戻って来ない。ガッカリして家の中に入った。

「そのうちに、どこかへ舞い降りるに違いあるまいが、一体どこへ降りるやら。何とか、それを知る手がかりはないものか」

と言い合うばかりだった。

ところで、晋陽の城中に、段琨《こん》、字《あざな》を方山という豪傑がいた。すこぶる道術に長じ、二年まえ、異形の人から、未来を洞察する秘伝を授かったのだが、定まった住居も仕事もないままブラブラしていたので、世の凡愚の俗物どもに、どうしてこの人が豪傑であることが判ろう。人びとは彼を軽んじたが、方山はそれを少しも気にせず、俺は俺、とノンビリ暮らしていたのである。

ある日のこと、方山が例の通り城内をブラついていると、脳天を刺すような音が上から聞こえて来たので、ふり仰いで見ると、一羽の白い大カササギが頭上で舞っている。

「こんな大きな白カササギなんて、見たことも聞いたこともない。それがどうして俺の頭の上で舞っているんだろう？」

と、ひとりごとを言っていると、その大カササギ、だんだん舞い下りて来て、彼の目の高さのところを、城外へ向かって、ゆっくり飛んで行く。

（さては、俺について来いというのだな）

方山は察し、その後を追って行くと、カササギはほどなく城をはなれ、人影もない柳渓池のほとりの大柳の上にとまって、一声大きく啼いた。方山がその下まで行ってみると、何と、その根元には石製の長持があるではないか。カササギが、また一声鳴く。

（これを俺に開けろというのか）

そう思った方山、満身の力をこめてそのふたをあけたところ、中には二ふりの宝剣が入っている。とり上げて見ると、一ふりの方には、

「竜泉神剣　平陽劉弘祖に属す」

とあり、別の方には、

「太阿神剣　晋陽段方山に属す」

と刻んである。よくは判らぬが、自分の名があって、しかも「属す」とあるのだから、だれかが贈ってくれたに違いない。方山は、すっかり嬉しくなった。

「これは、よい物が手に入った。ちょうど欲しいと思っていたところだ」

と言って木の上を仰いで見たが、すでに大カササギの姿はなかった。日も暮れかかったので、方山はその二ふりの剣を抱いて城中にもどり、無人の廟で一夜を明かしたのだが、手にした宝剣のことが気になって仕方がない。

（太阿の剣は間違いなく俺の物だが、別の一ふりの、劉弘祖とは、一体どこのだれだろうか。平陽と彫ってあるところを見ると、河東の人に違いない。ひとつ訪ねて行って渡してやらざあ）

東の空が白むのを待って二ふりの剣を背に負い、道士の身なりをして晋陽城を出、平陽府をめざして旅に出た。

ほどなく平陽府へ着いたが、訪ねる相手の劉弘祖という人物は探し出せなかったので、河津県を探すことにして、平陽府と境を接する蒲州まで来たところ、一団の軍兵が向こうからやって来た。指揮官とおぼしい武将は、銀甲を堅くよろい、蛇矛を手にしているが、年のころは、二十をまだいくつも出てはいないような、威容まことに颯爽《さっそう》、気宇また軒昂として、赤兎の馬上ゆたかにやって来る。

方山は、この隊列をやり過ごすため、道ばたによけ

てワキを向いたところ、近くまでやって来たその武将、馬から下りて従者にたずなをあずけ、ツカツカと方山の前まで来て叫んだ。

「段方山君、しばらく。一別以来お変わりはないか。それにしても、拙者を見て何で避けなさる」

言われて方山、その若者に目を向けたが、とっさのこととて、どこのだれやら思い出せない。しばらく考えていたが、やがてハタと膝を打ち、

「おお、石季竜君であったな。これはなつかしい。それにしても、いつ武官になられた？」

「思い出していただけましたか。まさしくその石季竜、名は宏です。八年まえ、貴殿と晋陽城中で共に学んだころは、二人ともまだ総角《あげまき》（前髪）の少年でしたな。実は拙者いま、これなる軍兵を率いて大功を立てんと進軍しつつあるところ。察するに貴殿も同じ志と見えますな。ご一緒にいかがです？」

「さよう、大丈夫たる者、自から同志はいるもの。但し、拙者はいま、河津県に劉弘祖なる人物をたずねて行く途中なので、折角のおさそいながら、同行できないのが残念です」

「劉弘祖？」

「よくは判らんのだが、ある奇妙な一件のため、訪ねて行く破目になったのです」

方山はそう前置きして、白カササギに導かれて宝剣を手に入れたいきさつを話し、その宝剣を見せた。

「何と不思議なことではないか」

見終わった石季竜、剣を方山に戻しながら、

「いかにも、たしかに平陽と刻んである。なのに大兄は、なぜ河津へ行かれるのだ」

「平陽へ行ってたずねたところ、ある人が、その方はいまここにはいない、河津県にいるのではないか、と言うのでね」

「なるほど、では拙者もいっそ、大兄ともども河津へ行ってみよう。おさしつかえはないか」

「なんのなんの、むしろ望むところだ」

そこで二人は、馬首をならべて河津へ向かった。ほどなく河津へ着いた二人は、兵馬を休ませて劉弘祖の住居をたずねたが、だれ一人として知る者はいない。

（これは、その人物が家を遠く離れているからではあるまいか）

そう思った季竜は、方山をうながして兵馬をととのえて出発した。しばらく進むと山のふもとにさしかかったあたりで、日も暮れかかったので、その夜はそこで野宿し、夜明けを待ってまた前進する。すると一人のとし若い猟師が、白ウサギを手にして山から降りて来るのに出遇った。

「これこれ猟師、ちと物をたずねる。このあたりに劉弘祖という仁はおられぬか」

猟師は何も言わずに行き過ぎようとする。

(この男、耳が少し遠いと見える。もう一ぺんたずねてみよう)

方山はそう思って、猟師の前にまわり、少し大きな声で、

「拙者らは劉弘祖という人を訪ねようと、その家をおぬしにたずねたのに、なぜ答えようとはせぬ?」

重ねての問いに、その男はまた身をひるがえしながら言う。

「猟師とは一体だれのことだ。人にものをたずねるのに、その態度は失礼であろう」

りんとした言葉と、態度物腰に、方山、こりゃ間違っていたわい、この男の言うことは尤もだ、と思ったので態度を改め、

「これは失礼しました。無礼のほどはお赦し下さい。拙者らは遠くからやって来た者ゆえ、貴殿のお名前も存じ上げず、失礼の段、平にお詫びします。われらは劉弘祖という人物をたずねる者、もしご存知ならばお教えいただきたい」

その男は、やっと頰をゆるめた。

「それはそれは、ご苦労さまです。長旅でお疲れでしょう。さいわい拙宅はここから遠くないので、まずは拙宅でご休息なされ、お話を伺おうではありませんか」

そこで二人は、その若者に随って道を返し、その人の家についた。小さいながらも小ざっぱりとしていて、掃除もよく行き届き、一見、高士の棲家と見えた。客間に通されて、それぞれ名乗をあげる。

この人は姓を慕容《ぼよう》、名を庵《あん》、号を祖といい、もともと幽州(河北)の人だが、漢末に兵乱をさけてここまで来、世を捨てて閑居しているとのこと。二人の名を聞いた慕容庵は言う。

43　劉弘祖，天からくだって誕生し，豪勇の士，ぞくぞく幕下に参集

「ご両所とも名のある方、そのお二人が、わざわざ劉弘祖という人をお訪ねとは驚き入りました。というのは、実は私も劉弘祖なる異人のことを聞き及び、いちどお目にかかりたいものと思っていたところです。お二人も同じお志とは、これこそまさに天与の符合というもの。おさしつかえなければ明日、私もご一緒したい」

二人にもとより異存はない。話はすぐまとまり、その夜は三人で大いに飲んだのだが、方山、季竜の二人が見たところ、この慕容という人物、世のさまをなげき、いきどおる清廉剛直の士とわかった。

「劉弘祖という仁は、どうやら天生の人傑らしいが、ご存知ならば、もっとくわしくお教え下さるまいか」

と段方山がたずねると、庵は言う。

「いや、私もあまりくわしくは知らないのですが、人の話によると、きわめて異様な生まれ方をしたそうです」

「ほう、どのように?」

慕容庵はそこで、劉弘祖の奇怪な出生の仕方について語って聞かせたのだが、読者諸賢はすでにご存知なので、省略する。

「その劉弘祖が生まれてから、十六年余り経ったのです」

「古来、大賢大聖が生まれる時には、奇々怪々なことを伴うものです。大古の賢者、伊尹《いいん》は空桑から生まれ、棄てられた后稷《こうしょく》は鳥獣に育てられたと言いますからね」

と季竜が感にたえたように言えば、方山も、

「となると、劉弘祖という人も、非凡の仁といえる。どうあっても行かずばなるまい」

と合槌をうつ。改めて盃をあげるのだが、方山が不思議な剣を入手したいきさつをくわしく述べると、慕容庵は大いに喜び、

「そのようなことを聞けば、私の血もさわぐ。どうかご両所、義兄弟になってはいただけまいか」

二人も膝を乗り出して言う。

「それは願ってもないこと」

と急いで三つの大杯に酒をなみなみとついで立ち上がり、季竜が、

「両兄、どうかグッとお乾し下さい。その上で申上

げたいことがあります」

と言うので、方山、庵もそれにならって立ち上がり、三人同時に、一気にのみ乾す。

「われら三人、今後は同心協力、ともに大功を立てよう。いかなる大患大難があろうとも、互いにそむくことなく、たとえ己の身を捨てても、兄弟のためにつくすことを誓う」

三人は深くうなづき合い、手を固く握り合ったのである。

誓いおわったところで慕容庵、奥から一枚の赤い紙をとり出して名を書き入れたのだが、方山が二十歳で長兄、季竜と庵はともに十九歳だが、生まれた日が早いので季竜が次兄、庵が三弟ということになった。名前を書き込まれた赤い紙を、しつらえた机の上にのせ、香を焚いて天地を拝し、契りを結んだのである。

「ところで次兄、さっき、言いたいことがある、と言われたのは?」

と庵が言えば、方山も、

「おお、それよ、何ごとだい?」

と合槌を打つ。季竜、手にした盃を置いて、

「いまや乱世、漢の高祖、三国時代の蜀の三傑にならい、天下を制覇するための兵を挙げることですよ」

と言う。

「おお、望むところだ。拙者もそれを言いたかった」

と方山、庵もうなづき返す。志もぴったり一致したので、三人は改めて盃を上げ、その夜は痛飲したのであった。

あくる朝、いよいよ出発ということになったが、慕容庵には妻はなく、荀勝、荀昭という二人の召使いがいたので、二人に命じて仕度をさせ、計五人で家を後にした。とりいそぎ山の下に置いていた兵馬を掌握して三隊に分けることになった。

第一隊を方山、第二隊を季竜、第三隊を庵と、それぞれ五百ずつを指揮し、威武を示しながら、一路、如《じょ》賓《ひん》村へ向かう。半日も進んだところで劉弘祖のいる如賓村へ到着、そこで兵馬を村を去ること一里(約六百メートル)のところにとどめて営を結んだ。村人をおどろかしたくなかったからである。

まだ荀勝、荀昭の二人を、訪ねて来たことを告げる

ために村へ先行させた上、三人はゆるゆると入って行く。ほどなく荀勝が一人の若者とともに迎え出て言う。

「どうかお三方、こちらへ」

三人はそこで馬から降り、歩いて、とある家へ入る。玄関には、はや劉弘祖が出迎えている。中へ入って初対面のあいさつをかわしたのだが、三人とも、劉弘祖が予想にたがわず、生来の英俊非凡の人傑なのに心中快哉を叫べば、劉弘祖もまた、三人とも立派な容貌と堂々たる体躯と高い志を示す澄んだひとみを持っているのに、これまた大喜び、互いに初対面で相ゆるす仲となったのである。

出された茶でのどをうるおしたのち、庵が本題への口火を切る形で言う。

「久しく劉兄の令名を耳にし、一度お訪ねをと切に願っていましたが、はからずも段、石両兄と相識り、同じ志を抱くことを知りましたので、私も驥尾《きび》に付して推参いたしました。こうして御意を得ることができ、まことに欣快に存じます」

と、ていねいに頭を下げれば、弘祖も、

「私には何の徳もないのに、ご三人の仁兄のご来駕をいただき、こちらこそ喜びにたえません」

と返す。

「ご謙遜あるな。劉兄の令名は、すでに四隣に響いておりますぞ」

「私はまだ、この家から出たことはありませんのに、名が響くなど……。おからかいあるな」

「とんでもありません。もしご不審なら、この方山兄におたずねいただきたい。私の言がウソいつわりではないことがお判りになりましょう」

と、方山がそばから口をはさんだ。

「弟の申す通りです。実は……」

と前置きして、三人の出合いから、先日、晋陽で一羽の白カササギに導かれて名剣を入手したことを物語れば、弘祖も喜んだ。

「その宝剣は、いまいずこに?」

「いま陣営に留めております。ただ惜しむらくは、そのカササギの行方を見失ってしまったことです」

「それを探し出すのに大した手間はかかりますまい。方山兄はいま、宝剣は軍営中にあると言われたが、軍隊をお連れですか」

とたずねた。

「すべて千五百です。住民をおどろかすのを怖れ、一里の外にとどめてあります」

「三人の仁兄に、このような奇遇があり、かつ、それだけの軍勢をお持ちとは、まことに天下の豪傑です」

そこへ召使いの荀勝が、二ふりの宝剣を捧げてあらわれ、方山に渡す。方山から弘祖へ。手にとった弘祖、見ればなるほど、竜泉の剣には自分の名が刻んであるので、びっくりするやら喜ぶやら。

「いかがです。私の言に、うそ、いつわりはありますまい」

と慕容庵がいえば、劉弘祖、

「これは大いに失礼しました」

と笑い出し、四人の間を、ほがらかな微笑が包んだ。そこへ父親の劉員外が出て来て、あいさつをする。酒宴の用意がされ、主客入り乱れての宴会となったが、席上、方山は、

「劉兄はさきほど、例のカササギを見付けるのに大した手間はかからぬ、といわれたが、これはどういうことですか」

三　石珠、劉弘祖の両軍が合体し、兵を起こしてまず長平関を奪取

さて、段方山から白カササギのことをたずねられた劉弘祖は笑って言う。

「見つけるのに大した手間ひまはかかりませんよ。方山兄、一杯やっていらっしゃる間に招きよせてみましょう」

いとも軽く言うものだから、方山は二兄弟に向かって言った。

「劉兄には何か名案があるらしい。いわれる通り一パイやりながら、劉兄にその手だてを伺うとしよう」

二人はうなずいて、大杯でグイグイやり出した。劉弘祖は数杯をあけたところで膝を乗り出して切り出した。

「実は二ヵ月まえ、私が父と閑談していると……」

と前置きして、一人の道士が入って来て、石製のカササギを置いて行ったこと、そのカササギが本物と化して空中高く舞い上がり、どこかへ飛んで行ってしまったことを話した。

「では、そのまま行方知れずになってしまったわけじゃありませんか。それをどうして、探し出すのはわけはない、なんておっしゃるのですか」

と慕容庵がせき込んでたずねると、劉弘祖は
「まあ落ちついて、あとがあるのです」

と庵を制しながら話を続ける。

「飛んで行ってそのまま帰って来ないのなら、あえて異とするに足りないのですが、実はそれから一日後の夕方、私が庭で花をいじっておりますと、どうでしょう。不意に空中で鳥の啼き声がするのです。おやっ？　と思って見上げると、何とそれは例の白カササギなのです。あっ！　帰って来てくれたのか、と思わず喜びの声をあげると、驚いたことに、そのカササギは下へ舞い下りて来て部屋に入りました。私があとを追って中へ入ってみますと、そのカササギは階段の下ではや石製のもとの姿にもどって、キチンと坐っていたのです」

「じゃ、いまは、もと通りになって劉兄の手元にいるのですか。何だ、人が悪い。早く見せて下さい」

そこで劉弘祖は奥へ入り、銀の箱を持って来て机の上へ置く。ふたをとって見ると、まさしく白く美しい光沢をもっており、いまにも飛び立たんばかりの、世にも珍しい逸品である。

「おお、これはすばらしい」

「これが我々を結びつける役目を果たしてくれたのか。天下の奇瑞だ」

等々、感嘆の声がみんなの間から上がる。と、その石のカササギは、またもや本モノに変じ、一声啼いたかと思うと、箱からとび出して部屋中を飛び回り始めた。一まわりしたカササギは、梁の上にとまって外をうかがう様子である。弘祖は、前のように飛び出されては困るので、扉をしっかり閉めた。

と、そこへ扉の外から大声があった。

「お前さん方の石カササギなんぞ、異とするに足りん。わしの宝物を見るがいい」

そう言って中へとび込んで来た男がある。満座おどろいて見たところ、身のたけは六尺に余り、肩幅ひろく豹頭で燕頷、ワニ口で、ひげは面をめぐり、その声は雷霆《らいてい》のごとく、性は豪放で、才能は精絶、後漢のころ匈奴を討伐した班超、漢の高祖と戦った項羽もかくやと思われる万夫不当の勇士と見えた。

一同、その男が異相で、ただ者ではないと見てとったので、立ち上がって迎える姿勢になった。が、男は、それには目もくれず、黙って懐中から赤い小箱をとり出して開くと、中には木彫りの金色の小さなタカが入っている。タカは梁の上のカササギを認めたと見えて、一声高く啼くと、これまた箱から飛び出して、たちまち本物の大タカに変じて、カササギにとびかかって行く。

ここに白カササギと金タカの一騎討ちが、部屋の中で華々しく展開された。互いに上になり下になりし、羽毛をとばしながら闘うこと小一時間、一同、手に汗を握って見物したのだが、勝負はなかなかつかない。ただ劉弘祖だけは、自分の宝物の石カササギが傷つくのを怖れて、とうとう叫び声をあげた。

「この勝負、どうやら引き分けと見えます。ここらで打ち切りにしようではありませんか。それなる方、どうか名をお名乗り下さい」

男はうなづいて手をあげ、タカを招くと、金タカは戦いをやめてスッと下りて来、そのまま木彫りの本体にもどって、赤い箱の中におさまった。と見た白カササギも、これまた下りて来て石彫りにもどり、銀の箱の中に入ったので、見ていた連中、ヤンヤの拍手で両者の健闘をたたえた。

金タカ、白カササギが、ともに箱におさまったのを認めた弘祖、その男に改めて姓名をたずねると、男は言う。

「拙者、姓は呼延《こえん》、名は晏《あん》、号を元諒と申し、渤海《ぼっかい》の産です。近く朝廷に大事が起こりますが、これこそ我らが功を立てるの秋《とき》。にもかかわらず、私は非力かつ非才、人徳もないので、とても人のかしらに立てる柄《がら》ではないことを残念に思っていました。

ところが先日、ここ如賓郷に、年少気鋭の人傑がおられ、大事を主宰するに足る有徳の士と聞いたので、ともかくは訪ねて参った次第。ところが、来てみれば、すでに多くの豪傑が、その令名をしたってお越しのご様子、これまでの無礼をおわびするとともに、各々には、ここで大功業をなさるお気持がおありかどうか、おたずねしたい」

堂々とした申し分に、一同、顔を見合わせる。騒然として来た世情の様は、大体わかるのだが、その大功業とやらが、もう一つ呑み込めないので、各々、自分の姓名を名乗った上でたずねる。

「われら不敏にして、朝廷の大事とやらが、よくは判りません。どうかご教示下さい」

「実は先日、都にいる弟が、人をつかわしてわざわざ知らせてくれたのですが、それによると、いまや皇后の賈《か》氏の一族が権をほしいままにし、賞罰・人事を私しているため、志ある士はことごとく憤激しております。諸兄はいずれも容貌は凡にあらず、才また世をおおう方とお見受けいたします。が、決起する時を失えば、功は他者の手に帰してしまい、われらの壮志雄図も空しくなり、英邁《まい》なその才も、日の目を見ずに朽ちはててしまうは必定。それでは大丈夫として、まことに残念ではありませんか」

聞き終わった一同、いずれも痛憤の情を、おもてに現わして言う。

「賈氏一族伐つべし」

「ただちに兵を挙げようではないか」

劉弘祖は手をあげて静かにそれを制し、

「晏兄の言われることは、つまり、大丈夫たる者、機に乗じて決起すべきだということですね。今回の起義は、まさに正当な挙兵であるとはいえ、いかんせん、われらには兵少なく、将また不足しており、万事に準備が不十分です。諸兄は、このへんのことを、まずお考えいただきたい」

と言うと、季竜が膝を乗り出す。

「われわれの手元には、すでに精兵千五百がおりますぞ。出兵に何のためらうことがありましょうか」

「もし我らが賈氏の罪を糺弾する兵を挙げても、朝廷は我らの真意を解せず、単なる賊徒の蜂起と見なし、必ずや大兵を催して潰しにかかって来るに違いない。そうなれば、戦って勝てず、退いて守れず、身も名も失ってしまう怖れなしとはしません。これこそ謀を慎重にめぐらさず、軽々しく動いたためです。もう少し計画を入念に練るべきではありますまいか」

と弘祖が慎重論を展開すると、そばで聞いていた段方山、がまんできぬ、とばかり口をさしはさむ。

「劉兄の言は、これこそ老成の見解で、万全を求めての策ではありましょうが、壮士たる者、勝利しからずんば死、死せばすなわちやみ、死せざれば大事をなさんのみです。ことの成否、利害得失は問うところではありません」

と甚だ勇ましい。

「いやいや、それは血気の勇というもの。兵書にも〝己を知り敵を知らば百戦百勝、己を知らずして敵を知らば百戦百敗〟とある。いたずらに勇にはやり、死ななくてもよいときに死んでは、虚名をはせただけに終わってしまう。やるからには必勝を期さなくてはなるまい」

と、劉弘祖は、あくまで慎重である。そこでみんなが、それぞれの意見を述べようとしたところへ、門外に鈴の音が響いた。と、家人が入って来て弘祖に告げる。

「いま、李雄と名のる人が、上党の発鳩山から、何でも石珠という方の手紙を持って、そなたに会いたいと見えているがの」

弘祖は、びっくりした。

「何ですって?石姉がこの私に手紙を下さったとは、これまた不思議なことがあればあるもの。きょうは思いがけないことだらけだ。ともあれ、これにお通し下さい」

ほどなく家人に案内されて李雄が入って来る。これまた、一見、豪勇の士である。

「わざわざのお越し、いかなるご用でしょうか」

「されば、拙者、石珠姉の劉兄あての書面を持参したのです」

「私と石姉とは一面識もないのに、書面をよこされるとは……」

「いえいえ、劉兄の令名は、すでに遠近に鳴り響いております。いわんや上党と平陽とは目と鼻の先、どうして知れないことがありましょうか」

李雄はそう言って、懐中から一通の手紙をとり出して弘祖に渡す。弘祖が開いてみると、

――上党の石珠、謹んで書を平陽の劉元海先生に呈します。珠は聞いております。英雄は名を遠近に馳せるもので、必ずしも、その人と直《じか》に親近するを要せず、名の至るところ、自から一世を敬服させるものであると。英雄は英雄を識り、同じ志を契り合えるものです。

私は女ですが、なみの女として過ごしたくはありません。常に功業を天下に建てたいと願い、豪傑をもって自ら任じておりますのも、自分の素生に、いささかの自負を抱いているからです。

いまや晋室は賈后の壟断《ろうだん》するところとなり、天下の志ある士を痛憤させております。かく言う私もその一人で、ひそかに勇兵二十万、猛将数十人を集め、挙兵の機をうかがっておりますが、さらに有為の人傑の参集を求めたいと思いますので、ここに李雄をつかわして、書を呈した次第です。もしお志がおありになり、直ちに発鳩山にお越し下さいますならば、まことに幸いでございます――

読み終わった弘祖は、とび上がって喜び、李雄に言う。

「私には大いにその志があり、いま諸兄と相談していたところです。ただ、兵は少なく、将も不足しているので、事を起こすのをためらっていましたが、なんと石姉はすでに事を進められ、早くも大兵を集めておられるのですか。これぞまさに天の佑け」

と、奥にいる段方山ら四人を呼んで李雄にひき合わせ、石珠からの手紙を見せる。四人も大喜び。

「石姉のところには、すでにそんな大軍が集うているのですか。われわれもグズグズしてはおられぬ。直

ちに合流しようではありませんか」

弘祖にも、もはや迷いはない。

「私もそう思う。しかし、きょうはもうおそいし、あすも日がよくない。出立は明後日の吉日としよう。それまで諸兄は出発準備を十分ととのえていただきたい」

四人は承知して、それぞれの兵馬武器の点検整備にとりかかった。

中一日おいて、いよいよ出陣の日は来た。祖先の位牌に報告と冥助を乞うた劉弘祖は父の員外と母の封氏に、これまでの養育の礼をあつく述べて深々と拝する。その異常な生まれのゆえ、いつかはこうした大事を起こすために膝下を去って行く日が来るに違いないとは覚悟していたものの、員外夫婦にとって別れはやはりつらい。が、つれ立つ者はいずれも豪勇の士なので、心配はあるまいと、しいて心をなぐさめ、その出発を涙ながらに見送る。軍は次のように編成された。上が将軍、下が副将である。

第一隊　李雄　呼延晏
第二隊　劉弘祖　石季竜
第三隊　段方山　慕容庵

六人の勇将と千五百の精兵は、旗指物をへんぽんとなびかせながら、如賓郷を発して壮途についたのだが、その軍紀はまことに厳正で、道中すこしも民を犯し苦しめることはないので、途中の村人もびっくりしたり感心したりして見送る。由来、中国では、軍といえば盗む、犯す、たかるのが常であり、民にとっては悩みのたねだったからである。

弘祖は馬上にあって、一詩を吟じた。

如賓郷内、書生出で
覇馬《きば》　鞭を提げて九州に横たう
顧眄《こへん》すれば賢多くは賤しからず
功成るは応《まさ》に大平の秋《とき》に在り

道中なんの異常もなく、軍は発鳩山に近づいた。弘祖が李雄をやって到着を告げさせれば、ほどなく金鼓の響きが全山をふるわせる。みな頭をあげてながめると、旗や馬印のひるがえるあたりから、武装した二人の女将軍が、二人の武将とともに、奇怪な獣に乗って駈け出して来た。その四人は、だれであろうか。これぞ次の人たちである。

神机大元帥　陸松庵
神机副元帥　袁玉鑾
前将軍　　桐凌霄
鎮軍大将軍　劉　宣

四人の将軍は、門からとび出して劉弘祖一行を迎え、相擁して叙義門を入れば、石珠は他の将をしたがえて出迎える。鳳儀殿《ほうぎでん》に入って、それぞれ名乗りをあげたが、石珠はその場で劉弘祖に、総司令官になってほしいと申し出た。だが弘祖は、

「それはいけません。〝強賓（強い客）は主（主人）を圧せず〟と言います。我々はもともと、義を尊んで来たのであって、功を立てるのが目的です。何の功も立てていないのに、どうして総大将になれましょうか。ましてや石姉は人望もあり、その兵は強く、人数も多い。総司令官は、やはり石姉になっていただきたい」

と謙遜すれば、石珠は言う。

「わたしはいま元帥を僭称しているのを、とてもおこがましいと思っているのです。劉兄がその重い任務を代わって下さるなら、本当に有難いのですが……」

「いけません。よそから来たばかりの私には、その資格はありません。そんな大それたことをしたら、兵たちが愛想をつかしてしまいましょう」

見かねた石季竜が進み出た。

「弘祖兄は、言い出した以上、決して自説を曲げる人ではありません。ここは強制なさるべきではありますまい。正式な地位は手柄を立てた上で定めても遅くはありますまい」

石珠も、なるほどと思って、意見を強く主張するのをやめ、その日は鳳儀殿に盛宴を張って、新旧の諸将の交歓を図った。

翌日、石珠は新来の諸将に対して次のような辞令をあたえた。

劉弘祖　総督　兵馬副元帥
石季竜　鎮東大将軍
段方山　竜驤大将軍
慕容庵　左将軍
呼延晏　右将軍

それと同時に、従来からの将軍については次の通りとした。

石珠　総督、兵馬大元帥

陸松庵　神机元帥
袁玉鑾　神机副元帥
侯有方　侍謀賛善護軍々師
稽有光　副軍師
陸雲間　驃騎大将軍
劉　宣　鎮軍大将軍
姚仲弋　冠軍大将軍
斉万年　車旗大将軍
張方　衛将軍
桐凌霄　前軍将軍
喬晞　援軍将軍
李雄　護軍将軍
王子春　軍粮都護

続いて石珠は諸将に対し、日を卜して出兵したい、と提案した。すると副軍師の稽有光が言う。

「われわれが兵を率いて洛陽を襲う場合、洛陽にいる晋軍将兵が、われわれに心を許さないため、たとえ勝っても、その勝利を保ち得ない心配があります。そこで洛陽を直ちに衝くのは後廻しにし、まず晋陽を陥れ、これを基地にしては……と思うのです。晋陽は左に恒山を擁し、右に大行山脈をめぐらす要地、加えて上党は山川峻険で、天下の梁河であり、のどを扼《やく》するところ、この地を奪取することを当面の策とすべきでありますまいか。その上で各郡を順次に略取し、地盤を着々と固め、兵力をふやした上で、百万の雄師をもって洛陽に兵を進めれば、進んで勝つことができ、退いて守ることのできる金石の策と思えます。大元帥はどう思われますか」

「副軍師の献策、まことに理に叶ったものと思います。ただ私としては、賈后一族の悪業を坐視して、洛陽以外の各地を攻め、城を奪えば、天下の人心は、私どもを盗賊視するのではないかと怖れます。ここはやはり、賈氏一族を討つという大義を真正面におし立て、人心に正義を訴え、名分を明らかにし、天子を擁して四方を定める、それには、困難はあろうとも、直ちに洛陽を目指すべきではあるまいかと思うのです」

と石珠が述べると、稽有光、

「それはいけません。賈氏一族は無道ではありますが、天子を現に手中にしており、天子の名をもって天下に号令をくだすことができる立場にいるのですから、

呼

59　石珠，劉弘祖の両軍が合体し，兵を起こしてまず長平関を奪取

軽く見てはなりません。けれども、我々がもし晋陽を奪取したとしても、恵帝は凡庸怯懦ですから、決して軍を派遣して長江（この場合は黄河）を越えて我々を伐つようなことはありますまい」

と反対する。劉弘祖も口を出して言う。

「大丈夫が事をなすからには、正々堂々、日月のごとき公明さが必要です。晋室の司馬氏は孤児や寡婦をだまし、国民をあざむき、天下をだましとった悪逆人、その骨肉がいま相争うに至ったのは理の当然、天のしからしむるところ、どうして我々が、自分の行為の正当性をうたがう必要がありましょうや。まさに漢の高祖、後漢の光武帝が自立し、大業を行なった先例にならうべきです。あの魏の始祖の曹操らのごとく、天子を擁して自分の立場を正当化したマネなど、する必要はさらさらありません。直ちに洛陽を衝きましょう」

二人の言を聞いた石珠は、なおも心を定めかね、諸将を見廻して言う。

「お聞きの通りです。これについて、なお諸将のご意見をお聞きしたいと思います。どうかご遠慮なく発言して下さい」

すると軍師の侯有方、鎮東大将軍の石季竜、驃騎大将軍の陸雲間がこもごも言う。

「副軍師の言こそ、まことに妙計。元帥はお聴き入れあって然るべきかと存じます。もし四方の豪傑が風をのぞみ、機に乗じて我らに先んじて鞭をあげれば、我らはあたら機会を失するの悔いをのこしましょう。善は急ぐべきです」

石珠はこれを聞いて覚悟を決めた。

「諸将のご意見がそうとあれば、成らざるを心配する必要はありますまい。まず晋陽を奪うことにしましょう」

方針は定まった。幾日間か準備に忙殺されて十三日、いよいよ出陣の日となった。石珠は広場に二十万の大兵を集めて閲兵した。将軍の数はすべて二十人、その役割は――

先鋒は左将軍の慕容庵、右将軍の呼延晏を副先鋒とし、神机副元帥の袁玉鑾に謝蘭玉をつけて留守居とする。全軍を二つに分け、前軍の方は劉弘祖隊長のもとに、石季竜、段方山、慕容庵、呼延晏、劉宣、姚仲弋、張方、桐淩霄、副軍師の稽有光の十人、後軍は石珠隊長以下、陸松庵、陸静、斉万年、喬晞、李雄、張傑、符登、王浚に軍師の侯有方の十人。王子春と稽誠《けいせい》の二人は輜重とし、号砲三発、留守軍に見送られた十余万の大軍は粛として征途についたのである。

まずぶつかったのは長平関である。関の守将の黄祥という将軍、その知らせを受けて諸将を集め、軍議を開いた。副将の高士元がまず口火を切る。

「石珠とかいう奴、兵諫と称して、いわれのない兵を挙げ、天下不逞の徒を滅ぼすと豪語しているとか。このままに放置すれば、天下のわざわいになるのは、火を見るよりも明らか。とはいえ、連中は所詮、烏合の衆、これを撃破するのは、いともたやすいこと、閣下は関を固めて守られよ。拙者、きゃつらを一ひねりにひねりつぶし、石珠めのそっ首を引っこ抜いて閣下に献上いたしましょう」

と言うやいなや、馬にとびまたがり、手兵を率いて出撃した。物見の兵からの報告を受けた石珠は、軍を五里（三・三キロ）のところにとどめ、先鋒の慕容庵に命じて立ち向かわせる。慕容庵、初陣のいくさに武者ぶるいしながら、わずかな手勢をつれて馬に乗り、金のムチを手にして出かける。二人の顔が合ったところで、高士元が叫ぶ。

「おのれはどこの鼠《そ》賊《ぞく》じゃ。兵諫と称して兵を挙げ、わが領域を犯そうとは片腹いたいわ。名を名乗れ」

「発鳩山棲賢洞の住人、石珠元帥の麾下に、その人ありと知られた左将軍で先鋒の慕容庵とは、わが名じゃ。この拙者に敢えて戦いをいどむ身のほど知らずの痴《し》れ者の貴様こそ、名を名乗れ」

「おお、教えてつかわそう。冥土への土産に、耳かっぽじってよっく聞け。我こそは長平関の副将の高士元。貴様ら、ゆえなく兵を率いて推参したは一体なんのためじゃ。盗っ人の三分の理とやらを聞いてつかわそう」

「馬鹿には、天下の大勢も、事物の道理も判るまいが、一応は教えてやろう。いまや晋室の威は地を払い、司馬氏の骨肉に互いに傷つけ合い、英雄は各地に決起せんとしておる。我らは、この機に乗じてたち、天下の大乱をおさめて民を安らかにせんとするもの。豪傑の命を用いること正大、功は日ならずして成るであろう。貴様らがこの小さな関を守ったとて、何の益もない。早々に降参して二つとない命を全うした方が、身のためというもの。かたくなに関を固守する阿呆《あほう》め、あとになって後悔してもおそいぞ」

馬鹿、阿呆とののしられ、高士元は頭に来た。

「ほざきおったな、コソ泥め、その口、切り裂いて、高言がきけぬようにしてくれるわ」

と、手にした大刀をふるって斬りかかる。慕容庵、少しもさわがず、得たりや応と、金のムチをふるってこれにこたえる。両者たたかうこと三十余合、高士元の気力武力がおとっていたと見えて、これはかなわぬと背を見せて逃げ出せば、慕容庵はこれを追って、その部下をことごとく斬り倒して、ゆうゆうと帰陣する。高士元は、からくものがれて、ただひとり関内に逃げ込み、門を閉ざして再び出て来ようとはしない。慕容庵、緒戦の勝利を報告すれば、石珠は、

「幸さきのよい勝利、軍功第一」

と賞し、書記に命じて、その戦功を記録させる。ついで諸将を呼んで関を破る方策について相談したところ、呼延晏が言う。

「ほんのちょっとした計略さえ立てれば、こんな関を突破するくらい、何の雑作もありません」

石珠は喜んだ。

「将軍には、どのような策がありますか」

「ご苦労ですが、あす、もう一ぺん慕容庵将軍をわずらわして討って出ていただき、高士元を関から引っ張り出す。慕容庵将軍は、わざと敗れたまねをして逃げる。すると高士元めは、昨日のしかえしとばかり、カサにかかって追って来るでしょう。関将の黄詳は、高士元の勝利を見ると、必ずや関を開いて総勢で追撃に及ぶ。

そのころを見はからい、拙者は部下をひきいて敵の背後にまわり、関内に入って火を放つ。関内に残した兵は少ないはずですから、関を制圧するのに、さしたる困難はありますまい。関がすでに我が軍に奪われたと見た黄詳らは、肝をつぶし、たちまち志気を失って消滅してしまうに違いありますまい。これすなわち調虎離山の策といい、漢初の勇将・韓信の考案した計略です」

石珠は横手を打ち、

「妙計、妙計」

と、すぐさま賛成した。

さて翌日、慕容庵は計略通り、再び兵をひっさげて関の前まで進み、悪口雑言をあびせて戦いをいどむ。片や高士元、

「きのうは鼠賊とみくびったばかりに、思わぬ不覚をとった。加えて重なる悪口雑言、もはやゆるしてはおけぬ。きょうこそは貴様をやっつけて、きのうの仇をとらなければ、俺の男がすたる」

と歯をバリバリ嚙み鳴らしながら討って出る。それと見た慕容庵、ニタニタ笑いながら金のムチで、おいでおいでをすれば、血がトサカにまでのぼった高士元、形相ものすごく斬ってかかる。両人たたかうこと二十余合、高士元の恨みの必殺の刀をあしらいかねてか慕容庵、じりじりとおされてさがり、遂には敵しかね、背を向けて逃げ出した。それが計略とは知らぬ高士元、しめた！　と部下に下知し、勢いにのって追いかける。

高士元の旗色よしと見た関将の黄詳、それっ！　機をのがすな！　と、命令して関の門を開き、全軍が追撃に移った。このとき、慕容庵の援護に出ていた斉万年の軍が、慕容庵の敗北を見て、横合いから突っかかったが、これまた関側の軍の勢いを阻みかね、次第に浮足立つ。

それが予定の行動とも知らぬ黄詳と高士元、ますます勢いにのり、全軍、二里（約一・二キロ）ばかりも深追いしてしまった。そのとき、後方の関のあたりで、天にもとどろく砲声一発、関側の軍、何事かとふり返って見ると、これはどうだ、頼みの関は天に冲する猛火に包まれているのではないか。

（しまった。敵のワナにはまった）

と察したが、すでに手遅れ。高士元があわてて馬首を返そうとしたところに現れ出た姚仲弋、

「きさまら、とうとう我らの計略にかかりおったわ。関が我らの手中に帰したいま、どこへ逃げて行くつもりじゃい」

すっかり意気沮喪した高士元は、ここで仲弋の日月刀の刃の下に、あえなく一命をおとしたのである。

高士元が伏たれたのを見た黄詳、これまた全く戦う気力を失い、そのまま雲を霞と、部下をほったらかして単身、潞安《ろあん》府めざして逃走する。部下はむろん、クモの子を散らすように、四方八方に逃げ散るばかり。

それと見た姚仲弋、あえて追うことなく、兵をまとめて関に向かう。見れば関には、すでに味方の旗がひるがえっている。

大喜びで関に入り、呼延晏の手兵と協力して鎮火にあたるとともに、関の奪取成功を石珠に報告する。石珠も喜んで、余燼のくすぶる関内へ、全部隊をひきつれて入って来た。呼延晏、姚仲弋の軍功は、さっそく記録され、火を受けた家には、米粟や衣類が与えられた。同時に、欠けた役人には賢能を選んで補充したため、人民は大いに喜んで、その善政をたたえた。

石珠軍は関内にとどまること十余日、さらに兵を進めて潞安府に向かう。前衛軍が良郷村に入ったころ、すでに夕暮れとなった。時に陰暦十一月とあって、北風は肌を刺すごとく、寒気はひとしお、雲は重く垂れ込めて、遂に雪が降り出した。

そこで石珠は全軍に大休止を命じ、良郷村外に露営して晴れるのを待つことにした。将士は山林深く入って宿営の準備を始める。石珠はまた張方に命じ、部下をひきいて採暖用の枯れた木や枝を買って来させることにしたが、そのとき、村人に乱暴狼籍を働くことを厳にいましめたのは、正義の軍であるという誇りのためである。張方は委細承知して出発する。

薪木は集まった。ついで石珠は酒を出すことを命じた。

「身体をあたためるには、内からに限る」

将兵は、焚火にあたりながら、酒をくみかわして大喜びである。石珠も諸将と盃をかさねているところへ、近くで大きな叫び声が起こったのに一同びっくり。

急いで陣営の外へ出てみると、中空に青面狼牙、銅眼赤髪、満身に赤い筋が露出し、身には一糸もまとわず、手に鉄の熊手を持ち、赤い煙を吐いている怪物が、勢いもはげしく突進して来るではないか。みんなは恐れをなして営中に逃げ込んでしまう。

ただ、侯有方と稽有光の正副軍師だけは、道術の心得があるだけに、いささかも取乱すことなく、平然と突っ立ったままである。まず侯有方、手にした紫電鎮魔の宝剣の柄を握って空中に跳び上がれば、彼の怪物も、心得たりと鉄の熊手をとり直す。互いに秘術をつくして渡り合うこと小半刻《とき》、空はいよいよ暗く、雪はますます激しく降って来る。さすがの怪物も、くたびれたと見えて、熊手をかついで逃げ出した。暗闇が、その姿を消してしまう。

侯有方は、怪物が逃走したので、地上に下りて来る。空を仰いで成り行きを案じていた稽有光、下りて来た有方を見て言う。

「どうやら追っぱらったが、あいつは一体なにものですか？　手だれの軍師に戦いをいどむとは大胆不敵な奴だ」

有方は笑いながら、有光をさそって陣中に入り、石珠に言う。

「彼奴の正体は判りませんが、そのやり方には、一、二のうなずける点があり、あえて恐れるほどのことはありません。あすこそ彼奴めをきっとやっつけ、この地方の害をのぞいてやります」

有光も、そばから口をさしはさむ。

「拙者もあす、軍師と力を合わせ、法力を駆使して怪物を平らげよう」

聞いた石珠がたずねる。

「怪物は、どこから来ており、その妖力のほどは、どれくらいですか」

「大したことはありませんよ。どこから来て、どこへ去ったかは、いま申した通り、ハッキリ判りませんが、どこかにひそんでいようとも、必ず退治して、わざわいの根元を断たねばなりません」

「ともあれ、今夜は大いに飲んで鋭気をやしなうのが先決」

という弘祖のことばに、一同、

「そうだ、そうだ」

ということで、その夜は寒さしのぎも兼ねて、したたかに酒を乾した。

あくる朝、石珠は、くだんの怪物を退治して地元の難儀をのぞこうと、部下に命じて土地の人をつれて来させ、怪物のことをたずねることにした。ほどなく連れて来られた一人の農夫。石珠はたずねた。

「ゆうべ、これこれの様子をした怪物があらわれた。幸いに撃退したが、だれ一人としてその素生を知りません。もし知っているのなら、教えて下さい。聞けば、いつも人身御供をさし出しておられるとか。わたしたちは、あなた方に代わって、難儀をのぞいてあげたいのです」

すると農夫は首をふって言う。

「それはいけません。第一、退治なんかできるものですか」

「なぜですか。わたくしたちには手があるのですよ」

「いや、だめです。私たちは、あの怪物に頼って暮らしているのですから、やっつけて下さっては困るのです。それにあの怪物は、とても強いのです。とても敵《かな》いますまいよ」

「いいかげんなことを言うのはやめなさい。人びとがあの妖怪に頼って生活しているなんて」

「いいえ、大元帥さま。けれども、ご存知ねえのは、もっともでごぜえやす。実は、この良郷村には百あまりの家がござりやすが、みんな、あの神仙さまのおかげで食べて行くことができておるのでごぜえやすだ」

石珠は聞いて怒った。そして農夫のことばも終わらぬうちに叫んだ。

「みんな、あいつに食われてしまっても、なおかつ、あいつのおかげで食べて行ける、ありがたいことだと言うのですか。それとも、頭のおかしくなった人が、あいつは神仙だという話を作り上げて、あいつをよこさせて、あいつに何かさせようとたくらんでいるのですか」

「ちがいますんで、元帥さま。あっしらが自分で望んで、あの神仙にさし上げておりますんで」

「全くバカげた話です。自ら進んで、あいつに人身御供をさし出しているなんて」

「元帥さま。あの神仙は神火至尊とおっしゃいまして、ここから半里ばかりのところにある廟がそれでがす。毎年四月十五日になりますと、てまえどもはイノシシやヒツジと、二、三歳になる女の子をかついで廟へお詣りをし、供えてめえりやす。神仙さまが召し上がられたのを見て、田植えをいたしやす。そうすると、それから一年間、田畑のみのりは十分とれやす。

わっしらが病気一つせず、日々息災に暮らすことができるのも、そのおかげでがす。けんど、もしそのお供えをおこたりやすと、田畑は荒れ、人は死に、あっしらがひでえ目に遭うんで、とてもまともには暮らせねえでがす」

聞いた石珠は思わず笑い出した。

「この村の人は本当におろかなんですね。明らかにあの怪物に祟《たた》られているのに、かえって、あれに頼って生活しているなんて。ま、しかし、本当のことを言ってくれて有難う。これで、あいつのことがハッキリしました」

と言って、その農夫に酒食を与えて帰らせた上で、侯有方に言う。

「あの怪物のために、どれだけの人、わけても女の子が害を受けたか知れません。いまのうちに退治してしまわないと、その被害は、はかり知れぬものがあります。軍師には何かよいはかりごと、退治の方法がおありでしょうか」

「まず、きゃつの廟を焼きはらってしまう。その上で、きゃつをやっつけましょう。大したことはありますまい」

副軍師の稽有光が口をはさむ。

「いや、あいつの通力は、なかなかのものだから、軽く見てはなりますまい」

「いや、俺には手だてがあるのだ」

有光はそう言って、二十人の兵士に命じて、乾燥した柴と硫黄などを持たせ、自慢の紫電鎮魔宝剣をかくし持って、その廟へと急ぐ。半里ほど進むと、なるほど立派な廟があり、軒には「神火祠」と大書した額がかかっている。

それを見た有方、思わず腹が立ち、兵士に命じて火をつけさせる。さいわい廟の中には、たくさんの稲わらが積んであったので、火は勢いよく燃え上がって、廟はたちまち焔に包まれた。と、廟の中から草木を震わせる大音声とともに、とび出して来た奴がいる。神火至尊と呼ばれる、例の怪物である。

「侯有方め、わしはきさまに何の手荒なこともしておらぬのに、きさまは、わしの廟を焼いて、わしを殺そうとする、一体なんのまねじゃ」

「何の、このバケモノめ。きさまは長年にわたって悪業をかさね、加えて、村のいたいけな女の子を食いおった。わしは村びとにかわって、きさまを退治に来たのじゃわい」

「わしが村の子を食ったとて、てめえとは何のかかわりもあるめえに」

「うんにゃ、きさまのようなワルは赦しておけぬわ。

覚悟せえ」

と言って、隠し持った宝剣を抜き放って打ってかかれば、化物も鉄の熊手をふり上げて応じる。戦うこと三十余合、勝負はなかなか決しない。侯有方、しからばと、口中に降魔の呪文をとなえながら、腰につけていた縄《なわ》を化物めがけて投げかけると、天地も崩れんばかりの大きな音がしたかと思う間に、その縄は一匹の大ウワバミと化して、神火至尊にまつわりつく。

化物はあわてて熊手で、そのウワバミをのけようとするが、ウワバミはいよいよ強く化物をしめつける。化物はいまや、キリキリとしめ上げられて、手も足も出ない。

うなづいた有方、大喝一声、宝剣をひらめかしてその首を打てば、化物の首は宙にとび、おびただしい血を流してグッタリとなる。血の河の中によこたわる神火至尊をよく見れば、それは劫《こう》をへた熊の精であった。有方は、その死骸を廟の中へ放りこみ、廟もろとも火葬にしてしまった。こうして村人の害はのぞかれたのである。

有方、首尾を果たして帰営し、石珠にそれと報告する。石珠は、その功をねぎらい、

「軍師は土地の人のために、妖怪を退治された。これは大敵を討ち滅ぼしたのにまさるともおとらぬ大功」

とほめたたえる。村人もそれを聞いて驚くやら感謝するやら。

空は晴れたが、雪はなお積もったままなので、進軍することはできない。そこで良郷村になおも三日間駐屯し、四日目、いよいよ出発しようとすると、一人の兵士があわただしく本営にとび込んで来た。一体なにごとが起こったのであろうか。

四　石珠軍、潞安を降し、晋陽側は
兪《ゆ》家三兄弟を味方に引き入れる

あわただしく駈け込んで来た兵が言う。

「どこから来たのか判りませんが、前方に一隊の軍がいます。赤い旗を立て、全員、赤い巾をつけておりますが、その首領と思われる年少気鋭の金甲をよろうた武将が、竹のふだを手にして馬をとばしてやって参り、すでに本営近くまで到着して、元帥に面会を乞うております」

そこで石珠は慕容庵に命じて迎えに出させる。庵がかしこまって出て行くと、一隊の兵は、すでに味方の軍営近くまでやって来ており、慕容庵を認めたその若い武将は、自軍の兵を制して前進をやめさせ、単騎で乗り出して来て言う。

「それなるは石珠元帥の側近の方とお見受けいたすが……」

「いかにも、さようです。そういう貴殿は?」

「やはりそうでしたか。ありがたい」

若い武将は、そう言って馬からとびおり、

「拙者は洛陽の崔賓佐《さいひんさ》、号を子明と申す者、石元帥の麾下に投じたくて推参いたしました。将軍のお名前は存じ上げませんが、おとりつぎ願えれば幸いです」

「それはそれは。ようこそお越しなされた。しばし、これにてお待ちあれ。元帥にその旨を伝えて参ろう」

そう言って本営に入り、そのことを石珠に告げると、石珠も大喜びで自ら出迎え、相たずさえて営中に入る。

石珠は言う。

「将軍は洛陽からお越しとのこと、朝廷の現状はご存知のことと思いますが、いかがあいなっておりますか」

「いや、それはひどいの一語に尽きます。いまや張茂先と裴《はい》逸民は臣としての大義を捨てて賈后の側につき、各々大兵を擁して互いに権勢をふるい合っております。近い将来、必ずや骨肉の争いが起こるでありましょう。このありさまを坐視するにしのびず、元帥に一刻も早く洛陽に入って朝廷を正していただきたく、ついては尺寸の功をいたそうと、かくは来投した次第です。

そこで思うに、晋陽は城固く、人びとは富み栄えておりますので、まずここを確保し、これを基地として無道を伐てば、天下を定めることも、さしたる難事ではありますまい」

崔賓佐の言うことが部下の諸将と同じなので石珠も心中よろこび、彼を積弩《せきど》将軍に任じて直ちに出発、ほどなく潞《ろ》安《あん》府をへだてることわずか一里（約六六〇メートル）のところに至ったので、副先鋒の呼延晏に命じて戦いを挑ませることにした。

城の主将は周処、副将は孟観《もうかん》で、ともに己の勇武をたのんでいたが、石珠軍がやって来たと聞いて対策を協議する。周処いわく、

「石珠の兵馬は数も多い上に精鋭ぞろい。加えて知謀の将がいて、先般も長平関を難なく打ち破って志気も大いにあがっている。その軍と戦っても勝ち目はない。だからここは城を堅く守って出ず、彼奴らがつかれ、あき、油断するのを待って、精鋭をくり出して彼奴らの兵粮を奪う。そうすれば彼奴らは進退両難におちいり、加えて飢餓状態となり、一か月もたたぬうちに混乱におちいるに違いない。そこを見はからって猛功を加えれば、いかに石珠軍とて、わけなく全滅させることができよう」

それを聞いた孟観、

「将軍はかねて勇武をほこりにしておられるのに、何という臆病なことを言われるのか。彼奴らは所詮、烏合の衆、決して恐れるに足りません。さきに長平関を破ったのは、ほんの怪我勝ちです。いま我らが城を固く守って出ないとなると、世間の物笑いになりましょう。

加えて彼奴らは常に、晋朝には人物がいない、と広言している由。その広言に物見せてくれるためにも、将軍は直ちに兵をひきいて討って出られよ。かくいう拙者もお供をして出撃し、一戦して石珠めをひっとらえてご覧に入れましょうぞ」

そうまで言われて周処、仕方なく三千の兵をひきつれ、東門を開いて出撃すれば、待ちくたびれた呼延晏、手に青竜刀をひっさげ、剪尾豹にうちまたがって突進し、大声をあげる。

「その方は周将軍ではないか。かなわぬとあきらめ、とっとと馬から下りて降参せい」

聞いた周処、馬の手綱をひきしぼり、槍を地上に突き立てて答える。

「わしの勇名を知っているとは感心な奴。痛い目を見ぬうちに早々退散するがよい。突っかかって来ると

73　石珠軍，潞安を降し，晋陽側は兪家三兄弟を味方に引き入れる

は身のほど知らぬ阿呆じゃ」

「拙者の名は呼延晏、将軍は虎を殺し、蛟竜《こた》をもひしぐ蓋世《がいせい》の英雄と聞くが、いま無道の晋朝のために働いて何の益があろう。一刻も早く我らに降って、永く富貴を保つのが利口というものではないか」

「愚昧無知の匹夫め、わしが虎を殺し、蛟竜をもひしぐ英雄と知っているのなら、貴様こそなぜ降参せぬのじゃ。それを敢えてかかってくるとあっては、貴様の首と胴とを離してしまわぬ限り、わしの腹の虫がおさまらぬわ」

と周処は大いに怒って、手にした槍を構えて突いて来る。呼延晏これにこたえて青竜刀をふり上げ、ここに壮絶な立ちまわりがくりひろげられたわけだが、そのさまはというと
――黒雲は重く垂れ込め、霧またもうもう。戦鼓はとうとうと鳴りやまず、刀と槍とはぶつかり合って火花を散らす。片や怪獣にうちまたがって風が残雲を捲くがごとく立ち廻れば、片や名馬を縦横に馳せて、波濤が岩を嚙んでは退くがごとく進退する。

周将軍は、もとより勇将なので、何条もって敵を恐れようか。軍中を馳せめぐって部下を叱咤すれば、呼延晏また英雄なので、どうして乱戦の中に生をむさぼろうか。これこそまさに、将軍、死を怖れず、怖れ、将軍を死せしめず、というところである――

二人は五十余合も戦ったが勝負はつかない。周処は槍を駆使して神出鬼没、一つの破綻もないのに呼延晏、敵ながらあっぱれな腕前、と心中に喝采を送ったが、感心ばかりしてはおられぬ、この上は、さそいを入れて……と、わざと馬首をめぐらして逃げかかると、周処、逃がしてなるものか、と、かさにかかって追うて来る。

と見た呼延晏、馬上にあって、ひそかに懐中から赤い小箱をとり出して、ふたをあけると、中から金色のタカがとび出して周処にとびかかり、鋭いくちばしで左目をつついた。不意をくらった周処「ウワッ!」と叫んで左手を目にあててたじろぐ。そこを呼延晏、すかさず引き返して一刀のもとに斬り下げれば、周処はたまらずドウと落馬して息が絶えた。

強敵を討ちとった呼延晏、ホッと一息ついて金のタカをもと通り小箱におさめ、部下を激励して敵をあま

た討ちとり、おびただしい武器を鹵獲《ろかく》して帰陣し、石珠に首尾を報告すれば、石珠は大いに喜んで言う。

「周処は城内切っての勇将、それが討たれたのだから、城兵は定めし胆をつぶしていることでしょう。城の落ちるのも、そう遠くはありますまい」

と、そこへ報告が入った。

「副将の孟観がやって来て戦いを挑んでいます」

「孟観の勇は周処にまさるとも劣らぬと聞きますが、だれか応戦する者はいませんか」

と石珠が言うと、そばにいた衛将軍の張方、

「それがしがお受けつかまつろう」

と叫ぶ。石珠がそれを許すと、張方、刀をひっつかんで陣を出る。それと見た孟観は叫ぶ。

「それに来るのは呼延晏か」

「いやいや、拙者は衛将軍の張方、いざ尋常に勝負に及べ」

「呼延晏でなければ相手をしたくない。その方、とくとく呼延晏を呼びもどせ。周将軍を討った罪のつぐないをさせる。貴様では相手にとって不足じゃ」

張方、大いに怒って、

「貴様、この俺を甘く見たな。手のうち見せてくれん」

と叫んで、刀をふりまわして斬りかかる。孟観またこれにこたえ、刀を舞わせて戦うこと十数合もしないうちに、張方は、孟観が大喝一声、ふりおろした刀を受けそこねて落馬する。してやったりと孟観、さらに拝みうちにふり下ろした刀を、からくものがれた張方、命からがら自陣へ逃げもどれば、石珠は大いに怒って、呼延晏を呼んで再度の出撃を命じた。と、そばにいた斉万年、

「二度も副先鋒をわずらわすことはありますまい。拙者が出かけて行って彼奴をとらえ、張将軍の仇をうってやりましょう」

石珠が口を開くのも待たず、ひらりと馬にまたがって駆け出し、敵陣の前で大声でののしり始めた。

「孟観の小ワッパめ、わが軍の大将をやっつけない限り、貴様の死はまぬがれぬわい。貴様が葬られる地を教えてやろうか」

孟観は怒って、ものも言わずに刀をふるって斬りかかる。両人、丁々発止と火花を散らし、百余合も戦っ

たが、なかなか勝負はつかない。孟観、心中に一計を案じ、刀を引いて逃げかけると、万年、そうとも知らず追いかける。

すぐ背後に斉万年の馬の荒い吐息を聞いた孟観、心中、しめた！　と叫んで、走りざまに馬上で、後方に向かって一太刀をくれると、万年の乗馬は首を斬られてその場に倒れたため、万年も落馬して遂に孟観の部下に捕えられてしまった。勢いにのった孟観は、万年の部下をことごとく殺し、捕えた万年を引っ立てて城中に引きあげてしまった。

斉万年が生けどられたと聞いた石珠は、急ぎ慕容庵に命じて出撃させる。庵が近づいてみると、城門はすでに固く閉ざされており、城壁の上からは、おびただしい石や巨木が投げおろされたため、死傷する者無数という手痛い敗北を喫したので、やむなく兵を引く。

重ねての敗戦の報に石珠はいら立ち、諸将に対して言う。

「こんなちっぽけな城一つを攻めあぐんで、二人もの大将がやられたとあっては、どうして晋陽城を奪うことができましょうか」

「勝敗は兵家の常、気にすることはありません。あすは拙者が出かけて一戦し、必ず孟観を捕えて、二将の仇を討ちましょう」

と劉弘祖がなぐさめると、石珠、

「あの孟観というのは、思ったより手ごわい敵、とても副元帥の手には負えますまい」

「これはしたり、元帥はどうして水をさすようなことを言われるのか。拙者、あすはどうあっても孟観を捕えてご覧に入れる」

と劉弘祖は肩をいからして出て行く。

一夜あけて、余憤さめやらぬ劉弘祖は石珠の命令を待たず、烏竜騅《すい》にまたがり、手に金の鞭を持ち、三千の手兵をひきつれて出発する。城方の守兵、それと知って孟観に報告すると、孟観は直ちに城門から乗り出して来る。そして劉弘祖を見て思わず失笑して言う。

「これは何と、ほんの乳くさい小僧っ子ではないか。わしと一戦しようとは、図々しいにもほどがある。じゃが、刄向かうからには、子供とて手加減はせぬぞ」

「平陽の劉弘祖の名を知らぬとは、おぬし、あきめくら同然じゃ。拙者、なるほど年齢は若いが、志は小さくないぞ。貴様をからめとって、張・斉二将軍の仇をうってくれん」

孟観は、またもやと高笑いをした。

「わしの力をもってすれば、お前をひねりつぶすのは雑作ないこと。それを意気がっての大言壮語、本当にお前は世間知らずの小ワッパだわい。これだからジャリは始末に困るて」

ジャリとあざけられて劉弘祖、頭に血がのぼり、ものも言わずに金鞭をふるって打ってかかれば、孟観、フフンと鼻で笑って力をふりまわす。小一時間も戦った末、弘祖は気力負けしてか、遂に敵しかねて馬首をめぐらして遁走する。

孟観が馬を駆って追いかけて来るのを見た崔賓佐、弘祖危うしと、とび出して弘祖をにがし、三十余合も戦ったが、やはり勝負は決しない。日もようやく暮れかかったので、金鼓が鳴って引き上げることになった。

翌朝、石珠が、孟観を討ちとり城を落とす方策を諸将にたずねたところ、張傑が言う。

「あの孟観という男、豪勇ではありますが、強いだけでほかに何の策もありませぬ。かといって彼奴をやっつけられぬ場合は、わが方の計画に齟齬《そご》をきたしましょう。ひとつ拙者が一戦を交え、はかりごとをもって降してお目にかけましょう」

石珠はそこで張傑に出撃を命じる。相まみえた張傑と孟観の二人、辰どき（午前八時）から正午ごろまで、戦うこと百余合、腕前は互角と見えて、勝負はなかなかつかない。石珠は本営にあって気をもむばかり。

ころはよしと見た張傑、あらかじめの計略通り、かなわぬと見せかけて逃げかかった。追って来させるためにである。ところがどっこい、孟観もさる者、その手は食わぬと追いかけて来ぬため、この計略はオジャン。張方は仕方なく、また馬首をめぐらして立ち向かう。

そのさまを見ていた石季竜、もはや猶予はならぬと、手に蛇矛をひっさげ、赤兎にまたがって駈け出し、

「音に聞こえた鎮東大将軍、石季竜これにあり、いざ見参々々！」

と大声で名乗りをあげ、脇から孟観に突っかかり、得物の蛇矛をふりまわす。ひるんだ孟観は、そちらが二人なら、こっちもと、これまた大声をあげ、新手の

黄祥を来援させる。ここに四人の、組んずほつれつの死闘がくりひろげられた。

ところがそのうちに、ドスンという物音がして、一人の将が地上にころげ落ちた。孟観である。季竜の猛攻をあしらいかねて落馬したらしい。孟観は、かけつけた石珠軍の兵によって、たちまち高小手に縛り上げられてしまった。それと見た黄祥は逃げ出してしまう。石季竜、赤兎を走らせながら
「黄祥、きたなし、返せ〳〵」

と呼ばわったが、もとより引返す馬鹿はいない。ますます馬足を早める。石季竜はそれを追いかけたが、そこは駿馬のこと、難なく追いつき、腕をのばして馬上、黄祥のえり首をむんずとつかんで馬から引きずりおろし、駈けつけて来た兵士に命じて、これまた縛り上げた。

こうして二将を首尾よく捕えた石季竜は、張傑ども部下をまとめて、改めて城下に殺倒すれば、大将を三人もやられた城中の兵は、すでに戦意を失っていて、あっさり城門を開いて降伏する。石季竜が兵を率いて入城すると、張傑は本営に馬を走らせて、落城を石珠に知らせる。

潞安府が落ちたと聞いて石珠は大喜び、さっそく本営を城中に入れ、出迎えた石季竜の功をたたえ、その労をねぎらいながら帥府に至ると、孟観、黄祥の二将は、すでに石段の下に引きすえられている。石珠は二人にやさしく声をかけて言う。

「ご両所の勇、まことに見上げたものと、わたくしども、ほとほと感心しました。そなた方は、もはや十分に責任は果たされましたので、ここでひとつ気持を変えて、わたくしどもとともに富貴をはかられてはいかがでしょうか」

「われらは晋の禄を受けており申す。いかに戦いに敗れたとはいえ、いま貴軍に降って、みぐるしい生を望みましょうや。とく首をおはね下されい」

「それは、ちと短慮というもの。よい鳥は棲む木をえらび、良臣は仕える主をえらぶとか申します。お二人は不世出の才を持ちながら、暗愚の主君に仕えておられることを、かねがねお気の毒に思っておりました。いわんや、お二人はもともと晋の直臣ではありますまい。なぜ、そのようにこだわられるのですか」

そばから石季竜も口をはさむ。

「いまや晋室は乱れ、豪傑は天下に蜂起しており申す。将軍の勇と才とをもって、我らとともに戦われるならば、大功を立てられること、まことにたやすいこと。それをどうして、敢えて自らを死地に置かれるのか」

孟観とて、もとより命が惜しくないはずはない。このことばに、そろそろ気も動いて来たので、かたわらの黄祥に言う。

「おまえ、どうする?」

すでに降りたいと思っていた黄祥、これを聞いて安心した。孟観もその気になったなと。そこで言う。

「万事、孟元帥におまかせします」

石珠の方へ向いて威儀を正して言う。

「すでに生をたまわったいま、おことば通りに、元帥の一卒としてお使い下されい」

石珠は喜んで、二人のいましめを解かせ、階上に引き上げて諸将とともに酒宴の席につかせる。一方、斉万年に命じて城内に安民の布告を発する。こうして孟観は安平大将軍兼潞安州知事に、黄祥は副将軍に任ぜられ、これまで通り潞安府をあずかることになった。

城中にとどまること十日、石珠は諸将と相談して兵をわかち、まず平陽の諸鎮を各箇に奪取したのち、大兵を合わせて晋陽を攻めることとした。すると孟観が言う。

「拙者は元帥の厚恩をかたじげのうして、いまここに生を保っておりますので、兵力を労することなく、手にツバをして諸郡を手に入れる妙策を進呈し、元帥のご恩にむくいたいと存じます。これが成れば、元帥は直ちに晋陽にお入りになることができ、大業も日ならずして成るでございましょう」

「それはすばらしい。して、孟将軍は、どのような妙計をお持ちか。もっとくわしくお聞かせ下さい」

「されば、太原一帯の要地は晋陽、雲中、上党、西河の四か所であり、そのほかの義寧等の郡は城郭が小さく、人も少なく、その富も大したことはありませんので、考慮に入れる必要はありません。いま上党はすでに味方のものとなりましたので、これは問題外です。ところで、残る平陽の糜弘《びこう》、雲中の趙譲、西河の韓志道の三守将は、いずれも拙者とは、かねて同生共死を誓った仲、そこで拙者が手紙を送り、我に味方するように説けば、彼らが来たり投ずることは必定。この三城が手に入れば、義寧などの小郡もまた風を望んで降るでありましょう。もし降らなくても、いま述べたように、大したことはありません。

以上のことに成功したら、元帥は大兵を率いて直ちに晋陽城をお攻め下さい。そのころには、城は孤立し、味方も少なくなっておりますので、日ならずして降るに違いありますまい。晋陽が手に入れば、并州はすでに元帥の手に帰したも同然、然るのちに、その勢いをもって、一挙に洛陽を衝けば、晋にいかなる智者、勇者がおろうとも、もはや怖れるに足りますまい」

たなごころの上に指さすような妙策に、石珠は大いに喜んだ。

「天下の英雄、知謀の士の方略はみな同じですね。実は挙兵のさい、わが軍の主な将は、いずれも、まず晋陽を奪ってから洛陽へ進むことを進言しましたが、いま孟将軍も、同じことを言われる。加えていまは、他の三城を労せずして降す計略をお示し下さいまして、大変たすかります。こうなっては、善は急げです。ただちに書面を諸郡に送り、降をすすめましょう」

と大乗気。そこで孟観は、すぐさま三通の手紙をしたため、心きいた部下に持って行かせた。

孟観の手紙を見た三将は、果たしていずれも、相ついでたくさんの礼物をたずさえ、潞安にやって来て石珠に降った。そのときの礼物は次の通りである。

趙譲　黄金百両、銀甲三十着、めのう盤十箇、ヒョウ皮五十枚、どんす十車

糜弘　白銀八十両、名馬三十匹、粮米百石、美酒十樽、ぶどう十車

韓志道　黄金三十両、白璧一双、粮米百十石、美酒二十樽

石珠の喜びは非常なもの、直ちに盛大な宴会を開いて、新旧の諸将をもてなしたが、そのにぎにぎしさは、これまでの宴会の比ではなかった。席上、趙譲ら三人の新仕の将軍は、いずれも鎮東大将軍に任ぜられ、それぞれの従来の持ち場の兵馬の権をまかされた上、たくさんの引出物をもらったため、三人とも、喜びかつ感謝して、それぞれの任地へ帰って行った。

三将が帰任するのを見送った石珠は、改めて孟観を

呼んだ。

「将軍は、一兵もそこなうことなく、坐したままで三つの大郡を降された。その功は甚大です」

そう言って、白金五十両、どんす十端、名馬一匹、金杯一組を与えた。孟観は辞退して言う。

「これひとえに石元帥のご威光、諸将のご努力のおかげであって、拙者のせいではありません。わが軍に真の徳と力とがない限り、いかに拙者が説得しようとも、三人が来投するはずはないのです。賜わり物は心苦しゅうござる」

「いやいや、大功があれば重賞を受けるのは理の当然。一片の紙きれで三城を得られた功は、むかし漢の高祖に仕え、三寸の舌をもって城をくだす功をたてた酈生《れきせい》に決して劣るものではありません。辞退は無用です」

そうまで言われては、孟観もことわれない。有難くちょうだいする。諸将も、新参ながら孟観が戦わずして三大城をくだしたことは大いに多としているので、この特別賞賜に異論はなかった。

また二、三日すぎた。よいことは続くもので、義寧、河東らの諸城も、趙譲ら三将が降伏したことを聞いて、いずれも礼物を手にした使者をよこして帰服を申入れる。石珠がそれぞれに恩賞を与えて現職を安堵したことはいうまでもない。

ところで、大原の楡次《ゆじ》県に、あるご大家があり、その家の門前に三本の大きな楡《にれ》の木が立っていた。前漢の初めごろ植えられたものというから、すでに三百余年の樹齢をもっている。だが、植えられてすでに久しいため、枝はことごとく枯れてしまったが、幹だけは朽ちも倒れもせずに立っていた。

ところが、ある夜半、木の上に火光が出現したという評判が立った。人びとは、これはそのご大家に禍いをもたらす不吉なことだ、とうわさし合った。ご大家の方も、そんなことは判っていたのだが、その土地の風水の関係で、伐り倒すのをためらっていたのである。

それからしばらくして、ある大暴風の夜、その三本の楡の木は突然、姿を消してしまったので村人は驚いた。

「木や石が妖をなし、わざわいをもたらすという話は、むかしから聞いている。あれもきっとそうだ」

とうわさし合った。

では、なぜ突然、消えてしまったのであろうか。実はこの三本の楡は、兪魁《ゆかい》、兪仲、兪季という三人の人間に変化《へんげ》したのである。三人の怪人は深山に入って草庵をいとなみ、学問にはげんだ末、一年ほど経ったのち、数千人の部下を持つに至った。

いずれも容貌は人とことなり、馬を上手に乗りこなし、槍や棍棒や刀をうまくあやつるので、晋陽府を驚かせ、恐れさせるに至った。官兵は、しばしばこれを討伐したが、常に失敗に終わった。この兪姓の三人は、世のさま、人の動きをよく知っているし、人民には害を与えず、ただ武芸にはげんでいるだけなのである。これこそ、人里はなれた深山にかくれ住み、悠々自適して、人の世の俗事や名利を離れた賢者……と心ある人は賞賛していた。

そのころ、晋陽の総督、大将軍の来斯《らいし》は、石珠の軍が上党をおとし入れ、雲中などをくだし、その大軍は直ちに晋陽を衝こうとしていると聞いて、諸将を集めて対策を協議した。すると冠軍将軍の費廉《ひれん》が言う。

「并州の地が、すでに敵に略取されたいま、この晋陽は守りが固いとはいえ、孤立している上に兵力も少ないので、このままでは久しく保つことは困難でしょう。猛将精兵でなくては、とても石珠軍に抗しかねます。そこで拙者には一計がございます」

「何なりと申してみよ」

「さればです。彼の兪魁らの軍勢は、すべて鬼怪の相を持っており、その武力も強うございます。良民を犯さず、それでいて勇敢、官兵がいくら討伐に向かっても、その都度やられています。いまこそ元帥は人を派して彼らを手なづけ、石珠軍にあたらせてはいかがでしょうか。そうすれば兪魁軍は、まさに朽木をくだくように石珠軍を破って并州などの地を奪い返すに違いありません。

もし万一、兪魁軍が敗れても、われらにとっては、わざわいがのぞかれることになり、どっちにころんでも、損にはなりますまい」

来斯は、だまって聞いていたが、

「しかし、彼らは奇怪な面相をしているという。したがって、その心も我々とは違った妖魔のそれではあるまいか」

「常ならざる相をした者には、常ならざる軍功がありましょう。虎豹犀狼こそ用うべきです。戦闘にあっては、彼らの外形が奇怪凶悍なことは、むしろ長所であり、石珠軍は、その姿を見ただけで怖れ、しりごみするに違いありません。これこそ、戦わずして敵をくだすというもの。何の心配も要りません」

来斯はうなづいた。

「その方の申すこと、まことに尤もじゃ。しかし、果たして来てくれるであろうか」

「来るか来ないか。とにかく招いてみることです」

「来たとして、どう区処する?」

「それは来た上のことです」

来斯はそこで、副将の杜茂《とも》に費廉をつけ、手紙とおびただしい礼物をたずさえて派遣する。杜茂一行は愈次県に入り、兪魁らの棲む山中に到り、まず人をやって到着を告げると、ほどなく兪魁が魁仲、兪季の二人を伴ってあらわれる。ともに営中に入って名乗りをあげて来意を告げ、手紙と礼物とをさし出せば、まず兪魁が言う。

「都督の手あついお招き、どうして応じないことがありましょう。ただ一言、申上げたいことがあります」

「何なりとどうぞ」

「われらはこれまで、良民をしいたげず、かといって王化に服さず、独自の道をとって参りました。それがいま都督のご要請によって出兵するわけですが、都督の統制を受けたくはありません。戦いは、我らの任意にさせてほしいのです。進むも退くも、すべて我らの独自の判断によらせてもらいたい。

もし、この要求が聴き入れられないのならば、我らは出兵を辞退し、局外中立に立って、これまで通りのやり方で、我々の暮らしを続けて行くのみです」

聞いた杜茂、しばらく沈黙した。重大問題なので、すぐには返答できないのである。そばにいた費廉は、話が決裂するのを怖れて口を開いた。

「貴殿がたは、ただ都督の要請に応じて、石珠軍を破って下さりさえすればよろしい。そうすれば、都督の統制を受けるも受けないもありますまい」

「なるほど、そこまで判っていただけるのなら、ひとつ、力一杯がんばってお目にかけよう」

杜茂も覚悟を決め、喜んで言った。

「これで我が軍の勝利、もはや決まったようなものです」

話がついたので別れを告げようとしたところ、兪魁が言う。

「少しお待ちあれ、まだ話があります」

「何ごとですか」

「いま石珠軍は上党にあり、なおも動こうとはしていません。われわれはあわてて兵を動かすことなく、敵軍が晋陽に向かって動き出すのを待ち、来斯総督の迎撃軍と呼応し、我らも出兵して敵の背後を衝き、両者で挾み討ちにすれば、戦いは勝利疑いなしです。いかがですかな」

「それは妙計。ただ連絡だけは十分保っていただきたい」

そう話はまとまり、杜茂らは山をくだってゆく。それを見送った兪仲と兪季の二人は、うらめしそうに兪魁に言う。

「聞けば石珠軍には異人がいて、その才知は我々とはくらべものにならぬほど、すぐれているというではないか。なのに兄者は、軽々しく都督に味方すると約束した。もしうまく行かないと、我々は元も子もなくなってしまうではないか」

「大したことはない。いいか、よく聞けよ。石珠軍が晋陽に迫ったら、まず都督軍と戦わせる。もし石珠軍が弱ければ、我らも乗り出して都督軍を助けて石珠軍をやっつけ、都督に恩を売る。

反対に、石珠軍が強くて、都督軍に勝ち目がないと見たら、兵を引いて生命を全うするか、あるいは進んで石珠軍に降伏して、功を立て、富貴への道をとる。わしが都督の統制に服さぬ、と言ったのは、その本意があるためだ。

あの肚黒い都督が、我々と石珠軍とを戦わせ、とも倒れにさせて、一石二鳥の実を上げようとしての策だと見抜けぬほど、わしは馬鹿ではないわ。こっちは、その裏をかいてやるだけよ」

「さすがは兄者、そういう深謀遠慮だったのですか。よく判りました。けれども、その進退駈引きを誤られませんように」

「もちろんだ。決してヘマはせぬ。わしに任せておけ」

と、ポンと胸をたたく。

「うまい方法がありますか？」

「わしが思うに、石珠軍は、寒さがきびしい時には決して討って出まい。かといって、それを我々が、ただ慢然と手をこまねいて待っている手はない。そこで日ごろの訓練の仕上げに、一番、派手な演習をやらかして、我々三兄弟の腕前を披露し、世間のド肝を抜いてやろう。どうだ」

「具体的に、どんなことをやるんで？」

「お前たち三人と、まず法術・武術くらべをし、ついで弓の腕くらべといこう」

「それは至極妙計です」

数日後、三人は、それぞれの得物の武器を手にして営前に躍り出た。まず兪魁は大きな開山斧をひっさげて兪仲に立ち向かう。兪仲は手にした長槍をふり回す。両者、三十余合も戦ったが、勝負はつかない。

やがて兪仲、大喝一声して長槍を高くさし上げれば、たちまち六臂《ぴ》巨口の狼と化し、六本の手には、それぞれ長槍が握られている。それと見た兪魁、これまた身をふるわせて、身のたけ三丈、頭は巴斗のごとく、口は血盆、金面銅眼の巨人に変じ、開山斧もまた巨大な斧と変わって、兪仲めがけて打ちかかる。

二人はまた二十余合も渡り合ったが、やはり勝負は決しない。すると兪仲、またまた一喝して、こんどは口から火焔を吹き出し、兪魁を焼き殺そうとする。あわや火だるま、と見えた兪魁、これまた身をゆすって一陣の冷風を口から吹き出したため、さしもの火焔も消えてしまう。

火焔を吹き消された兪仲、しからばと次なる法術に出ようと身構えたとき、大喝一声、こんどは兪季がおどり出て二人の間に割って入ったと見ると、なんとマダラの猛虎に変じている。ここにおいて三人は、三つ巴になって組んずほずれつの闘いを展開する。しばらくやり合ったのち、三人は、法術を収めて言う。

「こんどはひとつ、我々の弓術の腕前を見せようではないか」

兪仲がそこで、一本の竿を百五十メートルのところに立てれば、兪魁が言う。

「まず俺がやろう」

そして狼牙箭をつがえて満月のように引きしぼり、

ひょうと放てば、首尾よく竿に突きささる。続いて兪仲、負けじと放てば、これまた兪魁の矢の真下すれすれのところに刺さる。残った兪季、それを見て言う。

「兄者たちと同じところに当たったって面白くねえ。ひとつ趣向を変えて、小銭を一枚、竿の上にのせてくんな。その真ん中を射抜いてみせよう」

竿の先を少し割って小銭を立てると、兪季の矢は言葉通り、その真ん中を射抜いて小銭をとばす。部下どものどよめきは、しばし鳴りやまなかった。

演武を終わった三人、それぞれの腕前をほめ合ったところで、部隊の編成に乗り出し、二人ずつ副将を選出した。副将になるのは、いずれも武芸にすぐれた者ばかりである。

兪魁軍　通臂猿袁雲　跳河猛虎戚自覚
兪仲軍　力処士牛悟道　出海蛟山蜮
兪季軍　出洞蛇得喜　抜山鬼常見

と、いずれもその名にふさわしい猛勇の者ばかり。いよいよ出陣の日は来た。全軍を前にして兪魁は大声をあげる。

「わしの軍は中軍、兪仲軍は左、兪季軍は右を進めい！」

全軍、整々と出発する。そのさまは〝威風凛々、旌旗盛ん、殺気は地にみなぎり、土埃は天に冲し、天日ために昏《くら》し〟というところである。

こうして兪家の軍勢が押し出したころ、晋陽総督の来斯は、并州の地の失陥に心中の不安をおさえ切れなくなり、上書をしたため、費廉に命じて洛陽へのぼらせて、朝廷に援軍を要請した。その上書を見た大臣の賈模《かも》と賈益は費廉に言う。

「石珠という奴、一介の女子に過ぎないのに、城をおとし、地をかすめ、向こうところ敵なしという。思うにこれは、お前たちが賊徒と気脈を通じており、一生懸命になって賊徒を討伐しようとしないからであろう。援軍などもってのほか」

と、恵帝に奏上して、来斯以下の主だった者を罰しようとした。丞相の張華のとりなしにより、功を立てることを条件に、罪に問われることだけは免れた。

費廉は、ほうほうの態で晋陽に帰って来て、首尾を来斯に告げる。来斯は心中、甚だおもしろくないが、仕方なく、石珠軍迎撃の準備を進めた。

五　石珠軍、晋陽に猛攻を加え、虚々実々の戦の末これを降す

さて晋陽都督の来斯は、朝廷から、援兵を送らないばかりか、敵を討滅しないと罪におとす、と言われて、心中はなはだ面白くない。が、仕方なく、晋陽城内の兵馬を一応検閲して、石珠軍を迎える覚悟を決めていた。そこへ見張りの兵があわただしくとんで来た。

「城外に金鼓の響きが、しきりに聞こえます。賊が攻めよせて来たものと思われます」

これを聞いた来斯、急ぎ城壁に上がってみると、こはいかに、野にも山にも、見わたす限り、軍馬が満ち満ちている。旗幟は風にはためき、金鼓の音は天地をふるわして甚だ勇ましげである。いわずと知れた石珠軍の到来と見た。

中なる総大将とおぼしき武将は、金甲をかたくよろい、怪獣にうちまたがり、手には黒燕槌を持っている。その後には竜虎の旗がひるがえっていて「竜驤大将軍段」の六文字がおどっていて、すでに城を呑むの勢いがある。

来斯はさっそく、積弩将軍の周衍《えん》に出撃を命じれば、周衍、命を受けて直ちに馬にまたがり、長槍を小脇にかいこんで城門を開いて出、石珠軍の前までやって来て叫ぶ。

「鼠賊め、兵をひきいて我が領域を犯そうとは、お上を怖れぬ不届の輩。一体、いかなる所存あっての推参じゃ」

受けて段方山が言う。

「恵帝は君たらず。われら豪傑は天命に応えて立ち上がった。多くの城は我らの風を望み、威を怖れ、時勢のおもむくところを察して、戦わずして我らにくだった。天下の成り行きを知らぬその方ら、我らに歯向かうとは片腹いたい。死ぬ日も近いというのに、その広言は何だ」

聞いた周衍、怒って馬を駆け出し、槍をしごいて突いてかかる。段方山、また馬腹を蹴って、大槌をかざして突進すれば、周衍、口ほどもなく、わずか数合で、方山の槌をかわしそこね、脳天を割られて地上におち、血しぶきの中に絶命して果てる。

周衍を打ちとった段方山、馬を走らせて城壁の下に殺到すれば、見ていた来斯は、前将軍の陳栄に出撃を命じる。陳栄は年のころ四十まえの分別ざかり、百二十斤の大刀の使い手で、竜駒という駿馬を走らせて、いかなる堅陣をも突破するという勇猛の将である。このときも竜駒にまたがり、自慢の大刀を陽にきらめかせながら、大声で叫ぶ。

「待て、それなる賊将、われこれにあり」

「貴公は何者？　名を名乗れ」

「われこそは、晋陽にその人ありと知られた前将軍の陳栄なるぞ。周将軍の仇討ち、いざ見参。ところで、その方は段方山と見たはひが目か」

「いかにも、その段方山。それと知っては大口たたくでない」

陳栄は口辺に冷笑を浮かべて言う。

「物の判らぬ小セガレじゃ。兵をひきいて天下を騒がし、朝廷に刃向かう奴輩め。わしに大口をたたくと申すなら、立ち向かって来い。背を見せまいぞ。この太刀食らえ」

と、大太刀をふるって斬ってかかる。もとより怖れる段方山ではない。得物の大槌をかざして応戦する。互いに馬を駆けながら三十余合も戦ったが、勝敗は決しない。

段方山、心中に一計を案じ、わざと敵しかねるふりをして馬首をめぐらし、逃げにかかる。自陣にさそい込んで、みんなでからめとろうという寸法である。そうとも知らぬ陳栄、のがさじと追いかける。ところが、陳栄の乗馬は、無類の逸物なので、たちまちに追いついた。

段方山、すぐ背後に陳栄の馬の鈴の音を聞いたので、早くも追いつかれたかとふり向いたところを、一刻早かった陳栄、段方山の肩先に一刀をあびせかける。方山たまらず馬からころげ落ちれば、陳栄、しめた、と二の太刀をふりかぶり、方山はまさに拝みうちになろうとした危機一髪のところへ、とび込んで来た李雄、

「無礼者め、わが大将軍を何とする。拙者が相手だ」

と槍をかまえる。つかれを覚えていた陳栄、新手にはかなわぬと見てとり、さっと馬首をひるがえして遁走する。陳栄の逃げるのを見た李雄、深追いをやめ、段方山を救い上げて自陣にもどった。

さて、城中にもどった陳栄は、段方山を傷つけて、討ちとる寸前を李雄にさまたげられて、目的を果たさなかったいきさつを報告すると、来斯、

91　石珠軍，晋陽に猛攻を加え，虚々実々の戦いの末これを降す

「なるほど、それは惜しいことをした。じゃが、その方の働きのおかげで、敵軍は胆を冷やしたに相違あるまい。わが軍の威武をかがやかした功績は大きい。明日、敵を討ち破った上において、朝廷にお前の功を奏して、重く賞していただくとしよう。」

と言えば、陳栄は大喜びで出て行く。

片や段方山、李雄に危ういところを救われて自陣に引き上げれば、待ちかまえていた石珠、首尾はいかに、と問う。段方山
「まず周衍と戦い、これを難なく斃して城下まで突進したところ、中からとび出して来た陳栄にいどまれ、勝敗決しないまま、一計を案じて逃げをうちましたが、陳栄の乗馬の駿足を知らなかったため、早々に追いつかれて肩先に斬りつけられ、危うく一命を失うところを、かけつけた李雄に救い出されました。拙者の負けです」

と、ありのままに報告すれば、石珠、

「彼が、それほどの駿馬に乗っているとすれば、はかりごとをもって、その馬をのぞき、しかるのちに決戦をいどむほかはありますまい」

すると、陸松庵が進み出て言う。

「大してむずかしいことではありません。あす、わたくしが出撃してやってみましょう」

石珠は、これを許した。翌日、松庵は女ながらも武装りりしく、二ふりの剣を持って墨頂に乗り、陣を出て行く。これをながめた陳栄、相手が何と妙齢の婦人なので、びっくりして笑い出した。

「何と命知らずの女だ」

そしてたずねる。

「そなた、何といわれる。名乗られい」

「わたしは陸松庵、お前をつかまえるために、わざわざやって来たのだ」

「おもしろい。お手なみとっくり拝見しよう。だが、女だとて手加減はせぬぞ」

と、大太刀をふりかぶって斬ってかかる。片や松庵も、二ふりの剣を舞わしてこれに応じる。十余合も戦ったところで、松庵は、かねての計略通り、いつわって逃げ出せば、陳栄、昨日の場合と同様に、追いかけて来て、松庵を何なく捕え、城内に連行する。陳栄、これを引っ立てて本営に到り、来斯に報告すると、来

斯は大喜び、さっそく階前に引き据え、

「直ちに斬れ。城壁の上の、敵に見えるところでな」

と命じる。兵士が松庵の縄尻をとって去って行く。そこへ陳栄の馬夫が、あわてふためいてとんで来て言う。

「いけましねえ、いけましねえ」

「なぜ、いかんのだ」

と陳栄がたずねると、馬夫は答える。

「手前が、旦那さまの竜駒をひいて行きましたところ、驚いたことに、何のせいかは知りましねえが、あの竜駒が突然、空中に吊り上げられやした。ややっ！と思っているうちに、ドスンと落ちて来やしたが、見ると、頭と胴とが切り離され、はやコト切れておりやした。全くたまげたこんで……」

聞いた陳栄、これまた仰天した。

「わしの出撃は、すべてあの名馬に頼っていたのに、何の故で、そのように頓死してしまったのであろう。全く惜しいことをしたわ」

そこへ、斬に処するために松庵を連行した兵士が、あわただしくもどって来て言う。

「女は、たしかに斬り殺したのですが、その女がまた城外で戦いをいどんでおります。何が何やら、さっぱり判りません」

聞いた陳栄、魂もけしとぶ思いである。

「判った。あの女はきっと妖術使いで、その計略にはまったのだ。こうしてはおれん」

急いで出てみると、殺したはずの松庵が、二ふりの刀でおいでおいでをしながら笑っている。

「おのれ、わしの大切な愛馬を、よくも殺しおったな」

「お前さんのあの馬のおかげで、わが軍の大将が傷ついたので、そのお返しに、あの馬に眠ってもらったってわけさ。次はお前さんの石頭をチョン切ろうという寸法よ」

聞いた陳栄、怒り心頭に発し、ものも言わずに大刀をかざして斬りかかる。松庵も、これに応えて二ふりの剣を舞わす。斬り結ぶこと二十余合、勝敗は決しないので、松庵、二、三歩さがり、鎧の下からサッと一反の白綾をとり出し、端をつかんでパッと投げかける。

白綾はトタンに一道の銀光と化して、陳栄の頭、胴、手足にキリキリと巻きつく、と、そばにひかえて、一騎討ちの成り行きを見守っていた石珠軍の兵が、どどっと陳栄におどりかかって取りおさえ、勝鬨をあげて本陣へおっ立てて行った。

石珠は、そのいましめを解いて、降参するよう説得したが、すぐに聞き入れるような陳栄ではない。気長に説くことにして、営中に軟禁し、そのかわり、勇将の陳栄を捕えたことを矢文で城内に知らせた。それと知った来斯は大いに怒り、

「かくなる上は、わし自身、兵をひっさげて討って出よう」

といきり立ち、自ら馬に乗って押し出して来た。その報告を受けた石珠、

「こんど総大将の来斯を捕えるのは、だれですか」

その声に応じて名乗りを上げたのは、副軍師の稽有光である。

「拙者めが、奴を引っつかまえてご覧に入れましょう」

石珠がうなづくと、有光は斑爛虎にうちまたがり、大神刀を手に出て行く。こちらは都督の来斯、自ら部下の先頭に立って石珠軍の前まで来たところ、石珠軍の中から出て来たのは、何と怖ろしい猛虎に乗った稽有光である。その猛虎を見て、まず驚いたのは、来斯の乗馬、足がすくんだばかりではない。ウォーッ！と吠える猛虎に、たちまち背を向けて城中に逃げ込んでしまった。

来斯が戦いもしないで逃げてしまったのを追った有光、五百の神兵とともに城下に殺到してみると、城門はすでに固くとざされている。そこで有光、鞭をあげて総攻撃の命令をくだそうとした折も折、彼方の方で突然、金鼓の響きとともに、天地も崩れんばかりの喚声がして、無数の兵があらわれて、有光軍に突っかかって来た。

有光、それがどこから来た、だれの軍なのか、さっぱり判らない。そこで急ぎ城のかこみを解いてよく見ると、いずれも奇形をした怪しげな連中ばかりなので驚いて問う。

「その方らは、どこから来た、だれの手勢じゃい？」

敵の中の頭だったのが答える。

「わしは兪仲、都督の要請によって、お前らと戦うために来たのじゃ。お前を捕えて初陣の手柄にせん」

「そうか。山の中で、ひそかに武を練っていたという兪家の三兄弟が、都督側について、やって来たというのか。面白い。その方ども怪物に、どれほどの力量があるかは知らんが、相手になってやろう。」

「力量があるかないか、いまに見せてやろうわい」

兪仲はそう言って、長槍をしごいて突いてかかる。有光また大刀をふるって応じる。入り乱れての乱闘となったころを見はからい、兪仲、大喝すれば、たちまち三頭六臂、六種の違った武器を手にした怪物と化して跳りかかる。

ふつうの者ならびっくりするのだが、道術の達人の有光、これしきのことに驚かない。腰の宝剣を抜きはなって空中を指させば、一本の鉄如意がどこからともなく飛んで来て、大きな音とともに兪仲の頭をしたたかに打ちすえた。兪仲、ワッ！　と叫んで頭をかかえ、倒れるところを、有光の部下が寄ってたかって縛り上げた。兪仲も最初から、悪い相手にぶつかったものである。

有光が兪仲を本営へ連行しようとすると、また一団の軍兵が殺到して来た。有光が兪仲を捕えているのを見ると、大将株の男が叫んだ。

「よくも、わが兄を捕えてくれたな。わしは末弟の兪季、すみやかに兄を返せ、さもないと痛い目に遭うぞ」

有光は笑って言う。

「おやおや、兄貴をやられて頭に来たようだな。あの兄の弟なら、お前も大したことはあるまい」

あざけられてカッとなった兪季、鉄の棍棒を水車のようにふり回して進んで来れば、有光、手にした消魔大神刀を舞わせて立ち向かう。ころあいを見て有光、例の鉄如意を出現させて兪季の頭を打てば、これまた、ウン！　とうなって悶絶し、苦もなく縛り上げられてしまう。有光軍、これに勢いを得て、兪軍をさんざんに打ち破ると、残兵は命からがら本営に逃げ込んだ。

来斯は戦わずに逃げ、いま兪家の三兄弟のうちの二人まで捕えた有光、もどって石珠にそれを報告すれば、石珠も大いに喜んで、有光の手柄を記録させ、兪仲・

兪季の二人を陣中にとじ込める。日もようやく暮れたので、その夜は予想外の戦勝を祝って酒宴を開き、諸将をねぎらった。

翌日、石珠は余勢を駆って一挙に晋陽城を抜いてしまおうと、全軍をあげて城下に殺到すれば、巡察の兵が来て報告する。

「青鬼のような顔をした奴が、開山斧をひっさげて来て、弟二人の仇、尋常に勝負しろ、と叫んで戦いをいどんでおります」

有光がそばで言う。

「おおかた、長兄の兪魁でしょう。拙者が出て行って、一ひねりし、ついでに捕えて参りましょう」

「あの三兄弟、どうやら術を使うらしいから、他の者では無理でしょう。副軍師、ご苦労でも、もう一働き願います」

有光、かしこまって斑爛虎にまたがり、大神刀を手にして出て行く。両人、相まみえて互いに叫ぶ。

「来たな、兪家の長兄の兪魁、お前も二人の弟同様、捕えられるために、わざわざやって来たのか。」

「おお、いかにも長兄の兪魁とは我がこと。お前は何者で、なぜ我が弟を捕えたのか」

「拙者は副軍師の稽有光、お前らは来斯を助けるなどという余計なことをするから、こらしめのために捕えたのだ。これにこりて大人しく手を引けば勘弁もしてやろうが、あえて戦いをいどむとは、お前も阿呆な奴じゃ」

「それというのも、貴様らが晋陽を奪おうとするからだ。不幸にして弟二人は捕えられたが、わしは弟とは違って手ごわいぞ。吠え面かくな」

というや否や、開山斧をふりかぶって打ってかかる。有光、得たりや応と、大神刀を構えてこれに応じる。弟二人の仇を討とうと怒りにもえた兪魁、たちまち凶悪な数丈の巨人に変じ、手にした巨斧を水車のようにふり回す。

片や有光、少しもさわがず、一声叫んで、これまた四頭八臂の巨漢と化し、手中の大刀を八種の兵器に変えて迎え撃つ。巨漢と巨人の激突に、地響きがして、あたりの土地は立っておられないほど揺れる。

両雄戦うことしばし、かの兪魁、また身を一ゆすりして、こんどは真っ赤な口から烈火を吹き出して有光を焼き殺そうとはかる。火焔は有光の身体を包み、有光危うし、と見えたとき、有光は元の姿にもどって手にした宝剣で南の空を指させば、突如、天地を切り裂く雷鳴と電光が走って、たちまち沛然たる大雨が落ちて来て、くだんの火を消してしまう。

火を消された兪魁、これまたもとの姿にもどって、斧をふるって立ち向かう。またしても虚々実々の大立ち廻りが五十余合にわたってくりひろげられたのだが、依然として勝負はつかない。

それではと有光、口中に呪文をとなえて五百の神兵を呼びよせると、神兵は蜂のように湧いて出て、兪魁をとりかこんで攻め立てる。ついで例の鉄如意を出現させ、兪魁を打ちすえようとしたが、兪魁もさる者、少しも恐れず、一声叫んで宝具をささげると、一条の赤い光が、どこからともなくさして来て有光を打つ。有光、たちまち目がくらんでタジタジとなり、神兵をまとめて退くと、背後に声あり、

「臆したか、有光、返せ返せ」

有光がふり返ってみると、兪魁がアザ笑っている。怒って気力をふるい起こし、また二十余合も戦う。そのうちに兪魁、また大喝一声したかと思うと、その姿はかき消すように見えなくなってしまい、いつ出現したのか、彼方に一本の大きな樹木が立ち、万丈の怪光を放っている。これを見た有光、

(奴め、くたびれたので木に変化したな)

そこで大刀をふるってその幹に斬りつければ、大きな物音とともに木は消え失せ、目の前には兪魁が立っている。有光は怒って叫ぶ。

「この怪物め、妖術を使って、わしをたぶらかそうたって、そうは行かぬわ」

そう言って、呪文を唱えて剣で天の一角を指さすと、たちまち砂石が雨あられのようにとんで来はじめた。と見る間に、幾千幾万の兵馬が空中に湧き起こって鬨の声をあげて殺到して来る。驚いたのは兪魁の部下、目をあけていることができず、散り散りになって逃げて行く。

もはやこれまで、と見たのか兪魁、一条の赤い光に化けて逃げて行こうとしたところ、突如、金甲をつけた神将があらわれて、その赤い光を手でさえ切ったかと思うと、もとの姿にもどった兪魁は、えり首をつか

まえられて地上に放り出されていた。それを見た有光の部下は、寄ってたかって兪魁をおさえつけて縛り上げる。有光は喜んで呪文をとなえ、砂石と天兵を消し、

「兪家の将兵を殺してはならぬ。赦してつかわせ」

と叫ぶと、浮足立っていた奇怪な兪家の部下たちは、喜んで、いずれも手にした武器を投げ出して降参する。有光、さすがにホッとして、兪魁を引っ立てて帰陣すると、首尾やいかにと気にしていた石珠は、捕えられた兪魁の姿を見て、さすがに嬉しそうである。兪家の三兄弟は改めて石珠の前に引き出される。

「どうじゃ。わが軍の強さ、改めて思い知ったであろう」

兪魁は、助けを求めるように二人の弟をかえりみる。と、兪仲が兄に代わって口を開いた。

「われら、元帥の法力の広大を知らず、都督の口車にうかうかと乗って貴軍に歯向かいましたること、大いに後悔しております。もし、お慈悲をもちまして一命をお助け下さいますならば、犬馬の労をいたして、罪をつぐないとうございます」

石珠は、これを聞いて、

「この者の申し条、うそ、いつわりはないように聞きましたが……」

と左右に同意を求めるようにたずねると、劉弘祖が言う。

「王師というものは、天に代わって道を行ない、悪を誅して正を賞すべきです。この者たちは前非を悔いて降参し、今後は元帥に忠誠を誓っているのですから、ゆるしてやって然るべきかと存じます。手向かいしたのも、我らの強さを知らなかったからです」

他の諸将もうなづいたので、石珠は三人の縄をとかせ、営中にともなって下へ坐らせ、改めて兪魁を歩軍大総官、兪仲と兪季とを同左右副総官に任じ、正副先鋒として、従来通り兪家の兵を率いることを許したので、三人は拝謝して自軍の屯営に帰って行った。

さて、こちらは城内にある都督の来斯、稽有光の乗る斑爛虎を見て乗馬がすっかりおびえ、戦わずして城中に逃げもどって以来、城門をかたく閉ざし、城壁の上には強い弓や弩（いしゆみ）をならべて懸命に死守するかたわら、折りよく駈けつけて来てくれた兪家三兄弟の奮闘に期待したが、兪仲と兪季の二人が、いと

も簡単に石珠軍に捕えられたのにガッカリしていたところ、兪魁までもがつかまったと聞くに及んで、気持はすっかり滅入ってしまった。

そこで諸将を集めて対策を協議しているところへ、石珠軍の兵馬が殺到して来て、城をひしひしと取りかこんでいるという。それに、昨日まで味方だった兪家の三兄弟が、いまや寝返って城攻めの最先鋒を承っていると聞いて、来斯はとび上がって仰天した。

「一体、どうしたらよいのであろう」

と、せわしげな口調でたずねると、費廉が言う。

「我が方は兵少なく、将またわずかとはいえ、ここで勝利を得なければ、我に人なしと、敵に軽んじられるに相違ありますまい。拙者は鈍才とはいえ、決死の覚悟で出撃して、死中に活を求めましょう」

来斯は、そのことばを壮とし、費廉に五千の兵を与えて打って出させた。これを見た崔賓佐、急ぎ鋼鞭をふり廻して迎撃し、四十余合戦ったが、費廉の決死の勢いものすごく、崔賓佐は敗れて奔る。ところが、これは実は計略で、費廉に報仇の色なみなみならぬものがあるのを認めた崔賓佐、とっさに判断して、あえて逃げをうって追わせ、捕えようと考えたのである。

予想通り、費廉は追いすがる。崔賓佐は費廉が肉迫して追っているのを知ると、急に身をひるがえして、手にした鋼鞭をピューッと一ふりすれば、費廉の肩を強く打った。費廉、思わず「ウーン」とうなり、痛さのあまり追うこともならず、馬首をめぐらして城中に逃げもどった。

来斯は、頼みの費廉まで敗れたのを見て、いまや施すすべはなくなったと、ガックリ肩を落とせば、副将の杜茂と驤騎将軍の岑連《しんれん》が言う。

「まだあきらめてしまうのは早うござる。我ら二人出撃して、誓って石珠をとりこにして、費将軍の仇を報じましょうぞ」

喜んだ来斯、五千の兵を与えて討って出させる。石珠軍の前軍将軍の桐凌霄、よき敵ござんなれと、大刀をひっさげて進み、敵将二人と三十余合斬り結び、まず杜茂を馬もろとも斬りおとす。僚友を斬られた岑連、怒りの形相すさまじく、槍を持ち直して突いてかかる。

またしても二十余合戦ったところで、凌霄、勝負をつけてしまおうと、勇をふるって大喝一声、太刀風もするどく斬りつけると、岑連は危うく身をさけたが、その気魄に敵しかね、馬首をめぐらして逃げ出す。桐凌霄、逃がしてなるかと追いかけ、後から大声で呼びかける。

「僚友を殺されて逃げ出すとは、貴様、はずかしくないのか、返せ返せ」

岑連、かまわず馬を走らせたが、すぐ後に凌霄がついて来ているため、門番も城門を開けかねている。しめ出しにされた形の岑連と、これを追う凌霄の二人は、城門近くまで追いつ追われつの鬼ごっこを始めた。

そこへ城壁の上から石が投げ落とされ、その一つが凌霄の身体に当たった。凌霄はびっくりするとともに、その痛さにたえかねて馬首をめぐらせば、城方の三軍将軍の周電光、好機と見て手勢をひきいて討って出た。凌霄は思わぬ不覚をとり、バラバラと逃げ出す。

これを見た鎮軍大将軍の劉宣、馬に鞭うって凌霄を救ったため、危うく命びろいはしたものの、この一戦で杜茂をしとめたとはいえ、二百余人の部下を失ってしまった。

石珠は大いに怒り、かつあせって諸将に対し、

「兵を分けて各門を一せいに攻撃し、必ず城を落とすこと」

と厳命する。諸将かしこまって一せいに火の玉となって攻め立てたが、いかんせん、この晋陽城は晋朝の牙城、要害堅固この上ない上に、粮食もたっぷりある。加えて城壁の上から、石や大木を雨あられと落とすので、それに打たれて死傷する者は数を知らない。

遂に石珠も施すすべがなく、兵を引かせて、気長に攻めることとし、城をはなれること一里（約六百六十メートル）のところに陣を移し、諸将と城攻めの策を協議した。

片や城内の来斯、石珠軍が退いたのを見て言う。

「敵は一旦は退いたとはいえ、間もなく再び攻めて来るに違いない。何とか破る手だてはないものか」

さきほど桐凌霄を破って意気大いにあがっている周電光がこたえて言う。

「石珠の兵は、これまで無敵をほこり、降参しない敵に出遇ったことはないのに、今度ばかりは、この城を攻めあぐみ、この十余日間に兵馬がたくさん傷ついているため、軍中にはイヤ気がさして、心にゆるみが

生じているに違いありません。そこで拙者、精兵五百をひきいて今夜、ひそかに城を抜け出、夜襲をかければ、きっと成功すると思います」

聞いた来斯は喜んだ。

「その方、朝廷のために大功をぬきん出てくれれば、まことに有難い」

そこで周電光に五百の兵を、同時に岑連にも同じく五百を与えて、共同作戦をとらせることにした。

夜半近く、二人の率いる五百人づつの兵は、馬に声を上げないように枚《ばい》をふくませ、そっと城門を開いて出て行き、石珠軍の陣営近くまでしのび寄った。時に陰暦三月下旬、月はなく、あたりはわずかの星あかりだけである。

まず周電光隊が敵の塞の近くまで寄って見ると、門はぴたりと閉ざされ、動く物は一つとてない。電光、しめた！　と心中に叫んで、

「突っ込めー！」

の一声、大刀をふりかぶり、大斧で門を打ち破らせて突入してみれば、あにはからんや、塞の中はもぬけのから、人っ子一人いない。

「しまった。はかられた。みなの者、ひけーっ！」

と声をあげ、ひき返そうとしたのは、その空っぽに実は何か仕掛けがあると見たからである。その声が終わるか終わらぬかのうちに、喚声とともにとび出して来たのは、鎮東大将軍の劉宣の軍である。

（しまった）

と歯を嚙むうちに、右の方からも突出して来た武将がいる。車騎大将軍の斉万年である。

「周電光、わが軍に不意討ちをかけようたって、そうは行かぬ。貴様の計画を察して、お待ち申上げていたのさ」

聞いた電光、戦うどころか、あわてふためいて逃げ出したところ、劉宣と斉万年の二人、後を追いかけ、星あかりの中で混戦が展開されたが、ほどなく周電光は、斉万年の一刀をあびて地上にころげ落ち、乱軍に踏みにじられて一塊の肉泥と化してしまった。

片や岑連、前方に起こった叫び声を、周電光隊の突入成功と見て、急ぎ突進してみれば、無人どころか、完全に武装した劉宣、斉万年の二隊が、周電光隊を押し包んで、さんざんに斬り立てているではないか。

夜襲失敗！　とは思ったものの、いまさら逃げ出すわけにもいかない。勇をふるい起こして一戦に及び出したところ、左方に突如として起こった鬨の声、びっくりして見れば、これは冠軍大将軍の姚仲弋《ようちゅうよく》の一隊である。

（や、や、や！）

とひるむ間もあらず、肉迫して来た姚仲弋、大刀を舞わせて斬りかかれば、のがれるひまもなく、岑連は肩先を割られ、血煙を立てて馬上からころげ落ちる。こうして一千の晋兵は、一人ののがれる者もなく、全滅してしまったのである。

夜はすでに、白々と明けはなれようとしていた。劉宣、斉万年、姚仲弋の三将、血刀をぬぐって兵を集合させてみたところ、一人の死者もいないという大戦果に、喜ぶこと限りない。一同、営に入り、石珠にまみえて報告すれば、石珠は、味方の損害がきわめて軽微な上、敵の両将を斃し、一千の勢をことごとく討ち果たしたことを賞した上、

「これで城中の兵の志気は確実に落ちたでしょう。この機をのがすことなく、総攻撃をかければ、こんどこそ晋陽城は陥落するに違いありません」

そこで直ちに塞を撤して前進し、城の総攻撃の準備にかかった。

ところで、なぜ周、岑の両晋将の夜襲は、かくも無残に失敗したのか。それは石珠軍の軍師の侯有方のおかげである。同夜はまだ宵のころ、いつものように天文を按じていた有方、晋陽城の上あたりに殺気の動くのを見て、夜半の敵襲をさとり、ひそかに人馬を後退させて塞を空にし、劉宣ら三将に命じて待機させていたのである。まこと侯有方の神察鬼謀、人間わざとは思えない。

こちらは晋陽城中の来斯、周電光と岑連の両将はおろか、兵の一人として帰って来ないのを見て、夜襲の完全な失敗を知り、地団駄ふんで口惜しがったところへ、たちまち聞く石珠軍の、天地をゆるがす鬨の声に、左右の諸将をかえりみたが、いずれも顔を伏せ、出撃しようと申し出る者はいない。

仕方なく、自ら出て行くことにして馬に乗ったところ、かたわらにいた参軍の徐居古が、その馬のくつわをとらえて言う。

103　石珠軍，晋陽に猛攻を加え，虚々実々の戦いの末これを降す

「都督閣下、しばらくお待ちを。手前、この城が全滅からまぬがれる方策について、一言したいことがございます。お聞き下さい」

「いまとなって何を申したいのか」

「手前の見るところ、石珠軍はその勢い甚だ盛ん、わが方がこれと戦っても、もはや勝ち目はございますまい。加えて、この城はいまや孤立していて、援軍の到来する望みもありません。にも拘らず、閣下は、なおも出撃しようとしておられる。これでは、いたずらに死傷者をふやすだけ、損あって得するところは少しもありません。


いわんや、いま朝廷には姦邪の臣のみはびこり、たとえ閣下がここで城を枕に忠死されたとしても、だれが閣下の忠誠心を知ってくれるでしょうか。

かく思うとき、最善の策は、思い切って石珠軍に降伏することだけです。そうすれば石珠は喜んで、全員の命を助けるだけでなく、閣下をはじめ我らを重く用いてくれるに違いありません。これすなわち、一つには城内の者の命を救い、二つには富貴をはかる道です。閣下、覚悟をお決め下さい」


これを聞いた来斯、沈思黙考することしばし、ややあって、

「その方の申すこと、道理であろう。しかし、かりにもわしは堂々たる一個の大丈夫、草莽《そうもう》の鼠賊にくだったとあっては、わしの名がすたるわい」

「いまや天下は乱れ、晋室のまつりごとに正義はなく、朝廷は邪悪に制せられており、豪傑は各地に起こっています。先日、人をつかわして聞きましたところ、石珠軍の諸将は、いずれも真の英雄豪傑、異能の士ぞろい。将来、どのような大事をなしとげるか、はかり知れないものがあります。


いわんや、洛陽は混乱し、并州の地は、ことごとく石珠軍の手に帰しました。洛陽の陥るのも、そう遠い先のことではありますまい。それとも閣下は、たった一人になっても、晋朝に忠誠をつくして、あくまで空しい戦いをお続けになるおつもりですか。部下の中に叛乱が起こる怖れを、お考えになりませんか」


最後の一言に、来斯の心は決まった。

「判った。万事、その方にまかせよう」

そして甲冑をぬぎ、筆記用具をとりよせ、降伏状を

したためて、徐居古を石珠軍の本営につかわして降伏を申入れるとともに、部下に敵対行為の中止を命じ、城壁高々と降伏の旗を立てさせ、さらに府庫にある金銭粮食を封印して、石珠軍の入城を待った。

そのころ、石珠は兵士をはげまして雲梯をつくり、その上に立って城の方をながめていたが、城壁に降伏を示す旗が掲げられたので、

「待ちなさい。様子が変わったようです」

と言って攻撃を一時中止させ、なおも油断なくうかがっていたところ、間もなく一人の将校が馬をとばして来て、城中から参謀の徐居古が、来斯の降伏状を持ってやって来たという。

石珠が徐居古の通行を許すと、居古は悪びれる様子もなく大股で営中に入り、石珠軍の諸将の居流れる中を進んで設けの座について言う。

「来斯都督が石珠元帥閣下に意を通じるゆえんのものは、戦いは凶器であり、このまま放置すれば、いたずらに城中の者を殺すことになります。それにはしのびないので、ここに降を乞う次第。しばらく攻撃をおひかえ下さるならば、都督自ら参上したいと申しております」

言い終わって徐居古、懐中から来斯の手紙をとり出した。石珠が受けとって開いたところ、

――晋陽総督、大将軍来斯、書を謹んで石元帥に致す。貴殿麾下の軍勢、すでにここに至る。我、己の徳と力とをはからず、兵を率いて貴軍を拒み、遂に敗戦に至る。悔ゆれども及ぶなし。いまここに特に参謀の徐居古を派して深甚なる陳謝の意を表す。わが真情を納れて降を許され、城中の生霊を救いたまわば、城中の者の幸い、これに過ぐるものなく、元帥閣下の仁慈の名、また世に高まらん。ここに伏してご裁断を乞う。恐懼に堪えず、待命の至りなり

――

さすがは漢字と漢語の国、降伏状とはいえ、堂々たる文章である。読み終えた石珠は徐居古にたずねた。

「都督の降伏意思は本モノでしょうね」

「神かけて、うそいつわりは申しません。己の戦力の不足を知るのはもちろん、元帥閣下のご盛徳に対して、心から帰順を願っております」

「判りました。そなたは直ちに城に帰り、都督に伝

えて下さい。降伏を認めます。そして我が軍は一応、五里（約三・二キロ）のところまで下がりますから、都督はそこまで出向いて来ること、そこから一緒に入城します。もし、うそをついたら、我が軍は直ちに猛攻を加え、城を徹底的に破壊します。それによる被害は、わが方の責任ではありません」

徐居古は恐れかしこまって退出、帰城した。居古が帰ったあと、石珠は命令をくだして軍を退かせ、様子をうかがっていると、ほどなく来斯、徐居古、費廉の三人が罰を受ける罪人の姿でやって来て、営前で馬からおり、しおしおと歩いて来る。報告によって石珠が営中で居ずまいを正して待っていると、三人が導かれて入って来た。石珠は言う。

「来斯将軍、機を見、情勢を察して降伏されたのは賢明の至りです。お待しておりました」

来斯は深く頭を垂れた。

「己の力も知らず、元帥閣下に敵対いたしましたこと、お詫びの仕様もありません。この通り、大いに恥じております」

そう言って、先に立って城中へ案内すれば、石珠はまず、

「これまで通り、安心して暮らすべし」

という布告を発するとともに、全軍を城内に入れる。ただ兪家の兵ばかりは、その容貌が怪異なので、城内の民を怖れさす心配があるので、城外に留まらせた。

都督府に入った石珠に、来斯は謹んで晋陽城の目録を呈示すると、石珠は副軍師の稽有光に命じてこれを受けさせ、終わって文武の官吏を引見して現職を安堵したので、いずれもその恩を謝し、安心して引き下がった。

続いて来斯を大元帥総督、晋陽諸軍事に、徐居士を軍師に、費廉を鎮東大将軍に任命した。そのとき、陳栄が、ちょっと不服そうな顔をしていたので、石珠、

「そうそう、そなたのことを忘れていました」

と笑って、彼を副都督として来斯の補佐に任じると、陳栄も喜んで拝伏する。

石珠は続いて、部下に命じて盛大な宴会を開けば、新旧諸将兵は打ちとけて〝堂上、酒を飲み、堂下また楽をなす〟というありさま。これこそ

兵戈はすでに定まりて盛宴開かれ

一将功成りて下衆よろこぶ

といってよかろう。一同、歓をつくしたころ、新任の大元帥総督、晋陽諸軍事の来斯、鎮東大将軍の費廉、軍師の徐居古の三人、一せいに進んで言う。

「われら一言、申上げたい儀がございます」

「何の遠慮することがありましょう。どうぞ、おっしゃって下さい」

と石珠が言うと、三人は語り出した。三人は一体、何を言い出したのだろうか。

六　石珠、推されて趙王となり、司馬冏《けい》、烏夢月《うむげつ》をかどわかすまず来斯が口火を切る。

「司馬氏の悪政によって、いまや天下の人心は離反し、朝廷は混乱して、人民また塗炭の苦しみにあえいでおります。加えて天下各地に乱が発生し、豪傑も決起して、中原の鹿は、だれの手に落ちるのか、混沌として判らない有様です。

ところで并州の地は沃野千里、人口も多く産業も盛んな富裕なところ、進んで戦ってよく、退いて守ってよく、むかしは王者が都と定めた枢要の地、いまや元帥の所有するところとなりました。これすなわち、天が元帥にくだし給うたというべきです。

そこで我ら願わくは、元帥を尊んで王とし、国を建て、しかるのち兵をひきいて四方を伐てば、天下平定の大業は、次第に成るものと考えます。何とぞ元帥におかれましては、小節にこだわることなく、坐して時期を失することのないよう、ご決断ください」

石珠はびっくりして、酔いも一ぺんにさめる思いである。まさか、ここで王になれと言われようとは。そこで、あわてて言った。

「わたしは一介の女性。とても王などを僭称するガラではありません。いわんや、中原はいま乱れており、いまこそ民を水火の苦しみの中から救い上げるのが急務。王を称するなど、とんでもないこと」

費廉が次いで言う。

「元帥のいまのおことばは、一時《いっとき》の見解でしかありません。来総督の言は万世の利をのべたもの。一時の見解をもって万世の利を捨てることは、元帥のためにとらぬところです」

石珠は首をふって言う。

「いえいえ、諸将がこれまで、十分な賞もさし上げないのに、わたくしを立てて従って下さっただけでも有難いと思っております。それをいま、ここで自らを尊大にしたのでは、表面では服従しても、裏面では愛想をつかされてしまいましょう。それよりも私は、早く本当の主君を見つけ、わたしもその下につきたいと願っているのです」

徐居古までが膝を乗り出した。

「諸将が矢玉の下をくぐって元帥に従っているのは、元帥がよく衆望にこたえていらっしゃるとともに、それぞれ功績を上げて立身栄達し、それによって名を後

111　石珠，推されて趙王となり，司馬冏，烏夢月をかどわかす

世に残したいがためです。

したがって、いまもし元帥が、このような皆の願望にそむかれますと、みんな失望して去ってしまうに違いありません。そうなっては、元帥がいくら民を水火の苦しみの中から救おうとなさっても、ともに大事をなす者はいなくなってしまうではありませんか」

石珠は黙ってしまって、なかなか答えられない。そのとき、衛兵が入って来た。

「上党の差官の高士元という人が、安平大将軍の孟観どのの手紙を持って、元帥に面会に求めておりまず」

石珠が別室で引見して手紙を受けとると、次のように書かれている。

――上党鎮守安平大将軍、臣孟観、ここに書を、わが主殿下に呈す。臣聞く、豪傑は衆にたがわず、時を失わず、知士は必ず時によりて業を建つるとか。わが主、すでに并州を平定し、諸策すでに終わる。一鼓をあげて上党をくだし、その行くところ、四方、風を望まざるはなきは、まことに感服の至りなり。

人の事たる、まことに天授とはいえども、ここに月を経ずして晋陽をくだす。それ晋陽は城郭堅固にして、くだすに易からざるに、いまこれをくだすは、あに人力なるか、はたまた天意なるか。臣おもえらく、天の時、人の事の交集するところ、まさにわが主は王を図り、伯をいたすの秋《とき》なり。

晋陽の山河は物産豊か、わが主まさにその中に正位して、兵を養い、粟《ぞく》を積み、賢を任じて、よく洛中をのぞむところ、まことに、この地は天下と衝を争うに足らざるなきなり。

臣聞く、時は得がたくして失いやすしと。いま英雄あまたつどい、士馬は精強、時にのぞんで大業を建て、位号を正さざれば時移り、勢去りて、兵を輝かし、武を示さんにも、また難からんことを怖る。臣は愚かなるも、あえて肝胆を披攊《ひれき》し、固陋《ころう》を陳《の》ぶ。わが主、これを諒とせられよ――

これまた、王位につくようすすめる手紙である。読み終わった石珠、来斯ら三人の主張と全く同じなのにびっくりした。そこで宴はてたのち、その手紙を諸将に見せる一方、一まず高士元を迎賓館に案内して休息させることにした。

まず総督で副元帥の劉弘祖が進み出て言う。

「孟観の意見、まことに我が意を得ました。元帥は、ご自身の意見に固執されるべきではありません」

「いいえ、わたしは自分の意見に固執しているのではありません。わたし自身の徳の至らなさを十分知っているからです。むしろ劉副元帥こそ英名、世をおおう方、どうか、わたくしどもの主におなり下さい」

「それは違いましょう。上下の分は、すでに定まっています。元帥に二心を抱く者が、どこにおりましょうぞ。これ以上、辞退されると、皆の心は冷えてしまいますぞ」

「いいえ、わたくしは、ただ辞退しているのではなくて、これにはわけがあるいのです」

「どんなことで?」

「わたくしがまだ兵を挙げないころ、呉礼という真人にお目にかかり、天文秘録を授けられました。そのとき呉真人は言われました。〝学が成ったら、後日、神霄子という人を扶けて、ともに大事をなせ〟と。

そのとき、わたくしは、神霄子という人がだれか判りませんでしたので、その氏名をたずねましたが、真人は〝いずれ判るときがくる〟といって、教えて下さいませんでした。いまにして思えば、それは、ここにいらっしゃる劉弘祖副元帥の幼名だったのです。わたしが副元帥を推すのは、このためです」

「とんでもない、信じるに足りない戯《ざ》れ言《こと》、そんなことを持ち出されてはいけません」

石珠と劉弘祖とが言い合っていると、大声をあげた者がいる。

「もし元帥が我らの王におなり下さらぬのなら、我らは直ちに部隊を解散して去りますぞ。もう下手な議論は、やめたりやめたり」

みんなびっくりして、その声の主はと見ると、右将軍の呼延晏である。

「右将軍は酔っぱらっているのです。かまってはいけません」

石珠はそう言って、晏を介抱して去らせた。みんなは、やや白けた顔になった。

諸将は、石珠が自分たちの意見を納れぬので、面白くないまま、その夜は散会したのだが、翌日、みんなは相談し合い、

「これであきらめることなく、今後もしばしば王位につくことをすすめよう。そのうちに石珠元帥も、義として受けざるを得なくなるに違いない」

と決めた。そのとき彼方から三人の者が馬を走らせて来るのが見えた。その三人とは、

平陽郡鎮東大将軍　糜弘《びこう》
雲中郡同　趙謙
西河郡同　韓志道

である。三人はそれぞれ一千の部下を従えており、部下を城外に待機させて三人だけで入城し、元帥府に入って石珠にまみえた。石珠が、その来意を問うと、三人は一斉に答える。

「われら、これに参上いたしましたのは余の儀ではございません。洛陽にある趙王の司馬倫は、賊臣の孫秀とはかって乱を起こし、賈后を弑《しい》し、恵帝を廃し、ついで太孫の張華と裴頠《はいひん》らを毒殺し、自立して皇帝を称するに至りました。

ために洛中は大混乱におちいりました。いまや天下は大乱の秋《とき》、われらはいまこそ元帥に乞うて王とおなりいただき、国を建てて然るのち、兵をひきいて入洛し、司馬倫らの賊徒を討伐していただきたく、かくはまかり越した次第です」

三人の意見を聞いた石珠、これまた諸将の主張と同じであること、かつ司馬倫の暴状を知った上は、どうあっても兵を発してこれを討つ必要があり、それには国を建てて王とならない限り、諸将は従ってはくれまい、と思うに至った。そこで口を開いた。

「かくなる上は、みんなの意見に従うことにします。ただし、みんなが同心協力して賊を討滅し、天子の御位を復すこと、これがわたくしの交換条件です。これを誓ってくれない限り、わたくしは王位にはつきません」

諸将は、いずれもそこにひれ伏して、

「どうしてご意向にそむきましょうや」

と口々に言う。石珠は大いに喜んで、正副軍師の侯有方と稽有光の二人に命じ、それぞれ五百の兵をひきいて城南に高台を築かせ、四月十五日の丙子《ひのえね》の日を選んで王位につくことにした。

その日、石珠は輿に乗って城門を出る。諸臣はそれぞれ礼服に身を包み、それに従う。城南に赴いた石珠

は、設けの台にのぼり、南面して坐れば、文武の諸臣は威儀を正し、その前に北面して立つ。
石珠は稽有光に命じ、祭文を読み上げさせて天地を祀り、さらに名山大川を祀る。続いて劉弘祖に祭文を読ませて二百の神々を祀り、終わって諸臣は、それぞれ台に近付いて石珠に拝謁して忠誠を誓う。
終わって国号を趙《ちょう》とし、自ら趙王と称し、光初と改元して、夕刻に至り城中にもどった。そして元帥府を王殿とし、宗廟を立て、漢の元帝の子の百万君を始祖とし、その末裔の十一歳の石勒《ろく》を養子とした。これがのちに天下に覇をとなえた後趙の主、石勒である。同時に特旨をもって左の叙封を行なった。

劉弘祖　征討大元帥、総督、諸軍事
石季竜　前軍大元帥
段方山　後軍大元帥
慕容庵　左軍大元帥
呼延晏　右軍大元帥

以上を五虎大将軍と称し、もっぱら征討をつかさどる。

侯有方　軍諮費善護国軍師
稽有光　同副軍師

この二人は征討軍の帷幕にあって参謀をつかさどる。
そのほかの諸将も次のように封爵し、いずれも従来より一級を進め、任あるいは封を改めた。

陸静　左丞相兼督諸軍事
陸松　右丞相同
劉宣　左値大将軍
喬聡　右値同

また棲賢洞の連中には次のような沙汰があった。

袁玉鑾　司徒
謝蘭玉　同
賀玉容　御史
侯倩　光禄寺卿
方仲山　刑部尚書

そのほかの者は、おのおの旧職におらせ、さらに、王位につく直接の動機をもたらした雲中、西河、平陽の各鎮東大将軍も、ともに一級を進めてこれを賞し、あわせて今後一年間、銭粮の貢納を免除することとし、お目見得以下の軍士をも手あつく賞したので、将士あげて喜ばぬ者はなかった。時に西晋の恵帝の大安元年

（三〇二）四月（旧暦）のことである。

石珠がこのとき、かっての呉礼の〝神霄子を助けて、ともに大事をなせ〟という教えにそむき、劉弘祖をさしおいて王位についたために、最後に至って運命に大きな変化が到来するのだが、それは後の話……。

封爵のことを、とどこおりなく終えた石珠は、光禄寺卿の侯倩に命じて宴を設け、文武の諸官を招いて酒宴を開いた。酒ようやくたけなわとなるに及んで、左丞相の陸静と司徒の袁玉鑾が進み出て、

「臣に一詩ができました。ご嘉納下さい」

と言って、めでたい内容の詩をさし出したので、石珠は読み、諸臣にも回し読みさせたのだが、内容は省略する。主従、こころおきなく盃をかたむけ、一そうの親和と団結とを固めたのであった。

そのころ洛陽では、前述の通り趙王の司馬倫が、侍中の孫秀と斉王の司馬冏《けい》を語らって宮中に攻め入り、賈后を弑《しい》し、恵帝に迫って位をゆずらせ、皇帝を僭称していたのだが、司馬冏と劉殷は、石珠が独立して王を称したと聞いて大いに怒った。

「石珠という女め、勝手に王を称するとは太い奴。いまのうちに退治しておかぬと、将来のわざわいとなろう。いわんや彼奴の拠る并州と晋陽とは、河一つへだてるだけの近さ。早く手を打たねばなるまい」

「さきごろ晋陽の都督の来斯が来て、彼奴らの猖獗《しょうけつ》が甚だしいので、平陽一帯を回復し、晋陽を守るための援兵を乞うたが、賊徒に加担しているということで叱りつけ、追い帰してしまったことがある。

その晋陽は落ちて、来斯も敵にくだったいま、石珠軍の兵力は強大で、向かうところ敵なしとか。それにひきかえ、わが京師の兵力は微弱なため、攻めても勝つことはむずかしいのではあるまいか。殿下、よくよく思案なさいませんと。軽々しく兵を動かすべきではありません」

「ならば、やめておこう」

「いや、やめてはいけません。急ぎ兵を訓練し、兵粮を集めて討伐の策をねる一方、異能才幹の士を招いて軍を充実させ、兵強く将足りた時機を見はからって出撃させれば、勝てぬことはありますまい」

「その方のことば、まことに尤もである」

司馬冏、そうは言ったものの、心中、このことはあ

117　石珠，推されて趙王となり，司馬冏，烏夢月をかどわかす

まり重大には考えていなかった。その司馬冏、あるとき、華林園へ遊びに行ったことがある。林園の奥には高い垣根をへだてて大桜があり、桜上には玉のすだれがかかっていて、その中に見えつ隠れつ、一人の美人がいるのが判った。

これを見た司馬冏、牡丹亭にかくれて眺めていると、たちまち玉簾が捲き上げられて、その美人が姿をあらわした。欄干によるその姿は、何とも美しい女性である。司馬冏の魂は早くも宙にけしとび、身体までもがグニャグニャになってしまった。

とこうするうちに、女性は中に入って再び出て来る様子はない。あきらめて邸にもどったが、意馬心猿はつのるばかり。そこで腹心の羅源という部下を呼んで言いつける。

「お前、ひそかに華林園に入り、その突き当たりの高い垣根をもった家は、何という者の住居か、さぐって参れ」

羅源は主命によって出かけたが、ほどなく戻って来て報告する。

「その家は司空の烏桓《うかん》さまのお邸です。ご主人はいま都督となられ、鄴中鎮守として赴任しておられます。あの家に何か御用がおありでも?」

「そうか、烏桓の邸か。わしは大事な用があり、彼の家をたずねたいのだ」

と言って羅源をさがらせた。

(天下には、これほどの美形がおろうとは。まさに天姿国色、わしのそばにも、あまたの侍妾がいるが、あれにくらべれば、まさに月とスッポン。もし彼女を手に入れることができれば、男冥利につきる)

部屋の中を行きつもどりつしながら、さらに思う。

(あれは烏桓の娘か妾か、としのころを見ると、すでに人妻か、婚約者があるかも知れぬ。が、そんなことはどうでもよい。手に入れればよいのじゃ。何かうまい手段はないものであろうか)

と、とつおいつ、しばし思いをめぐらしていたが、やがてポンと手をうった。

(しめた、いい方法がある)

さて、その烏桓の娘は、文墨の道に長じているばかりでなく、武芸にもすぐれていた。烏桓の夫人の元氏が彼女をはらんだとき、夢に白髪の老人が、明月を抱いて彼女の寝室に入って来て、それを元氏に渡し、呑むようにすすめた。元氏が受けとって呑みくだして彼女を生んだところから、夢月と名づけたのである。

いま芳紀まさに十八歳、生来の美形に、ますますみがきがかかり、その麗質は花をもあざむくばかり。いわゆる閉花羞月沈魚落雁という美しさだが、不幸にも母の元氏はすでに亡く、父の烏桓また任地にあるため、彼女は月に一回、父のもとへ訪ねて行くばかりで、わずかの下男侍女と、ここで佗び住まいをしていたのである。

ある日、夢月が桜上に坐っていると、侍女があわただしくとび込んで来て言う。

「お嬢さま。いま門の前に百余の軍兵が、輿を持ってやって来、〝旦那さまからつかわされて鄴からやって来た。お嬢さまにお目にかかりたい〟と申しております」

「お父さまがつかわされたのなら、知っている人もいるはず、その人が入って来てからのことにしましょう」

そう言っているところへ、二人の女性が入って来てあいさつをして言う。

「わたくしたちは、張貞娘、孫恵姑と申し、こんどあちらで旦那さまにお召抱えいただきましたもの。実は旦那さまは、あちらで急病になられまして、お嬢さまに、看病に来てほしいと呼んでおられます。いえ、大したことはないのですが、やはり、お嬢さまのお顔をご覧になりたいのでございましょう。一刻も早くお行きになった方がよろしいかと存じます」

聞いた夢月は思った。

（お父さまが本当にお悪くて、わたしを呼ばれるのなら、私の知った人を使いによこされるはず。それをどうして知らない人をよこされるのかしら？　それに、大したことはないのなら、手紙ぐらいことづてられるでしょうに、知った人も手紙もないのは怪しい）

夢月が思いまどうていると、一人の女が、「あれこれ思案していらっしゃる場合じゃございません。ほかならぬお父上さまがご病気でございますよ。一刻も早くかけつけて、娘としてのまごころをお見せになるのが当然でございましょう」

もう一人の女も口を出して言う。

「そうでございますとも。わたくしどもが出発するにあたって、旦那さまは、こうおっしゃいました。〝病気で手がふるえて字が書けない。加えて、晋陽の来斯都督が敵に寝返り、晋陽が落ちて軍務多忙のため、大半の将兵は、そちらへ赴いてしまったので、そなたの知った者をさし向けられない。お前たちは新参者だが、ここのところをよく娘に説明して納得させ、早く来てもらってくれ〟と。どうかお急ぎになって、旦那さまを安心させておあげ下さいまし」

孝行者の夢月のこと、こうまで言われては従わざるを得ない。そこで老家宰の銭能と下僕の柳義に家のことをたのみ、自身は下僕の烏全忠、費至道、女中の苗福姑、陸大嫂の四人をつれて、翌朝はやく出発した。

世の中がさわがしいので、夢月は大事をとり、下僕、女中にも戎服を着せ、自分も動きやすい服装にし、鄴をめざしたのである。

一行が十里（七キロ）ばかりも来ると、はや夕暮れになったので、その夜はどこかへ泊らねば……と思っていると、妙な場所へ連れて行かれた。そこは樹木が茂り、風景は優雅で、その中に桜台があり、まわりは厳重な垣根で仕切られている。ふつうの旅宿ではなくて、一見、別荘ふうである。そこについたころ、あたりはすでに暗くなっていたし、ほかに泊まるところもなさそうなので、仕方がなかった。夢月の乗った輿は、そのまま部屋の中までかつぎ込まれてしまう。

輿の中の夢月は不審にたえないが、おりるわけにも行かず、中へ入ってみると、座敷には、たくさんの蠟燭が立てられて、昼間かと思うほど。そして卓上には、豪勢なご馳走がならべられており、案内して来た二人の女の姿は、いつの間にか見えなくなってしまっていた。

夢月と下僕、女中の五人は、ようやく、これはただごとでない、と気がついたので、夢月は、従者に対して、警戒をおこたらぬように言い、自分も油断なく見構える。

ほどなく、人のやってくる足音がして、一人の男が姿をあらわした。見れば頭に紫金の冠をいただき、身には袞《こん》竜の服を着、腰には碧玉の帯をしめ、足には金線の入った靴をはいた貴人である。満面に笑みをたたえ、夢月の前に立って言う。

「わたしは今上皇帝の弟で、斉王の司馬冏です。だしぬけの推参、おゆるし下され」

夢月はびっくりした。これがあの、いまをときめく司馬冏さまかと。そこで、あわただしく一礼しながらも毅然として言う。

「殿下、身分いやしいわたくしを、こんなところまでいざなわれ、わたくしに何のご用でございましょうか」

司馬冏は依然として、おだやかに笑いながら言う。

「わたしには、たくさんの侍妾がいるが、そなたの万分の一にも及ぶ者はいない。先日、わしはたまたま、そなたを垣間見て、たちまち、そなたへの恋の奴《やっこ》となった。そこで計略を用いて、ここまで招き寄せたのじゃ。そなたがわしの意を汲んでくれるならば、栄耀栄華は思いのままじゃ」

夢月は色をなして言った。

「殿下、とんでもないことでございます。わたくしは、ご覧のようなたおやめではございますが、どのような門地門閥家柄の人であれ、メカケなどになる気持は、さらさらございません。ましてや殿下は金枝玉葉の尊いご身分、陛下から、まつりごとを負託されていながら、政治を忘れ、民を忘れ、礼儀にはずれた、無頼にひとしい行ないをなさって、人の子女をたぶらかしてメカケにするなど、ご身分にあるまじき御振舞かと存じます」

歯に衣をきせずに言ったので、司馬冏、思わず顔色を変えたが、そこは老獪なオトナ、すぐもとの笑顔にもどり、

「これは手きびしい。じゃが、思いをよせた女のために心を砕くのに、何の礼儀が要ろうぞ。そなたは身分違いを言うが、そんなことは案じるに及ばぬ。下世話にも〝惚れた、はれたは思案の外〟というではないか」

「なりませぬ。殿下。どうか、このまま、わたくしを家へお帰し下さいませ。どうあっても意に従えとおおせあるならば、わたくしは即座に一命を断って操を全ういたします」

どうしても言うことをきこうとはしないので、司馬冏は腹を立てた。

「わしが、こんなにもことをわけ、そなたのためを

思うて言っているのに、首をタテにふらぬ判らず屋め、覚悟するがいい」

そう言って五、六人の女に命じ、夢月の着衣をはぎとらせ、力づくでモノにしようとする。夢月は大いに怒って女どもをハネのけ、腰の宝刀を抜いて司馬冏に斬りかかれば、司馬冏は仰天して奥へ逃げ込み、こんどは十数人の大男に命じて、夢月と四人の従者を奥の一室に引っ立てさせた。

このとき、夢月の二人の下僕は、手にした刀をふり回して男たちに斬りかかり、ひるむすきに部屋からとび出した。何はともあれ、このことを旦那さまにお知らせしなくては、と、夜に昼をついで鄴へ急ぎ、烏桓にことの次第を報告する。

烏桓はそれを聞き、驚くとともに大いに怒り、ただちに兵を出して夢月を救い出そうといきり立つ。すると参謀の烏宣武が烏桓をいさめた。

「元帥、お腹立ちは尤もながら、しばし怒りをおしずめ下さい。司馬冏は不仁不徳ではございますが、実質的に晋朝の代表者、いま元帥がお嬢さまのために兵を出しましても、朝廷の者は今回の司馬冏の悪事を知りませんので、元帥の心も知らず、却って元帥を不忠の臣、兵を擁して乱をはかったと思うでしょうし、司馬冏もそのように宣伝するに違いありません。

いわんや、いま石珠は劉弘祖に命じて十万の兵を率いさせ、晋陽を出て南下させつつあります。その大軍が間もなく到ろうとしております。その時にあたり、劉弘祖軍を迎え討つべき元帥が引兵南下されたら、劉弘祖軍は、その虚に乗じて、やすやすと鄴を奪うこと、火を見るよりも明らか。そうなれば、元帥の罪はまぬがれますまい。元帥は、娘かわいさに任務を放棄した、千古の不義の臣となってしまいます。これは元帥のために取らぬところです」

「参謀の言、まことに尤もである。ただ、わが娘は小さいときから曲がったことが大嫌い、己を持すること厳なので、万が一にも司馬冏ずれになびくことはあるまいから、怒った彼奴に殺されるかも知れん。それが心配じゃ」

「お嬢さまが、あくまで拒否されるならば、彼奴も手は下せますまい。そこで一つ方法があります。それは、金をつかって洛陽に人をやり、司馬冏夫人の孫氏に事実を告げることです。孫氏は勢力家の出であり、司馬冏も頭があがりません。その孫氏が亭主の不行迹を知ったら、ただではすみますまい。そうなれば司馬冏めも、仕方なくお嬢さまを送り返すに違いありませんん」

「さすがは参謀、よいところに気がついた」

と烏桓は感心し、さっそく心きいた腹心に金銀財宝を持たせて洛陽の斉王府へ行かせ、夢月救出策を講じたのである。

さて、こちらは石珠——。王位について兵を休めること一カ月、体力気力が充実したところで十万の大軍を発した。総大将は劉弘祖、軍師は侯有方で、従う将軍は二十人である。日ならずして鄴を望むところまで来たが、ここの守将は前述の通り烏桓である。勇将が相手とあって、劉弘祖は大事をとって、鄴の手前十里(約七キロ)のところに軍を留め、軍師の侯有方に相談した。

「今度は当代切っての豪傑のほまれ高い烏桓が相手だが、彼は人となり、きわめて信義にあつく、その言語動作は四周を悦服させるとか、まことに我らの同志たるにふさわしい人物。こんな相手と戦わなければならぬのは甚だつらい。私が出掛けて行き、礼をつくして説得したら、彼は戦わずして降らないまでも、兵をひきいて洛陽へ帰らないであろうか」

「できれば、それに越したことはありますまいが、もし説得に失敗したら、安全に戻って来られましょうか」

「彼は本物の豪傑、こちらが礼をつくし、誠意をもってすれば、説得に応じる応じないはともかく、よもや危害を加えるようなことはあるまい。案じるに及ばぬ」

「そこまで覚悟を決めておいでなら、護衛をつけて不慮の事態にそなえましょう」

「いや、少人数といえども護衛をつけては、彼に疑念と不信感を与えるだけだ。わずか数騎で行った方がよい」

有方はうなづいた。そこで弘祖は元帥服をぬぎ、青袍に着換えて、前軍大元帥の石季竜と右軍大元帥の呼延晏の二人を連れて出発したが、三人が乗るのは、いずれも怪獣である。間もなく烏桓の陣営に到着して案

内を乞うと、烏桓はしばらく考えていたが、

「彼らは、すでに軍をひきいて、そこまで来ているというが、一体なんの用であろう。それにしても、たった三騎で、それも平服で来るとは、敵ながら大胆不敵。こういう者に対しては、かえって粗略があってはならぬ。心して応得しよう」

と言って城壁の上に上がってみると、なるほど、たった三騎で、青袍の袖が風になびいているばかり。遠くを見渡したが、護衛兵らしい軍兵は影も形も見えない。そこで烏桓は城壁の上から声をかける。

「拙者が鄴中の都督の烏桓です。劉将軍とお見受けするが、何用あってのお越しですか」

それと見た劉弘祖、あわただしく馬（?）からおり、地上にひれ伏して言う。

「烏将軍については、久しく令名を聞くこと雷のごとくでありましたが、軍務多忙にまぎれて、いままで拝眉の機を得ることができませんでした。ここに御意を得て喜びにたえません。願わくは城門を開いて私めらをお入れ下さい。将軍と膝をまじえてお話いたしたい儀がございますれば」

烏桓は大声で叫ぶ。「わかりました。門を開いてお通し申すによって、しばしお待ちあれ」

と言うと、かたわらの烏宣武が言う。

「軽々しく彼の言を信じてはなりませんぞ。いかなる策略があるかも知れませぬ」

「案じるでない。よう見てみい。あの劉将軍の容貌は非凡、態度も堂々としており、従う二人の武将も、いずれも立派な大将の器、詐略などという小細工を弄する小人物ではない。いわんや彼らは護衛なしの平服、これは誠意をもって話合いに来た証拠だ」

まことに将器は将器を知る。烏桓は一点の疑いをもさしはさまず、劉弘祖一行を入城させると、三人は元帥府に至って初対面の名乗りをあげたのだが、敵対関係ながら、名乗りを上げるときに、お互いにニッコリしたのは、双方にとって、まことに前途に明るいものを感じさせる出会いであった。

名乗りをあげ終わると、烏桓がまず口を切る。

「拙者はご覧の通り老衰した鈍物。劉将軍は何かカン違いをして重視なされたのか、それとも、何かご教示に見えたのかな」

「いやいや、それはご謙遜というもの。将軍は当今第一の豪傑、かねてから深く尊敬しております。ところで話というのは他でもございません。拙者は趙王石珠の命を奉じて、この城を過ぎようとしておりますが、将軍がこの城におられると聞き、この地に半日滞在して親しく尊顔を拝して、かねての念願を果たすとともに、ご教示にあずかりたいと存じたまでです」

「趙王は女性ながら蓋世の英雄、加えて諸将もすぐれた方ばかりと聞く。将来、大をなすであろうことは、疑いの余地はありません。それにひきかえ拙者、いたずらにとしをとっただけで、才とぼしく、識あさく、何の徳もなく、ご期待にそえる何物も持ち合わせており申さんのじゃ」

劉弘祖は話題を変えた。「将軍には、お家族は?」

聞かれて烏桓はホッと嘆息した。

「家族のことを思うと、腹が立ってならぬわい」

「それはまた何ゆえで?」

烏桓はそこで、一人娘の夢月が受けた災難のことを細かに語り出す。が、読者諸賢は、すでにご承知のことなので省略する。烏桓が言わでもがなの内輪話を、初対面の三人に語ったのは、よほど司馬冏のやり方に腹を立て、娘の身を案じているのと、三人に好意以上のものを感じているゆえであったろう。

それは劉弘祖にも通じた。

「斉王の奴、まことに人の風上にもおけぬ卑劣漢、直ちに兵を起こして討つべきです」

「いや、拙者も当初はそう思いましたが、参謀のいさめによって思いとどまりました。いわゆる〝鼠に投ずるに器を忌む〟というやつです。鼠はやっつけても、投げた器はこわれてしまいます。拙者は朝敵、謀叛者に仕立て上げられてしまうということです。

そこでいま、金をつかって彼奴の夫人に工作をしておりますが、果たして、うまく行くものやら。思えば心配のあまり、ヤキモキする毎日ですわい」

傍に控えていた呼延晏、たまりかねて口を出した。

「烏将軍は堂々たる大丈夫ではありませんか。大事な一人娘を卑劣な方法で誘拐されたのに下手《したて》に出て、金で姑息な手段をとられようとは」

「それもやむを得ぬのじゃ。時の勢いが、そうさせたのだ」

「いやいや、さにあらず、大丈夫、事をなすからには、まさに公明正大でなくてはなりませんぞ。司馬冏、もし仕え得べくんば、すなわちこれに仕え、然らずんば、まさに甲《かぶと》を捲き、旗を押し立て、鼓を打って、その罪を鳴らし、これを攻めて、世の正義の士をして、将軍のなされることの、なみなみならぬ覚悟の結果であると知らしむべきです。然るを何ぞや、金を用いて娘御の安全を乞わんとは……」

呼延晏、珍しく顔を真っ赤にし、激するままに大声をあげてケシかけた。聞いていた烏桓も、あまりの激越な口調に、赤くなったが、その色も次第にさめ、沈黙することしばし、ややあって静かに口を開いた。

「おおせられること、まことに尤も。然らば、どうしたらよかろうぞ」

「天下の争乱も、これひとえに司馬冏が政権をほしいままにしている故です。されば将軍は、よく我らと相はかり、相助けて義兵を起こし、もって君側の奸を伐たれなば、娘御を救い出すはもちろん、富貴も期して待つべきものがありましょう」

烏桓、またしてもホッと溜息をついて、

「この烏桓、晋室に不忠になるにあらず、まことは朝廷、奸邪を横行せしめて、以て英雄を解体さすのであろうか」そこで劉弘祖に向かって、

「将軍のせっかくのお志により、拙者、ようやく眼のウロコの落ち、心ひらける思いがいたす。いまよりお味方となって鞭をあげ、天下を正し、もって私願をも達しましょう」

烏桓幕下の諸将もこれを聞いて喜び、忠誠を誓った。こうして劉弘祖は戦わずして烏桓を帰順させ、鄴をくだしたのである。その夜、城内で盛宴が開かれたことは言うまでもない。

翌日、弘祖らは烏桓から、正式に府庫、銭粮、府民の戸籍簿の呈示を受け、さらに晋軍都督の牙城旗に代えて、急造の石珠軍旗を城壁高くかかげる。終わって烏桓は、自らきたえた三千の将兵を練兵場に整列させて、劉弘祖の閲兵を受ける。

一応の処置をすませた弘祖らが、烏桓と別れて自陣にもどると、ほどなく、烏桓も鄴の留守を副元帥の烏林にまかせ、参謀の烏宣武、副将の孫約趙らと三千の手兵を率いて劉弘祖の軍に来り投じたのであった。

七　司馬勤、出撃して敗北を喫し、急を女将軍姿の夢月に救われる

劉弘祖の本隊と烏桓の支隊とが、洛陽めざして堂々の進軍を始めたところ、烏桓の娘の夢月と二人の女中は、あの日、妾になれと強要する司馬冏に肘鉄砲を食わせたため、奥の一室に閉じ込められて一夜を明かした。

あくる朝、司馬冏は夢月の心をやわらげるために、妾の梅玉英をやって彼女を説得させることにした。夢月かどわかしに一役買った中の一人である。玉英は、やむなく夢月の閉じ込められている部屋の前へやって来て、主命やむなく夢月にウソをついて連れ出したことを詫びたのち、

「こうなったからには、斉王さまのお言いつけに従った方が身のためじゃございませんこと？　自分で自分を苦しめるなんて、馬鹿々々しいじゃありませんか」

儒教と女大学が衣服を着たような夢月は、キッとなって言う。

「とんでもないこと。およそ人たる者は礼義廉恥を知るべきです。斉王さまは高貴な方かも知れませんが、心は田夫野人にもおとる人です。良家の子女をかどわかし、自分のみだらな欲望を満たそうなんて、恥知らずで無礼で、けだものにも劣ります。無理にとおっしゃるなら、死ぬばかりです。もう、これ以上、あれこれおっしゃいますな。無駄なことです」

「お嬢さんはネンネですね。〝人生は白駒の隙を過ぐるがごとし〟といいますように、つかの間の、はかないものです。お嬢さんのその美しさをもってすれば、栄耀栄華は思いのまま。まして斉王さまは今上陛下の御弟、その貴い御身をもって、お嬢さんにへりくだっておられます。

それにひきかえ、あなたは捕えられた、かよわい蟬なのよ。もし斉王さまを怒らしたら、それこそあなたは極刑に処せられますわ。そのときになって後悔しても追っつきませんことよ」

「たとえ鼎で煮られようと、八つ裂きにされましょうとも、決して恐れはいたしません。早く帰って斉王さまにお伝え下さい。あの小娘は、まるで鉄か石のような固い決意を抱いております。とても説き伏せることはできません、と」

梅玉英、返すことばもなく、スゴスゴと去って言う。

129　司馬勤，出撃して敗北を喫し，急を女将軍姿の夢月に救われる

「ダメです。大王がもし彼女をこのまま帰らせませんと、一つには、彼女の貞淑の名を世に高め、二つには、大王が、いやがる娘をムリヤリに自分のものにしようとしたという悪評を天下に広め、三つには、それを知った烏桓が怒って兵を挙げ、大王を狙うようになる恐れがありましょう」

司馬冏はニガ笑いをした。

「相変わらず気の強いお嬢さんだな。だが、すでに我が腹中に入った女を、みすみす返してしまうテはあるまい。ま、時間をかけて、ゆるゆる落とすとしよう」

そしてそのまま十幾日か過ぎたある日、もういいかげんで軟化しただろうと、自分で奥の部屋へ出かけて行って、ネコ撫で声で機嫌をとる。が、夢月は少しも屈する色はない。司馬冏は怒って、

「いいかげんにせい。わしの忍耐にも限度があるぞ」

と大声をあげたところへ、あわただしく駈け込んで来たのは侍女である。

「いけません、大王さま、奥方さまがお見えになりました。どういうわけか判りませんが。大そう急いでおられるご様子、いまこっちへ参られます」

このことばは雷のように司馬冏の耳朶を打った。司馬冏のひたいから、とたんに冷や汗がふき出し、手足の力がなえてしまった。

「さ、お早く」

という侍女の声に、やっと我に返って、急いで表の間に出てみると、何と怖ろしい奥方が、出て来た司馬冏を、ものも言わずに睨みつけているではないか。司馬冏の膝はガタガタふるえ、思わずそこに立ちすくんでしまった。とたんに、奥方はガナリ立てる。

「この恥知らずのブタ野郎の、ドスケベエのくたばりぞこないめ。能なしのお前を斉王にしたのは、一体だれだと思っているのだい？　その恩も忘れやがって、仕事を放り出して若い娘っ子をかどわかし、ここに閉じ込めて、一体どうしようって寸法だい？　ド畜生の業つくばりの、ヒヒおやじめ！」

中国の女性ののしりことばは、身分の高下にかかわりなく、甚だエゲツナイ。司馬冏は強いて我が身をはげましながら、シドロモドロ答える。

「わ、わしがどうして仕事を放り出してまで、そんなことをするものか、何かの誤解じゃ」

白っぱくれられて孫夫人は、いきり立った。

「へん、空とぼけようったって、そうは行くものか。お前さんが烏桓将軍の娘をここへかどわかして閉じ込めていることは、烏桓のもとから、わたしのところへ救い出してほしいという訴えがあって、とっくに判っているのさ、それでもなお白をお切りかい」

（しまった。バレてしまったか。じゃ仕方がない）

そう思った司馬冏、なおも虚勢を張って、

「その、何じゃて。つまり、わ、わしは、烏桓の娘が鄴にいる父のもとへ行く途中を、ちょっと立寄ってもらったまでじゃ。なに、娘御がカゼをひいての。それでしばらく滞在させてやったのじゃが、それを早合点する奴がいて、慌ててお前に告げ口したんじゃろ、なに、娘はもうよくなったので、そろそろ帰ってもらおうと思っていたところじゃ」

孫夫人は、あざ笑った。

「下手なウソだこと。わたしにゆるしてほしいのなら、いますぐその娘をここから出しておしまい。でないと、わたしは決して容赦はしませんぞ」

「わかっている。女房ドノ」

何とも、だらしのないことおびただしい。司馬冏、仕方なく身をひるがえして奥に入り、シマらない亭主から威厳のある斉王にもどって、先日の彼の腹心の羅凉を呼んで言う。

「このまま無キズで洛陽に帰してしまうのもシャクだ。何かよい思案はないものか」

しばらく考えていた羅凉、やがてポンと膝を打って言う。

「一つだけあります。奥方さまの手前、送り返したと見せかけて、ご機嫌をとり、しかも大王の面子《メンツ》をそこなわない、望みをフイにしないよい方法が。それは、どこかお知り合いのお邸へあずけることです」

「あずけるとしたら、どこがよかろう」

「琅琊《ろうや》王の司馬勤《きん》さまは、大王とは日ごろからごくお親しい方、もしあそこでおあずかりくださいますならば、万事、好都合かと存じますが」

「うむ、いいところへ気がついた。さっそく、そうするとしよう」

そこで夢月を二人の女中ともども、輿にのせ、羅涼に命じて送り出させる。奥方は、これで一安心と、深くはとがめず、その夜はそこへ泊って、しばらくぶりで夫婦の情をかわしたが、一方、送り出された夢月、ようやく狼の牙からはのがれられたものの、まさかこのまま洛陽の自宅にもどれるとも思えず、一体どこへ連れてゆかれるのやら、と不安な面持ちで輿に揺られていた。

そのような夢月の不安もものかわ、輿は司馬勤の邸をめざして進む。司馬勤の家は司馬冏の別邸から二里（一・五キロ）ばかりのところにある。ただ司馬勤は司馬冏と違って、人ととなりは謹直、邸内には何人かの侍妾はいたが、まだ子供には恵まれていない。

その後宮で寵愛第一をほこるのは夏氏で、芳紀まさに二十三歳、天与の麗質の上に磨きをかけているので、その美しさは文字通り玉のようであった。加えて利口と来ていたので、ほかの侍妾はとても太刀打ちできないのだが、この夏氏に一つだけ欠点（？）があった。

それは、あれが大好きなことである。好きなんてもんじゃない。あれなくしても一日も身体がもたない、というほど大好きだったので、司馬勤が他の侍妾に目もくれなかったのは、彼女に精気を吸いとられていたせいかも知れない。そうなら飽きてしまいそうだが、なお司馬勤の愛を一人占めしていたところを見ると、美貌の上に技能派だったのであろう。

その日、司馬勤は夏氏とともに階段に腰をおろして、侍女が草を摘むのをながめていると、家臣が入って来て言う。

「斉王府から一人の女性を送り届けて参りました。すでに輿は門外にあり、お許しを待っております」

司馬勤には何のことかサッパリ判らない。

「女の世話を頼んだ覚えはないが、まあ、これへ通せ」

やがて輿はかつぎ込まれ、中から出て来たのは絶世の美女ながら、顔には涙のあとがあり、うれいに満ちた顔をしているのに疑いを抱いた。

「斉王さまの命令で参りました。しばらくおあずかりいただきたい、とのことです」

羅涼はそう言うと、そそくさと逃げるように出て行ってしまう。そこで夏氏ともども奥へともなって、そのいわくをたずねた。美女——もちろん夢月である——が司馬勤を見ると、どうやら正しい人のようなので、これまでのいきさつを、ありのままに包みかくさず物語った。聞いた司馬勤は言う。

「そうでしたか。あの男、己の権勢をかさに着て、そこまでやるようになりましたか。が、ここへ参られた以上、もうご心配には及びません。いつまでも居なさい。折りを見て、お宅へ送り返し、親子の対面ができるようにしてさし上げよう」

夢月はこれを聞いて、うれしさのあまり、床にひれ伏して言う。

「もし、そうしていただけるのでしたら、ご恩は一生忘れません」

そばで聞いていた夏氏は不審そうに、

「どうせ助けてあげる気がおありなら、なぜいま洛陽のお宅へ送りとどけてあげませんの。その方がいいじゃありませんか」

「いやいや、いま送り届ければ、斉王がまたねらう怖れがある。ここにあずかっている以上、斉王もうかつに手出しはすまい。ここは折りを見て、わしが彼をいさめるのが先決だ。いさめても、なお聞き入れないときは、わしがお嬢さんを烏桓元帥のところへ送り届けよう。そうすれば斉王も手が出まい」

「なるほど、そうでしたの。そこまでは、わたくしも考え及びませんでしたわ。あなたはほんに知恵者でいらっしゃいます」

司馬勤は、ほめられて、まんざらでもない顔をする。

こうして、三人はそこに住むことになったが、夏氏は時間さえあれば夢月をたずねて、いろいろ談笑してはなぐさめる。二人はとうとう大の仲よしになった。

こうして半夏《はんげ》（夏至から十一日目）も過ぎたころのある日、夏氏は、司馬勤が参内して不在なので、夢月をさそって邸の後にある花園へ遊びに出かけた。

二人が花園に入って、ハスの花をめでながらブラブラ歩いていると、二十を過ぎたかどうかという書生ふうの、きわめてみやびやかな青年が、池のほとりに坐って、じっと花にみとれているのが見えたが、二人が来たのを見て、それが司馬勤の愛妾と、客分の娘であると知っているらしく、一礼をして、あわただしく立って姿を消そうとする。

だが、そこは細い一筋道なので、のがれようがない。書生は仕方なく、道のわきによけて、二人が通り過ぎるのを待ち、二人がすれ違ったのち、門から出て行った。

根が好き者の夏氏、この書生を見て思わずポーッとなって、魂もどこかへけしとんでしまった。

（あんな美しい殿御が、このへんにいらっしゃったなんて。何ておっしゃる方かしら？　むざむざ去らしてしまって、本当に惜しいことをしたわ）

また思う。

（琅琊王さまは、いい方だけど、もう三十を半ば過ぎていらっしゃるので、あの方《ほう》はそろそろくだり坂、それに子供もいない。これは大変なことだわ。もし、あの書生を手に入れることができれば、あの方《ほう》も満足できるし、子供にもめぐまれ、わたしは将来は王の母……）

あれこれ思って心は千々に乱れ、書生したわしさから、情炎は火ともえさかる。もはや、そぞろ歩きどころではない。夢月と歩調を合わせてはいるものの、心は上の空である。とうとう夢月をうながして花園を出、それぞれの部屋にもどった。

夕方が来た。司馬勤は二、三日、戻って来ないことになっているので、身体のほてりをいやすすべのないまま、ひる間に見た例の書生のことを思うて、何をする気も起こらぬ。気分を晴らそうと、一人の小女をつれて、例の花園の入口のあたりまでやって来ると、驚いたことに、例の書生がまたやって来るではないか。

夏氏の心は喜びにふるえた。

（この機会をのがしてなるものか）

そして小女に言いつけた。

「お前、あの方《かた》に、わたしが大事な用があるから、お越し下さるように伝えておくれ」

夏氏が園内の亭に坐って待っていると、小女が、その書生をつれて来た。夏氏は、こぼれんばかりの笑顔で言う。

「あなたは何とおっしゃるの？　どうして、この園内にお入りになったの？」

書生は、うやうやしく一礼した。

「私は牛金と申し、朝廷に仕える王旦那さまの下役でございます。王旦那さまがお留守なので、所用のないまま、ハスの花を見せていただこうと入ったのでございます。おゆるし下さい」

「あなたを責めているのではありません。ところで、あなたのお住居は？」

「花園のわきでございます」

「あなた。奥さんや子供さんは？」

「まだございません」

「そう、で、今夜、王さんは帰られるの？」

「旦那さまは、斉王さまと華林園でお酒を召し上がりながら、何でも大事な国事上の話がおありのようで、今夜はおもどりにならぬそうでございます」

「そうならば、ちょうど好都合だわ。わたしについていらっしゃい。お話があります」

夏氏はそう言って先に立つ。牛金は仕方なく、あとについて司馬勳の邸内に入る。奥へ入って夏氏の寝室の前まで来た。牛金はモジモジして入ろうとはしない。夏氏はそれを見てニッコリする。

「かまわないのよ。お入りなさいな」

牛金が仕方なく入って来て、窓の前に立つと、夏氏は小女に言いつける。

「表の戸をしめ、お酒と料理とを持っておいで。でも、このことは、ほかのだれにも言うんじゃないよ」

小女は心得て出て行き、間もなく酒と肴とを持参して卓の上に置く。夏氏は牛金を招いて坐るように言うが、牛金の方は、なぜもてなされるのかサッパリ判らないので、手を出しかねている。夏氏は、じれったくなり、つと立って牛金のそばへ歩み寄り、真っ白な手をさしのべて牛金の手を握り、

「まあ、デクの棒のように突っ立って、何もご遠慮なさることはないのよ。ご一緒に召し上がりませんこと？」

そうまで言われては、牛金とていけぬ方ではないので、ついその気になって坐り、酒と肴に手を出す。二人はそこで、さしつさされつ、飲むほどに酔うほどに、夏氏は燃え上がる欲情をおさえ切れなくなり、遂に牛金に抱きついて息をはずませる。

美人にいどまれては、若い牛金も気がおかしくなり、あとはお定まりの情痴絵巻がくりひろげられたわけだが、堪能した二人は、また酒をくみかわし、明け方になって牛金は、こっそり出て行った。

それがキッカケとなり、二人は司馬勤の不在を見はからっては睦み合ったのだが、広い王府のこと、例の小女以外は、だれも知らなかった。

ところが三カ月も経つと、夏氏のおなかがせり出して来た。医師に見せると、おめでただという。一年ほどして玉のような男児を生みおとした。あきらめていた司馬勤、それが間男の子とも知らず大喜び、名前を睿《えい》と名付けて琅琊王の後嗣としたが、晋（西晋）が滅びて一部の者が南へのがれ、建康（南京）に都して東晋を名乗ったとき、その初代の皇帝となって元帝と呼ばれたのは、実はこの睿なのである。牛を馬にのりかえたわけだが、それはのちの話である。

そのころ、朝廷では、前述の通り、趙王倫が恵帝を廃して、権勢を専らにしたものの、倫は凡庸の人物で、当時の難局に対処し、天下を和平に導くほどの才腕器量を持ち合わせていないことから、斉王冏は司馬氏の一族の者と謀って兵を起こし、倫を殺して恵帝の位を復した。

さて司馬勤、夢月を引きとって以来、国事が多忙で、連日、朝廷にあって国家の大事に尽力していたため、なかなか家をかえりみるひまがない。一方、司馬冏は、恵帝を復位させたものの、色欲に目がくらんで、心は国政になく、恵帝また優柔不断であったため、司馬勤は万事にわたって采配をふるうほかはなく、宰相でもないのに、宰相の仕事を受け持つに至っていた。

ある日、司馬勤が朝堂にあって全国からの報告書に目を通していると、一人の役人が二通の報告書を提出した。それを開いて目を通した彼は、驚きのあまり思わず色を失って叫び声をあげた。

「ややっ、これは一大事！」

何かの間違いではあるまいかと思って、改めて読み直してみたが、やはり間違いはない。そこで、あわてて恵帝に上奏するとともに、文武の百官を召して対策を協議することになった。

この二つの報告書は、汲郡の守将の杜《と》考と、河内の同、周茂とが送って来たもので、その内容は、劉弘祖と烏桓の二人が兵を起こして両城に押しよせて来たことを急報したもので、まず杜考のはというと、

——総督汲郡諸軍事、臣杜考、頓首再拝して上奏す。臣聞く、小醜滅せざれば人の大害に至ると。近

137　司馬勤，出撃して敗北を喫し，急を女将軍姿の夢月に救われる

ごろ鄴中都督の烏桓、臣節を失いて忽ち叛心を起こし、平陽の石珠と結んで兵を発し順を犯す。郡県はその風を望んでこれに帰服す。

大兵はすでに汲郡に至るも、城中、兵弱く、将少なく、これと戦うといえども形勢、我に利あらず、城は今や風前の灯なり。願わくば速かに大将を下したまい、重兵を統《す》べて前進し、賊徒どもを撲滅して、その勢いをくじきたまわんことを。臣、恐懼、待命の至りなり——

一方、周茂の上書は、

——河内都督、臣周茂、頓首再拝して上申す。石珠、位を僭して以後、叛将劉弘祖をして大兵を擁して都へ進ましめ、過ぐるところの地は戦わずして降り、今や洛陽に近づきつつあり、為に人心は恐々、各々固守するの心なく、日々烽火に急なり。もし速かに兵を発して救わざれば、京畿は彼の所有に帰せん。

臣ここに忌譚を避けず奏聞せん。ただ願わくば陛下、事態を等閑視さるることなく、速かに兵を発せば挽回するを得ん。然らずんば、彼の兵は河を渡りて直ちに洛下に至らん。悔ゆとも及ばざるなり。陛下、これに留意さるれば幸甚なり。臣、待命に耐えず——

いずれも事態が憂慮すべき段階にあることを述べて、救援軍を急ぎ派遣してもらいたいと述べているのである。相談を受けた恵帝と重臣たちは、ただうろたえるばかりで、どうしてよいかサッパリ判らない。とうとう恵帝は、

「だれをやったらよいか、諸卿は相談して決め、直ちに上奏せよ」

と言い残して奥へ入ってしまった。と、左丞相の辛実が進み出て言う。

「二賊が合体して、その勢い甚だ盛んとあっては、智勇兼備の大臣が出動しない限り、制圧は困難かと存じます。臣がひそかに諸臣をうかがうに、大司馬琅琊王勤公にまさる方はあるまいと考えます。公は忠誠かつ謹直、智勇また兼ねそなえた大器、まさにこの大任を果たすにふさわしい方、もしご出馬願えるならば、必ずや奇計を出して賊徒を殲滅なされること疑いなし」

自分が指名されない以上、諸臣に異存はない。やれ、助かった、とみんなして、それに同調する。遂に引き受けざるを得なくなった司馬勤、その旨を恵帝に奏上したところ、帝に自主的な意見はないのだから、たちまち同意して勅諚をくだす。

こうなっては司馬勤、もはやのがれるすべはない。君命を有難く拝して退出し、翌日、頤《い》栄を軍師、陸机を大将、稽紹を副将とし、五万の兵を率いて出発した。その中には、夢月も男装し、戎衣に身を固めて、ひそかに従軍していたのである。

軍は進んで河南府を過ぎ、涎津関外に至ると、司馬勤は人をやって汲郡と河内の両都督に、晋軍の到着を知らせるとともに、斥候を出して劉弘祖と烏桓の軍勢が、どのへんに出没しているかをさぐらせた。物見の兵は、やがて帰って来て報告する。

「両者の軍は合体して汲郡の近くに駐屯し、汲郡をうかがっておりますが、その勢いは甚だ盛んです」

聞いた琅琊王は、先鋒隊長の傅《ふ》肯に命じて涎津関を発し、汲郡の城を望む南方五里（三・二キロ）のところに塞を設けさせるとともに、前将軍の孟玖《もうきゅう》に兵三千を与えて救援に赴かせた。

片や劉弘祖の大軍は、汲郡の城の北方五里をへだてたところにあり、まず冠軍大将軍の姚仲弋に命じて城を攻めさせると、城中の杜考は、副将の袁有成を出してこれを迎え討たせる。

相まみえた二人は、名乗りもそこそこに突っかかる。姚仲弋、日月大刀をふりかぶって大喝一声、袁有成を馬の下に斬りおとし、その余勢をかって城門まで突進すれば、杜考は袁有成がアッケなくやられたのを見て戦意を失い、あえて出撃しようとはしない。

と、そのとき、彼方から、もうもうたる土煙があがったと見ると、押し寄せていた姚仲弋の手勢が続々と退却して行くではないか。城壁上の杜考が見ると、晋軍の旗が砂塵の中におどっている。

（さては味方が……）

と喜んでいると、駈けつけて来たのは孟玖の兵三千とわかったので、さっそく城門を開いて迎え入れ、敵の撃退策を協議した。孟玖は言う。

「敵軍は深入りしすぎているので、孤立無援、恐れるに足りません。明日、拙者が出撃してやっつけましょう。琅琊王の率いる本隊も近くまでやって来ていますので、両方から挾み討ちすれば、これを破ることは、いともたやすい」

杜考は喜んで、はや勝った気になり、さっそく酒宴を開いて孟玖と酌みかわし、明日の奮戦を誓い合った。

さて姚仲弋、出撃して来た袁有成を水もたまらず討ちとって意気大いにあがり、余勢をかって城門へ攻めよせたところへ、孟玖のひきいる敵の援軍がやって来たので、挾撃されてはたまらぬと、直ちに兵を引いて本営にもどり、その旨を劉弘祖に告げると、劉弘祖は軍師の侯有方と攻城戦術を協議した。有方は言う。

「私はすでに人を洛陽へやって、司馬勤が五万の兵をひきいて来援したことを知っています。そこで今夜は、まず敵をびっくりさせてドギモを抜いておき、あす一戦して散々に破ってやりましょう」

「どんな手で司馬勤をおどろかすのですか」

「晋の援軍は、やって来たばかりで、我が軍の恐ろしさをよく知りません。そこで今夜、彼奴らをキリキリ舞いして、一晩中ねむれぬようにしてやるのです。次第はこうこう」

「それはおもしろい」

そこで諸将を集め、まず車騎大将軍の斉万年に命じる。

「貴公は鉄騎三千をひきいて夜半、晋軍の陣を急襲せよ」

斉万年、うけたまわって準備のために出て行く。ついで前将軍の桐凌霄に、

「貴公も三千をひきつれて出撃し、斉万年軍と敵とが斬り合いになったら、背後から突っ込んで晋軍の粮秣を奪取せよ。戦うのは二の次だ」

凌霄が去ると、次は積弩将軍の崔賓佐である。

「お主は兵五千をひきいて敵の陣前にひそみ、出て来た敵兵を殲滅せよ」

これまた承知して出て行く。こうして劉弘祖は、それぞれの部署を定め、侯有方と陣中にあって勝利の報を待つことになった。

日が暮れた。斉万年がまず、ゆるゆると三千の夜襲部隊をひきいて営を出て行き、晋軍の本営からほど遠からぬところに兵を埋伏させる。すでに、あたりは真っ暗、満天の星が降るよう。そのままじっと伏せて夜

141　　司馬勤，出撃して敗北を喫し，急を女将軍姿の夢月に救われる

半を待つ。斉万年が見ると、まさか夜襲があるとは思わぬ晋営は静まりかえって、物音一つしない。

やがて続けざまに号砲を放ち、それを合図に斉万年、三千の鉄騎に、

「かかれっ！」

と大音声の号命をくだす。そのときを待ち受けていた三千はふるい立って晋営に突入する。こちらは晋軍、油断し切って白河夜舟の最中を、いきなり喚声とともに乱入されたものだから、戦うどころではない。大混乱におちいって、互いに踏みつけ合い、蹴とばし合いで、死傷者はその数を知らぬという有様。

かの稽紹、あわてふためいて、あとをも見ずに琅琊王の本営めざして逃げもどろうとするところを、たちまち火光中に大声があって行く手をはばむ者がいる。桐凌霄である。逃げることもならず、稽紹、手にした槍をひねって突き出したが、すでに気合い負けしている。桐凌霄は、察したり、と体をかわし、一刀をふるってその槍を中途から斬っておとす。稽紹、

「しまった！」

と叫んで刀の柄に手をかけたところを、凌霄、刀をかざして踏み込む。どうにか、その切先をわずかにかわした稽紹は、命からがら単身で後にある琅琊王の本営に逃げ込むことができた。

桐凌霄、あえて深追いせず、混乱している晋の軍営中から、命ぜられた通り粮秣を奪って車にのせ、引き上げる。

琅琊王は後営で、ぐっすり眠っていたところ、前営で騒ぎが起こり、火光があがったので、何事かといぶかしんでいるところへ、夜襲と聞かされてびっくり仰天、あわてて身仕度をととのえて、陸机と一緒に部下を指揮して敵をむかえ討とうとしたが、先制攻撃を受けたため、兵たちの志気があがらない。加えて前面の砲声によって、伏兵があるのではないかという怖れが生じたため、兵たちはたじろいで前進しようとはしない。

間もなく、ここへも敵が乱入して来るに違いない……。みんな、そう思って浮足立ちかけた。まさに危機は迫った。そのときである。琅琊王の背後から、一人の女将軍が突出して叫んだ。

「賊将ござんなれ！」

そういうやいなや、一面の火光の中を、一条の光のごとく、一箇の流星のごとく走り出て、斉万年に打ってかかる。万年、防いだが及ばず、こめかみを打たれ、鞍に伏して逃げもどったおかげで、琅琊王は危い命を助かった。

時すでに天明、劉弘祖方の奇襲部隊は兵を収めて立去り、琅琊王が点検してみると、大切な粮秣の大半は奪い去られるという有様だったので、王は大いに怒った。

「まだ戦いをまじえていないうちに、この大敗を喫した。わしは何の面目あって、帰って江東の父老にまみえんや（これはむかし、漢の劉邦＝後の高祖＝に敗れた項羽が発したことば）じゃ」

すると陸杌が、なぐさめ顔で言う。

「劉弘祖は我が軍が初めての出陣であり、趙軍に対する認識のないことを知っていて、詭《き》計を用いて夜襲をかけ、我が軍を破ったのです。大王、思い悩まれる必要はありません。明日、拙者が討って出て、必ず仇を報じましょう。それにしても大王、もしあの女将軍がいなければ、危ういところでしたな。あの女将軍は一体、どこのどなたですか。見付け出して重く賞されるべきですぞ」

「ところが、実はわしにも判らぬのだ。その方の言う通り、彼女がいなかったら、どうなっていたか判らぬ。あんな勇ましい将軍が数人いたら、戦いは負けはせぬのだがな」

そう言い合っているところへ、夢月が入って来て言う。

「実は、わたしの仕業でございます。大王さまの急を見まして、放ってもおけなくなり、女の身をもかえりみず、とび出してしまいました。おはずかしゅうございます」

聞いた琅琊王は驚きかつ喜んだ。

「お嬢さんが武術の達人だとは、いまのいままで知らなかった。その武力を発揮して、あす劉弘祖軍を撃滅することができたら、その功とひきかえに、お父上の叛逆罪は、朝廷にわしが奏上して赦してもらい、いままで通り鄴の守りについていただこう」

こんどは夢月がびっくりする番である。

「何とおおせられます？　父が謀叛人などとは」

夢月はまだ、父の烏桓が自分のことで怒り、劉弘祖軍に寝返って、ついそこまで敵として来ていることは知らないのである。彼女が我が耳を疑っているのを見て、瑯琊王、これはよけいなことを言ったかな、とは思ったものの、言ってしまったことは、いまさら取返せない。

「お疑いのようだが、これは事実なのです」

「わたしがどうして大王さまのおことばを疑いましょう。けれども、鄴を守っている、あの忠臣の父がどうして叛逆したのでしょうか。そして、いまどこにいるのでしょうか」

「お嬢さんは本当に何もご存知ないのですね。そなたの父上は、すでに劉弘祖の軍にくだり、鄴を離れられた。あるいは、この戦場へ来ておられるかも知れぬ」

瑯琊王も、烏桓がこちらへ来ていることまでは、まだ知らなかったのである。

（まさか自分のことが原因では？　それにしても実の父と娘とが敵対関係になろうとは）

不安と疑いは、いよいよ深まるばかりである。

こちらは劉弘祖、晋軍に夜襲をかけて大いにこれを破り、おびただしい粮秣を奪ったまではよかったが、斉万年が思いもかけずとび出して来た女将軍に、不覚の敗北を喫したことに驚いた。しかし、万年の傷も幸い大したことはないのに一安心、とにかく、そんな強敵があらわれては、戦法を考えざるを得ない。軍師の侯有方に攻城方法について相談した。

「城中の者は、瑯琊王の野陣が、我が方の刧掠にあったことを知っていて、必ずや意気消沈しておりましょうから、大軍をもって四方から火のように攻め立てれば、城は日ならずして落ちましょう」

劉弘祖はそこで命令をくだし、城に総攻撃をかけることにした。すなわち石宏を西門、段方山を南門、慕容庵を順義門、呼延晏を建春門へと、それぞれ向け、姚仲弋と桐凌霄は遊撃軍とした。

これを知った城中の杜考、急いで諸将に令して、城壁の上に矢石をならべて、応戦準備おさおさおこたりない。杜考は自ら城壁上にのぼって督戦する。石宏らは、こうして火のように攻め立てたが、城はなかなか落ちない。第三日目、晋将の孟玖が杜考に言った。

「こんなやり方では、敵はいつまで経っても、退くまい。拙者が見るに、敵は多勢とはいえ、その実力は大したことはない。そこで拙者が本部の精兵をひきいて討って出、一挙に勝敗を決しましょう」

「いやいや、それは敵の実力を軽く見た危険なやり方、敵は、なかなか野戦に長じておりますぞ。ここはやはり城を固く守った方がよい。そうすれば、敵は智力、体力、気力ともにおとろえて、自から退却するに至りましょう。これぞ〝逸をもって労に勝つ〟方法」

そう言い合っているところへ、たちまち建春門外にあって、天地も崩れんばかりの鬨の声があり、一団の軍兵が、晋の旗をおし立ててやって来た。味方の援軍である。それを見た大将の陸杌、孟玖は大喜び、杜考らに命じて、本部の兵を率いて、城門から討って出させた。

趙将の呼延晏、そんなことでひるむ男ではない。よき敵ござんなれ、とばかり、武者ぶるいをして応戦する。建春門外で三十余合も戦ったが、一向に勝負はつかぬ。杜考がやがてくたびれて引返せば、代わって突出して来たのは陸杌である。呼延晏、これとも五十余合も戦ったが、これまた勝敗は決しない。

（ええい、面倒なり）

そう思った呼延晏、陸杌に声をかける。

「待った待った。おもしろい物を見せてやろう」

陸杌が、その声につられて刀を引くと、延晏はやおら懐の中から例の赤い小箱を開く。中からとび出して来たのは一羽の金のタカである。

（こいつ、ところもあろうに戦場でタカ狩りでもあるまい。おかしな奴だ）

陸杌のそのつぶやきが終わらぬうちに、その金のタカ、羽音も高くとび下りて来て、その鋭いクチバシで陸杌の顔をしたたかについばむ。陸杌は怒って刀をふりまわしたが、タカは、その手をスルリとかいくぐって上昇し、また矢のように舞い下りて来て、こんどは陸杌の鼻をついばむ。陸杌、顔と鼻を血だらけにし、すっかり戦意を失って、頭をかかえながら、馬をとばして逃げ去った。

それを見た孟玖もおじけづき、これもまた深入りをさけ、陸杌に続いて建春門めざして走る。それを城壁の上から見ていた杜考は、急ぎ城門を開いて中に入れ、もとのように閉ざしてしまった。

二人が城門にのがれ入ったのを見た呼延晏は、金タカをおさめ、再び部下を掌握し直して三日間も攻め立てたが、城の守備は固くて容易に落ちない。加えて味方にも、かなりの損害が出たので、他の三門の様子を聞きにやると、いずれも大同小異の戦況。そこで、その由を劉弘祖のもとへ告げたところ、弘祖も力攻めの不利をさとって、一応、兵を返すように命じた。

包囲網を撤した趙軍は、もとのように城をへだてること五里（三・三キロ）のところまで軍を退け、改めて侯有方と作戦を練った。

しばらく考えていた有方、ハタと膝を打って言う。

「城中には粮秣のたくわえも十分あり、陸机・孟玖らが協力して懸命に守っているので、にわかには落ちまい。そこでここは計略を用いる方がよろしかろう」

「どんな計略で？」

「琅琊王は、まだ城に入っておらず、彼方で野陣を張っています。したがって、その姿を見た者は、城内には少数です。そこで我が方は、ニセの琅琊王を作り、夜になって城下に至って城門をあけさせるのです。すると城内の諸将は、これを迎えるために、そろってガン首をならべるでしょう。そこを……」

「判った。それは至極の妙計」

そこで軍中に令して、容貌が司馬勤に似ている者を選び出して化けさせ、晋軍の軍旗を作っておし立てさせ、李雄に三千騎で随従させ、夕方、城の南門をめざして出発させた。そして、その後を慕容庵、段方山が軍をひきいて進む。門外に至って一発の号砲を放てば、城壁の上から矢石が雨あられとなんで来る。ニセの琅琊王は城門の外にあって叫ぶ。

「われらは趙軍にあらず。琅琊王自ら兵をひきいて、これに至った。夜分に参ったのは、敵の目を避けんがため。なんじら、門を開きもせず、逆にわしを拒む。これ何の行為ぞ。朝敵の汚名をこうむりたいか」

ことばも重々しく叱りつければ、城兵は大いにおどろき、目をこすってよく見れば、なるほど晋の軍旗と、琅琊王らしい人物である。念のために孟玖らに来てもらう。孟玖、陸机、杜耉があわてて城壁の上にのぼって下を見ると、まごうかたなき晋軍の旗と、一団の軍勢の中央に、馬上ゆたかに乗っているのは、琅琊王とその麾下の諸将と見たのは、夜目のせいであった。

びっくりした杜考らは、急いで開門を命じ、杜考、陸杌、孟玖の三人は、城門のそばに平伏して言う。

「琅琊王さま。我らの無礼、何とぞおゆるしあって、まずは、ずいーっとお通り下されませ」

ところが、そこへおどり出た一人の将軍が、いきなり叫んだ。

「うまく行った。それっ！　ひっとらえろ」

三人は、あっという間にしばり上げられてしまった。この将軍は李雄である。何が何だか判らぬ間に、ひしひしとしばり上げられた三人を見て李雄は言う。

「われこそは趙将の李雄なり。劉元帥の命を奉じ、ニセの琅琊王を作って一芝居を打ったところ、なんじらはウカとひっかかりおった。このおろか者め、かくなる上は観念して、無駄な抵抗はやめい」

地べたに坐らされた杜考ら、

（しまった。はかられたか）

と、互いに顔を見合わせて唇を嚙む。ただ陸杌だけは、

「おのれ、草賊、奸計をもって我らをあざむくとは卑怯千万。貴様らを殺し、骨を砕かねば肚の虫はおさまらぬわ。降参などするものか」

と叫ぶ。李雄は構わず三人を引っ立て、三千の兵とともに城中に入ろうとしたところ、たちまち城外に金鼓の音がひびきわたり、後続軍がやって来たことを知らせる。城兵は胆をうばわれ、あっけにとられ、城門を閉じることも忘れて、茫然と立ちすくむばかりであった。

八　夢月、奮戦して趙将三人を捕え、有方の術により弘祖に捕えられる

城兵が、あっけにとられている間に、続々と入城して来たのは、慕容庵、段方山のひきいる趙軍である。やがて我にかえった城兵は、次に来るであろう誅殺を恐れて、押し合い、へし合いで城門に殺到して逃げ出そうとしたため、踏み殺される者、その数を知らずという混乱状態におちいった。

李雄らは元帥府に至り、人をやって劉弘祖に上首尾を知らせると、弘祖も大いに喜んで塞を撤し、本隊をひきいて堂々と入城して来て、三将の兵と合する。そして、ただちに民生安定のの布告を発し、捕えていた杜考ら三人の城将を階前につれて来た。劉弘祖は、おだやかに言う。

「晋室にすでに天下統治の力はなく、各地に英雄豪傑が蜂起している。貴公らは十分たたかった。これ以上、晋につくす必要はあるまい。もし我が軍にくだるなら、富貴は思いのままですぞ」

杜考、孟玖の二人が、だまって頭を下げている中にあって、陸机だけは昂然と胸をそらして言う。

「計略にかかり、武運つたなく捕われの身となり果てた。晋室への忠誠はともかく、これは武人としての最大の恥辱、かくなる上は速かに首を刎ねられい。拙者には死あるのみ。くだるなど考えてみたこともないわ」

「将軍の令名は一世をおおうており申す。死ぬなど、おおせあるな。これまで晋朝につくして来られた赤心を、我が趙にお移しあるならば、趙王は必ずやこれを大いに徳とし、重く用いられるでござろう。お心の内は拙者も武人として判らぬではないが、ここは一つ、お考えあって然るべきではあるまいか」

と弘祖は説いたが、陸机はなおもののしって言う。

「やめられい。我が心は鉄石のごとし。何をもって膝を屈し、己の利を求めようぞ。とくとく首を打たれよ」

あっぱれな武人……と見た劉弘祖、その才を惜しんで、誅を加えるのにしのびず、いましめを解いて放とうとしたところ、李雄がいさめた。

「このような梟雄《きょう》を、このまま赦して立ち去らせましては、虎を野に放つようなもの。必ずや後にわざわいをのこしましょう。惜しい人物ですが、ここはやはり望み通り誅して、その禍を未然に防ぐとともに、そ

151　夢月，奮戦して趙将三人を捕え，有方の術により弘祖に捕えられる

の節を全うさせてやった方が、むしろ武人の情というもの」

弘祖は、しばらく沈吟していたが、ついに李雄の進言をいれ、門外にひき出して斬に処したのである。陸杌ときに二十八歳。敵ながら、まことに惜しい、春秋に富む武将であった。

陸杌の首は兵士の手によって劉弘祖のもとへ運ばれて来て、台上にのせられた。劉弘祖が、うやうやしくそれを拝しようとしたところ、にわかに大風が吹き起こって砂石をとばし、あたりはたちまち夜のように暗くなり、ついで雨が降って来て、遂には、そばにいる人さえ見えなくなった。

一同、身体を低くし、袖で顔や頭をおおって、暴風雨の静まるのを待つ。しばらくして風雨がおさまったので、みんなが頭を上げてみたところ、これはどうだ、台上に据えてあった陸杌の首が無くなっているではないか。

劉弘祖はあわてて門外に人をやり、陸杌の首なし死体を持参させようとしたところ、これまた煙のように消えてしまっている。劉弘祖は、陸杌の壮烈な最期に、天も感応ましまして、首も死体も天上に持って行かれたのだ……と思い、直ちに祭壇を設けて、主のいない慰霊祭を執行するとともに、全軍に命じて、その死をいたませたのだが、いずれも陸杌の立派な死に、大きな感銘を受けたのであった。

くだった杜考、孟玖の二人は、いずれも、しかるべき待遇を与えられることになった。

劉弘祖が奇計を用いて汲城を奪ったことは、すぐさま琅琊王の耳に入った。王は大いに怒り、頤栄と対策を協議した。頤栄は言う。

「彼奴らはいま汲城を手に入れて、その勢いは甚だ盛ん、これに比して我が軍は、重なる敗北に志気も沮喪しておりますので、まともに戦うのは得策ではありません。ここはひとまず、軍を洛陽にもどし、陛下に奏上して軍の建て直しをはかった上で、捲土重来、失地の回復をはかるのが上策かと存じます。でなければ、いたずらに士卒を損じるばかりに終わりましょう」

「いやいや、出兵以来、まだ一度の勲功もなく、士卒を失い、城を奪われているばかりのわしじゃ。それがいま兵を率いて帰っては、どの面さげて陛下の御前に伺候できようぞ。そればかりではない。敵は、退く我らのあとを追って来るのは必定。そのときは、進むもならず、退くもならずという事態に立ち至ってしまうであろう。よって引兵帰京はかなわぬことじゃ」

司馬勤のこのことばに、頤栄はしばらく頭を垂れて考えていたが、やがて頭を上げて言う。

「進むも不可、退くも不可ならば、一つだけ方策がございます。それは河内の都督の周茂に檄《げき》をとばし、直ちにお召しになることです。彼さえ来援してくれれば、あるいは態勢を挽回できるかも知れません」

「おお、それはよいところへ気がついた。軍師、さっそく檄文を書いてくれ」

そこで頤栄は筆墨をとりよせて、一気にしたためた。

——劉弘祖、并州をもって命となし、兵を起こして王地を掠略す。我ら晋朝の臣、みな切歯してやまざるに、賊徒の至る所の郡県、すべて風を望んで奔潰し、彼の烏合の徒をもって、いたずらに強盛をほしいままにせしむ。これ劉弘祖の善謀にあらずして、まことに守城の将の、命を用いざるの故なり。

近ごろ杜考、汲城を失い、大将陸杌、遂に斬らる。思えば痛恨限りなし。幕府の将すくなく、兵また弱しといえども、皇恩の厚きに感泣し、自ら兵をはげまし、粮秣をととのえ、鋭鋒もって彼の魏の曹操、赤壁にあざむかれて敗北し、王邑らとりこにされたる轍を踏むことなく、彼の巨魁を殲滅せんとす。

なんじ周茂、もとより忠良、つとに智勇をもって聞こゆ。よろしく直ちに兵をもよおして来援し、巨魁を汲郡に伐ちて故土を聖明に奪還せよ。なんじの旌旗の指さすところ、神鬼よく敵を驚かし、兵馬の向かうところ、賊の戈の自から倒れ伏すこと必せり。檄至らば、すなわち兵を発せよ、怠ることなかれ——

頤栄は書き終えて司馬勤に示す。一読し終わった司馬勤、

「軍師は文章にも練達だな。まことに文武両道の士といってよい」

とほめ、直ちに部下に持たせて河南に走らせ、そのちは、もっぱら守勢を保って討って出ることなく、周茂が来援して来たら、力を合わせて城を奪い返そうと、ひたすら周茂待ちの有様だった。

ところが、そこへ天をもゆるがす鬨の声、司馬勤大

いに驚いて自ら馬に打ちまたがり、頙栄、稽紹らをひきつれて営を出てみると、前面には、金色の甲冑に身を固め、大刀をひっさげた、一人のたけだけしい武将が突っ込んで来ようとしている。それと見た頙栄、急いで槍をかまえて躍り出て叫ぶ。

「あわてるでない。賊将、まずなんじの姓名を聞こう」

「おお、その方は頙栄と見たはひが目か。その方、拙者を知らぬとは節穴同然の目をした奴。拙者は別人にあらず、もとの雲中都督、いまは趙王の恩顧をこうむって行軍副元帥の職にある烏桓とは我がことなり」

頙栄、烏桓の名を耳にして、思わず怒り声をあげた。

「おのれ、忘恩の匹夫、朝廷に何の落度もないのに、なんじはあえて賊徒となり果てて叛逆をなす。なんじを殺さねば、わしの心は晴れぬわい」

言うやいなや、手にした槍をしごいて、わめきながら突っかかる。烏桓また大刀をふりかぶり、馬腹を蹴って突進する。ガキッ！　刃がぶつかって火花が散る。互いに秘術をつくして戦うこと二十余合、なかなか勝負がつかない。

烏桓、大いに怒り、気力をはげまして大喝一声、打ちおろす太刀に力を込めれば、その刀は頙栄の乗馬の首をしたたかに斬りさく。馬は血しぶきの中に悲鳴をあげて竿立ちとなり、頙栄たまらずドウと馬上から落ちる。

烏桓、してやったりと刀をふり上げれば、これを見ていた晋軍の王明、馬を走らせて救援にかけつけ、横合いから烏桓に斬りかかる。両人、頙栄を放っておいて戦うこと三十余合、その間に頙栄は、あやらく命びろいをして自陣中に逃げ込んだ。

そのうちに、烏桓の力やまさりけん、鋭くふり下ろした一刀は、王命の肩先に深く斬り込み、これまた地上に落ちて息絶える。琅琊王、あわてて副将軍の富春に出撃を命じる。富春、かしこまって突き出て行ったが、所詮は烏桓の敵ではない。烏桓の必殺の一刀をあび、血煙を立てて烏桓の馬の下に斃れ伏した。

二人の将軍が、たちまち烏桓にやられてしまったのを見た琅琊王、すっかりおじけづいて、あわてて軍を引かせたが、ただ稽紹だけは退却命令をきかず、槍をひっさげて趙軍の陣のまえに突き進んでののしる。

「ここな逆賊の烏桓め、拙者と勝負をせい」

と言い、槍をしごいて突いてかかる。烏桓、刀をふり回してこれを迎え討ち、四十余合も渡り合ったが、そのうちに、先ほどからの奮戦で、ややつかれの出て来た烏桓、稽紹のするどい槍先をよけそこねて、肩先を刺され、からくも命拾いをして自陣に逃げ込めば、稽紹もあえて深追いせず、これまた部下をまとめて引き上げて行った。

手傷を負った烏桓、城内に入って稽紹にやられたことを劉弘祖に報告すれば、劉弘祖、「稽紹という男、なかなかの勇将と見た。あす、とりこにしてくれよう。ほかは大して怖れるに足る者はいないようだ」

その夜は何ごともなく、翌朝、劉弘祖は段方山に二万の兵を与えて出撃させた。慕容庵、石季竜、呼延晏もまた、それぞれの手兵をひきいて進み、晋軍の大塞間近まで押し寄せた。こちらは司馬勤、顛栄、稽紹と攻城方法を協議しているところへ、段方山のひきいる敵軍が攻めて来たという知らせに、稽紹はただちに馬にまたがって陣を出てこれを迎え、名乗りを上げ合って刃をまじえる。

稽紹、前日のように気力をふるい立たせ、槍をふるえば、段方山もまた負けじと斬りむすぶこと半刻あまり、いっかな勝負はつかない。そのうち、稽紹の力やまさりけん、ヤッとばかり突き出した一閃が、段方山の左ひじを刺した。方山は痛手にたえず、自陣に逃げもどりかける。

あとに残った稽紹、これを追おうとして、ふと南西の方角を見ると、半里（約三百五十メートル）ばかりのところ、蕩陰村のあたりに、土煙が立ちのぼって殺気が天に冲し、一団の兵馬がやって来るのが見えた。段方山は叫ぶ。

「稽紹、あれが見えぬか。石季竜の援軍だぞ、それでも拙者を追って来るか」

稽紹はそれを見て段方山を追うのをやめたところへ、石季竜が突進して来て、稽紹と戦を結ぶ。また三十余合斬り結んだ。すると、こんどは東南の方角から突進したのは左軍元帥の慕容庵である。季竜と力を合わせて稽紹にいどんだが、稽紹は少しも怖れず、右に左に槍をふるって猛虎のように暴れ廻る。

石季竜と慕容庵、これでなかなか勝負はつかぬと見てとり、部下の兵たちに命じて稽紹をとりまかせ、いっせいに斬りかからせた。稽紹は、いわば大軍の真ん中に一人いる形になった。そのころ稽紹は、すでに身にたくさんの刀きず、槍きずを受け、血は着衣の上にまでにじみ出ていた。

それにもかかわらず、稽紹は、なおも我とわが身をはげまし、趙兵を突きとばし、はねとばしていたものの、数の力には勝てない。加えて、ひるごろから戦うこと、すでに五、六百合、身体は綿のようにつかれていたが、陽もようやく西に傾きかけていたので、最後の勇をふるって血路を切りひらき、脱出しようと懸命になった。

ところが、前方で喚声をあげているのは趙将の呼延晏の一隊である。同隊は、たちまち殺到して来て、逃げ道をふさいでしまった。前には石季竜と慕容庵の軍がいる。いくら稽紹が万夫不当の勇将とはいえ、身体の疲労、空腹の上に気力もおとろえている。とても三人に太刀うちはできない。加えて趙兵の包囲網は鉄桶である。

万事休す！

稽紹は、そう観念した。天を仰いで長大息した彼は、

「この稽紹が晋に不忠なるにあらず、もはや我が力の尽きたるのみ。かくなる上は幽鬼と化して賊を滅ぼし、国恩にむくいん」

と叫び、剣を自らの口にあてがい、馬から落ちて果てたのであった。その壮烈なさまに、

（敵ながら、あっぱれな武将、惜しい男を殺してしまった）

と、趙軍の三将は、馬上、その屍に向かって深く哀悼の意を表したのである。

稽紹の死をいたんだ石季竜らは、大軍をまとめて司馬勤の本営に殺倒した。司馬勤は稽紹の殉節と、趙兵の突入を聞いて大いに驚き、あわてて頤栄に相談する。頤栄は言う。

「もはや戦闘は無理。急ぎ塞を閉ざし、守りを固くして、周茂の来援を待つあるのみです」

司馬勤は、その進言に従って、ひたすら守りを固めるばかりであった。すると、そばにひかえていた夢月が言う。

「大王さまは、勅命を奉じて出陣なさったのに、ま

だ一度も功を立てていらっしゃらない上に、かえって兵を失い、土地を奪われ、加えて今は、塞を閉じて守勢一方。賊の跳梁を指をくわえて見ているばかりで周茂将軍の来援待ちとは、あまりにもお情ない。これでは、ますます敵のあなどりを受けるばかりでなく、河内の人にも笑われましょう。

わたくしは女だてらといわれようとも、三千ばかりの兵を拝借して討って出、石季竜らをとりこにして大王さまに献じ、かつ陸稽二将軍の仇を討ちたいのでございます」

司馬勤は喜んだ。

「お嬢さんの武勇のほどは、先刻よく承知しております。必ずや勝利を得られるでしょう」

そういって、即座に三千の兵を与えた。夢月は甲冑をまとい、五花にまたがり、手に方天戟を持ち、腰には錦条の銀鎚（手裏剣のようなもの）を幾本かさし、威風堂々とくり出した。そのさまはというと、次の通りであった。

——黄金色の甲冑は氷の肌、玉の腕にはえ、柳の腰には銀鎚がおどり、手にした方天戟は妖しく女体をめぐる。よく鉄面の武夫をして魅了す。三寸の金蓮は高頭の駿馬を駆使し、その秋波は一転して人の心を眩惑す。紅粉は飛揚して戦士を驚かす——

こちらは石季竜、晋軍の大塞まで押し寄せたところ、中から一人の女将軍がとび出して来たのにびっくりしながらも、赤兎を駆って前進し、問うていわく、

「そなた、姓名は何といわれる。女性の身で、ずいぶんと大胆なことだな」

夢月は名乗りもあげず、手にした方天戟をふりかぶって突っかかれば、石季竜、得たりや応と、これに応じて、蛇牙をかざして迎えうつ。戦うこと二十余合、夢月が戟をおろして逃げ出せば、石季竜、それを追いながら叫ぶ。

「そこな女将軍、逃げるとは卑怯、とくとく馬から下りて降伏し、捕えられるの醜態をまぬがれられよ」

夢月、石季竜が追いかけて来ているのを知って、心中、しめた、と叫ぶ。そして、季竜の馬が近づくのを待って、腰から銀鎚を抜き、さっと身をひるがえして季竜に投げつければ、不意を討たれた季竜、防ぐことができなくて、それを肩先に受け、馬の足もとにドウ

ところげ落ちる。

　夢月は、すかさず部下に命じて捕えさせ、しばり上げさせる。一団の兵とともに、勝利の軍鼓を打ち鳴らしながら、ゆうゆうと塞に帰還して司馬勤に報告する。司馬勤、石季竜が捕えられたのを見て大喜び、

「直ちに斬れ」

と命じたが、夢月は急ぎいさめて言う。

「大王さま。いま斬ってはいけません。しばらく営中に監禁しておき、劉弘祖らをも捕えた上で洛陽へ送り、陛下に奏上して、その聖断を待つべきかと存じます。それが大王さまのご功績を明らかにするゆえんです」

　司馬勤、これを聞いて、

「お嬢さんの意見、まことに道理である」

　そこで斬るのをやめ、塞中ふかく監禁するとともに、さっそく宴席を設けて、夢月の功を賞し、かつ、初めての戦勝を祝ったのであった。

　こちらは劉弘祖の側。呼延晏と慕容庵の二人は、後軍をひきいて晋塞に迫ったところ、石季竜が、こともあろうに敵の女将軍に捕えられたと聞いてびっくり。

「敵軍の中に、そんな勇ましい女将軍がいたとは知らなかった。それにしても、石元帥ともあろう勇将が、なぜ？」

　これは見捨ててはおけぬ、と晋塞の前に殺到して大声で叫ぶ。

「敵の総大将の司馬勤にもの申す。とくとく石元帥を解き放って我らに返せ。さもなくば、塞を焼き払って、なんじらをみな殺しにしてしまうぞ」

　司馬勤と夢月の二人は、塞の中で酒をくみかわしていたが、

「呼延晏がいま、塞の前に来て戦いをいどんでいます」

　という報告を受け、司馬勤は言う。

「お嬢さん。おかわりが参ったようです。どうしますかな」

「大したことはありません。もう一回出て行って、またつかまえて参りましょう。それから飲んだって、おそくはありますまい」

　夢月は笑いながらそう言うやいなや、五花にとびのり、例の方天戟と銀鎚とをたずさえてとび出して行く。

159　夢月，奮戦して趙将三人を捕え，有方の術により弘祖に捕えられる

呼延晏と相まみえた夢月、少しの恐れたじろぐ色もなく、相戦うことしばし、またしてもかなわぬふりをして馬首をめぐらして逃げかかれば、慕容庵、これまた、逃がしてなるか、引っとらえて手柄にしてくれようと、追って来る。

それと察した夢月、石季竜の場合と同様、さっとふり向きざまに銀鎚を投げれば、これまた慕容庵の不意を打ち、したたかに肩に打ちこまれた慕容庵も、たまらず落馬して、たちまちしばり上げられて晋軍の塞に連行されてしまった。酒の燗のまださめぬ間の早わざである。

呼延晏は、慕容庵までもが、またたく間に捕えられて晋塞に引っ立てられたのを見て、こりゃかなわぬ、と兵をまとめて城にもどり、劉弘祖に、ことの次第を報告すれば、劉弘祖はびっくりして思わず大声を出す。

「二人もの猛将を苦もなく捕えるとは、何という恐るべき女将軍であろう。かくなる上は、明朝、わしが自ら出撃して、その女将軍と雌雄を決しよう」

さて翌日、劉弘祖は呼延晏、李雄、桐凌霄、斉万年、姚仲弋、張傑、符登および軍師の侯有方らをしたがえ、五万の大軍をひきいて城を出、晋塞をへだてること一里ばかりのところに野陣を張った。

劉弘祖は、まず姚仲弋に出撃を命じれば、仲弋はうけたまわって部下をひきいて直ちに晋塞の近くまで行って大いにののしる。

「出て来い。この妖婦め。わが軍の二将を、よくもとりこにしおったな。とっとを面を見せて年貢を納めろ」

これを耳にした夢月、手ばやく甲冑に身を固めて塞を出る。あらわれた夢月はというと、いつもの通り方天戟を手に、腰には銀鎚をたばさんだ、あっぱれな武者ぶりである。これを見た仲弋、内心、感心しながら叫ぶ。

「そこなおなご、姓名は何と申す。いかなる故あって軍中にあり、わが二将をとりこにしたのだ」

「名のる必要はあるまい。なんじら賊徒をことごとく捕えて、陛下に献上すれば、わが名はおのずと判明するであろうよ」

聞いた仲弋、大いに怒って叫ぶ。

「この出来そこないの毒婦め。死神がそこまで来ているのも知らずに、よくも大きな口をきいたな。わが一刀を受けてみよ」

と言うやいなや、手にした日月刀をふりまわして打ってかかる。夢月、これまた得物の方天戟をかざして応じる。一陣の大たちまわりが展開され、戦うこと三十余合、夢月は例の通り、かなわぬと見せかけて馬腹を蹴り、逃げかかれば、さすがは仲弋、それをいつわりの逃走と見破って深追いすることなく、夢月の後姿に向かって大声をあげる。

「敵に後姿を見せるとは、立派な大将のやることではない。引き返して決戦せい」

案に相違して仲弋が追って来ないので、夢月は思う。

(この男、わたしにつかまえられるのを怖れて追って来ないのであろう。となると、ここはどうあっても決戦して、やっつけてやらなくては……)

そこで馬首をめぐらして風のようにとって返し、腰から抜いた銀鎚を投げれば、狙いあやまたず、それを頭に受けた仲弋は、声を出すひまもなく、その場に落馬して、これまた晋軍に捕えられてしまった。

姚仲弋を捕えた夢月は、勢いにのって趙軍に殺到する。折りから突き進んで来ていた李雄、仲弋が捕えられたのを見て怒り心頭に発し、愛馬青海の馬腹を蹴って、まっしぐらに夢月に斬りかかる。が、趙将を三人まで打ち負かした夢月の意気はいよいよあがり、この李雄をも難なく銀鎚のえじきにする。李雄も肩先をしたたかに打ちすえられ、落馬こそしなかったものの、恐れをなして後を見せ、自陣に逃げ込んで劉弘祖に報告する。

「だめです。とても歯が立ちません。仲弋どころか、拙者まで危うくからめとられるところでした」

仲弋が捕えられ、李雄また敗北したと聞いた弘祖、悲憤傷心やる方なく、軍師の侯有方に言う。

「一人の女将軍のために、何人もの部将がやられた。こんなことでは、我らの大業も成るまい。残念なことよ」

「あの女の得物は銀鎚だけですから、それを十二分に使えぬようにさえすればよいのです。明日、すべての部将を一挙にあの女にかからせれば、銀鎚も自在かつ四方八方には使えますまい。そのスキを見て突っかかれば、ひっとらえることができましょう」

そこで弘祖は、桐凌霄、斉万年、張傑、符登の四将に命じて一緒に出撃させた。夢月、これを迎えて敢えて驚かず、なおも神わざとも見える妙技を発揮し、五人は一団となって斬り結ぶ。手にした方天戟は天上の花が地上におりて舞うかのごとく、上下左右に動き、折からの陽ざしを浴びてキラキラと光るさまは、さながら一幅の絵のよう。

その組んずほずれつの争闘のさなか、突然ドウと落馬した一将があった。張傑である。張傑は、おのれの勇をたのみ、この女将軍を手捕りにしようと功をあせり、夢月の手錬の方天戟を頭に受けて、乱軍の中にあえなく果てたのであった。

張傑がやられたのを見た符登は、びっくり仰天して、勇気もけしとんだところを、これまた夢月の一撃を背に受け、鞍にしがみついたまま逃げもどる。残った相凌霄と斉万年の二人は、張傑、符登のふがいないさまを見て大いに怒り、一斉に刀をかざし、おめき叫んで斬りかかったが、夢月はあえて騒がず、方天戟を流星奔月のごとくふり廻す。そのうちに、相手が少なくなったので、動きやすくなったと見てか、こんどは方天戟に代えて銀鎚をとり出し、二人に狙いをつけてヒョウと放つ。

まず目をつけられたのは桐凌霄だが、凌霄もそれと察して、あっちこっちに身をかわしながら反撃の機をうかがえば、斉万年もこれを援護しようと、夢月の脇に回る。こうして三人はまた三十余合も戦う。

複数の相手との激闘に、やや疲れを見せた夢月、趙の大軍がさらに迫りつつあるのを知って、五花の腹を蹴って一方の血路をひらき、逃げにかかれば、万年は、のがさじとこれを追い、すれすれのところまで迫ったところを、突然ふり向いた夢月の銀鎚を肩にあび、これまた鞍に身体を伏せて逃げもどった。四人のうち三人までもやられては、残る桐凌霄も意気を沮喪したが、

(かくなるうえは、奥の手しかない)

と、刀を鞘におさめ、腰から宝剣を抜いて口中に呪文をとなえると、不思議や、たちまち大風が吹き起こって砂石をとばし始めた。すると、雲の間から無数の怪しげな鬼卒があらわれ、夢月に向かってワラワラと進み、彼女をとって食おうとする。

さすがの夢月も、これには仰天し、あわてて五花の

尻をたたいて自軍の塞に逃げもどり、塞門をぴしゃりと閉ざして出ようとはしない。凌霄もまた鬼卒をおさめ、兵をまとめて帰陣し、劉弘祖に事のあらましを報告した。弘祖はガッカリして侯有方に言う。

「この一戦で張傑を失い、斉、符の二将また傷ついてしまった。もし軍師に彼女を破る方策がなければ、われらは惨敗あるのみ。何とか捕える手だてはないものであろうか」

「なまはんかな計略では、とてもかなわぬ強敵であることが判りました。この上は、拙者とっておきの秘法を使うしか方法はありますまい。明日は元帥ご自身、お出かけ下さい。拙者が法術を施し、きっと彼の女将軍を捕えられるようにいたしましょう」

「軍師には、いかなる策がおありか」

「されば、まず軍士に命じて、西南方に高台を一つ建てさせ、その台上に十二人の神将をならべ、二十四人の兵士に各々黒旗を手にして立たせる。さらに童子に剣を持って拙者のそばに侍立させ、拙者は台上にあって祈り、五里の黒霧を起こして彼女を迷わせ、その間に元帥は兵をひっさげて戦いをいどみ、彼女を捕えられよ。

一方、呼延晏は鉄騎三千をひきいて晋塞に突入し、捕えられている石季竜ら三将軍を奪回した上、司馬勤を捕える。こうすれば、この一戦は我が方の勝利うたがいありませぬ。これ以上の時日をすごすことは許されますまい」

劉弘祖は、これを聞いて大喜び。

「軍師は、その修法のさい、何を供えられるか」

「鹿の干し肉一皿、果物二皿、酒十二壺、そのほかは何も要りませぬ」

弘祖はそこで、直ちにそれらの用意を命じたことは言うまでもない。

翌日、五丈の高台にのぼった侯有方、髪をほどいて後ろに垂れ、静かにたたずむ。劉弘祖は呼延晏とともに兵を率いて出撃し、戦いをいどむ。彼の夢月、いままさに司馬勤と、これまでに捕えた敵将の石季竜、慕容庵、姚仲弋を京へ送って行賞を乞うとともに、この際、一気に劉弘祖軍を破るべく、救援軍の派遣を要請することについて、相談しているところへ、あわただしく伝令が入って来て報告する。

「敵の総司令官の劉弘祖が、自ら兵を率いて戦いをしかけて参りました」

いよいよ敵の大将と決戦する時が来たかと、夢月は武者ぶるいをし、例のごとく五花にまたがり、方天戟と銀鎚とをたずさえて出撃する。夢月、劉弘祖を見ると、年少気鋭、気宇斬昂かつ男ぶりも凛々しい上、金鞭を手にし、竜騅にうちまたがったさまは、あたかも天神が降臨したかと見まがうばかりなのに、心中大いに感嘆する。

片や劉弘祖、夢月のたとえようもない美しさと、武芸絶倫のその姿を見て、これまた心中大いに舌をまいた。何のことはない、敵同士ながら、両方とも一目で互いに消しがたい好印象を心に刻んでしまったのである。

とはいえ、ここは戦場、命のやりとりをする所である。感心ばかりはしておられない。二人は金鞭と方天戟とを打ち合わせ、一陣の大立ち廻りをくりひろげたのだが、一方、台上にあって若い二人の果たし合いを見下ろしていた侯有方は、やおら印を結んで祈り始めれば、たちまち南の方に立ててあった黒旗が、見る見る大きくひろがって太陽をさえぎったかと思うと、下界はために薄暗くなり、あたかも夕方のよう。

有方、次いで口に呪文をとなえたところ、東方の黒旗も大きくなって、細かい雨がしとしとと降り出す。さらに呪文をとなえると、こんどはたちまちヒューヒューという音とともに陰風が吹き出し、それは一陣の狂風と化して、台上にいる者は立っておれぬほどの激しさになった。

頭髪を大風になぶらせていた有方、続いて手で机を一打ちすると、北方の黒旗が大きくひろがったと見ると、真っ黒な霧が空から下りて来て、文字通りの五里霧となり、ために天も地も漆黒の闇と化し、鼻をつまれても判らぬ有様となってしまった。

彼の夢月、ちょうど劉弘祖と小半とき、五十余合も戦ったが勝負がつかぬので、いよいよ奥の手の銀鎚を使って弘祖を仕とめようと、腰に手をかけたところ、たちまち天地は真っ暗と化して、あやめもつかなくなってしまって、相手が見えないため、銀鎚の狙いのつけようがない。

夢月は大いにおどろいて、色を失い、五花の腹を蹴って逃げにかかったものの、東西南北の方角がわからなくて、ただやみくもに走り出した。

片や劉弘祖は、有方から教わった呪文をとなえているため、真っ暗の中にあっても、白昼のように物が見えるので、夢月のあとを追って走る。約一里（六、七百メートル）も進んだころ、夢月の乗る五花は、暗さのため地面のくぼみに足をとられたと見え、ガックリと膝をつけば、夢月、たまらず地上に投げ出されて、肉薄していた弘祖にたちまち捕えられてしまった。多くの趙将を討ちとった夢月も、こうして遂に弘祖に五花もろとも、からめとられたのである。

一方、呼延晏も、鉄騎をひきいて前進したが、劉弘祖と夢月とが戦いを始め、ほどなく黒霧が起こり、夢月が逃げ出したのを見定め、これまた一面の黒霧を利用して、晋塞に殺到する。これも有方から、透視の呪文を教わっていたので、暗黒の中でも何の不自由はない。真っ暗の中で右往左往する晋の将兵をしり目に、晋塞に突入して、捕えられていた石季竜、慕容廆、姚仲弋の三人を、囚人用の檻車の中に見付けて救い出し、諸将ともども敵の武器や馬を奪って脱出するのに成功した。

敵将の司馬勣は、夢月が出撃したあと、戦いの様子を見るために塞外に出てみたところ、たちまち起こった五里霧にあわてふためき、頤栄をつれて、やみくもに走り出し、一里ほど来て、黒霧がやや薄れた所まで逃げてホッと一息ついていると、呼延晏、石季竜、慕容廆、姚仲弋の四将と鉄騎三千とが後を追って来るのに肝をつぶし、必死になって馬に鞭うって二十里（十三キロ）も走って、ようやく危機を脱した。ここまで来ると、五里霧は半分ほどになっている。

ホッとして馬から下りた司馬勣、地上に坐り込んで一息入れていると、たちまち後方に馬蹄の響き、呼延晏らが、なおも追って来たのである。これを見た司馬勣、天を仰いで長大息して言う。

「はからざりき。かくも惨敗を喫するとは。ここで果てるのも天命なのであろうか」

言い終わると、腰の剣を抜いて自ら刎ねようとしているところへ、黒霧の中から一条の金光がさして来た。不思議に思った司馬勣は、自らの首にあてた刃をひいて、金光のさしてくる方をながめると、一人の武将が、全身に甲冑をいかめしくまとい、手に狼牙棒を持ち、背高くひいでた駿馬にまたがって、風をまき起こして走って来ているではないか。しかも、その武将の到るところ、黒霧は晴れているのである。司馬勤は大いに喜んで叫ぶ。

「それなる武将、早く来てわしを救え、早う早う」

彼の武将は、いよいよ馬足をはやめて近付き、司馬勤と頭栄のそばを駈け抜けると、狼牙棒を横たえ、馬上に立って大声を出す。

「賊将ら、しばし待て」

呼延晏ら四人、ようやく司馬勤を追いつめ、いざからめとろうとしたところへ、大声が聞こえたので、頭をあげてみると、顔はウルシのように黒く、目は鈴のように大きく、たくましい馬に乗り、手に狼牙棒をたずさえた武将がおり、勇猛敵しがたく見えたものだから、びっくりして戦意を失い、そのまま馬首をめぐらして逃げもどった。

呼延晏らが退散したのを見た彼の武将は、司馬勤の面前まで立ちもどり、馬から下りて言う。

「ご安心下されい。賊はすでに退きました」

司馬勤はホッと安堵の息をついてたずねた。

「将軍は名を何と申すか。すんでのところ命のない私の危急を救ってくれて、まことにかたじけない」

「拙者は郝《かく》魚と申す者、大王が侯有方の黒霧の妖術に苦しめられておわすと聞き及び、急ぎお助けに参上いたしました」

「その方のこのたびの功績、まことに筆にも言葉にもつくしがたい。戦いに勝って帰京のあかつきには、朝廷にきっと上申して重く賞してとらすであろう。ただ、夢月がその後どうなったかが気がかりじゃ」

「しばしお待ち下されい。占ってみましょうぞ」

郝魚、懐中から何やら取り出して捧げ、目をつむって呪文をとなえ出したので、司馬勤はおどろいた。

「将軍は陰陽道にも通じているのか」

「いささか心得がござる」

と言って、しばらく占っていたが、ややあって目を開いて言う。

「大王よ、驚かれますな。烏孃はすでに劉弘祖に召し捕られて、彼の陣中に曳かれております。さらに、大王の塞中ふかく捕えられていた賊将三人も、すべて奪い返されましたぞ」

聞いた司馬勤、驚きの余り声も出ない。捕えた三人は、早く殺しておくべきであった……という後悔が胸を突いたが、すべて後の祭だった。

そのとき司馬勤の手元には、わずか二百ほどしか手勢がいなかったので、急場は助かったものの、すっかり意気消沈し、わが身の不運を嘆くことしきり。そのうちに黒霧も次第に晴れ、敗残の兵が三々五々とやって来て、総勢ようやく一千人ばかりとなったので、司馬勤は頤栄および郗魚と、今後どこを目指すべきか相談した。頤栄は言う。

「先日、檄文を河内の周茂のもとへつかわし、すみやかに兵を率いて来援するよう促しました。彼が出兵したかどうか、まだ聞いてはおりませんが、われらがどこへ赴こうとも、周茂のことですから、いずれ大兵をひきいて助けに来てくれるに違いありません」

そう言っているところへ、前方にあたって金鼓の響きが聞こえ、一団の軍兵がやって来るのが見えた。意気沮喪しているところへ、またもや軍兵の殺到である。司馬勤、思わず色を失い、急いで郗魚に命じて出動させる。郗魚かしこまって出て行った。

やって来た一団の軍兵の中から、郗魚の姿を認めたらしい大将格の武将、金色の甲冑をいかめしくよろい、馬首を立て、刀の柄を握って進み出て言う。

「なんじらは、いずれの軍であるか。なぜ、そこにいるのか」

郗魚は答えた。

「われらは琅琊王の手の者、かくいう拙者は大王麾下の郗魚と申す。そう言う貴公は何者で、何用あってかく推参したのか」

九　弘祖、夢月と偕老同穴の契りを結び、有方の奇計で晋軍を破る

さて、郝魚から、

「われらは琅琊王の軍勢である」

と聞かされた先方の武将、ころげるように、あわだしく馬からとび下りて、つかつかと郝魚の馬のところまで歩んで言う。

「これはこれは、琅琊王の軍勢でしたか。かくいう拙者は、河内都督の周茂将軍の麾下の秦志和と申す者、先般、都督は琅琊王の檄文をいただき、自ら大兵をひきいて河内を出発することになりましたが、とりあえず拙者に五万の兵をあたえて先発させ、出陣予定にあることを王に報ぜよ、とのことにて、ここまで参りましたもの。何とぞ、この由を王にご達し下されい」

聞いた郝魚、急いで本営にもどって司馬勤に報告する。司馬勤は夢かとばかりに喜び、秦志和を招き入れて謁見する。と、志和は、あたりを見回して言う。

「大王は、みことのりを奉じ、大兵をひきいて出陣されたはずなのに、なぜ軍兵がこんなにも少ないのですか」

司馬勤は、はずかしさに顔をあからめて、

「まことに面目ないが、これも連戦連敗の故じゃ。陸机は殺され、稽紹は節に死し、杜考、孟玖は敵にくだり、敵の猛攻を受けて汲郡は失陥。加えて夢月まで敵に捕えられ、いまは侯有方めの黒霧の妖術によって、ご覧の通りのありさまじゃ」

「そうですか。よく判りました。で、大王は、これからどうなさるおつもりで」

「いま、それを考えていたところだ。河内へ赴いて、その方の主人の周茂とともに敵を撃破するほかはあるまいとな。そこへ、その方が、うまいぐあいに来てくれたというわけだ」

「拙者は主命によって大王の軍を助け、ともに敵を殲滅する所存で参りましたが、いまや大王の軍は惨敗を喫し、将は少なく、兵もまた廖々たるものになっております。これでは拙者の軍の加勢をもってしても、勝利はおぼつかないと存じます。したがって、ここは戦いをさけて河内へ入り、王師と合体した上で別の作戦を立てるほかはありますまい」

司馬勤も、その意見を納れ、ただちに全軍に出発を令し、秦志和の軍と合体して、河内をめざして後退することになつた。

こちらは劉弘祖、夢月を捕えて本営に引き返したところ、ほどなく呼延晏、石季竜、慕容庵、姚仲弋も連れ立ってもどって来たので、侯有方が法術を解けば、あたりは再びもとの明るさにもどる。手ごわい相手だった夢月が捕えられているのを見て、一同、

「よかった、よかった」

を連発して戦勝を祝賀してやまない。

弘祖はそこで、彼女を縛したまま帳中へ連れて来させ、氏名をたずねたところ、夢月も、ことここに至っては隠すこともできず、かつ、ひそかに打たれていた弘祖にやさしく問いただされたので、すなおに名乗りを上げ、烏桓の娘であること、司馬冏の奸計にかかって連れ出されて檻禁されたこと、瑯琊王の家に居候したこと、その恩義に感じて、ともに出陣して来たことを、包みかくさず一通り物語った。

聞いた弘祖は、びっくりした。

（さては、烏桓将軍の言っていた一人娘とは、この女性のことであったか）

「そなたは、とんでもないことをしでかしたのですぞ」

「何とおおせられます」

「晋朝はいまや、そなたの父にとっては憎むべき敵なのですぞ。にも拘らず、そなたは我らに敵対している晋軍中にあって、わが方の将軍を苦しめた。いま、そなたが敗れて捕えられたのは、まことに天意というほかはない」

「わたくしども父娘といいますと、まさか父が？」

「おお、その父御じゃ」

と言い出したところへ、一人の部将がつかつかと帳中へ近づいて来る様子。とばりをめくって入って来たのは、これこそ行軍副元帥の烏桓であった。そこに引きすえられた愛娘の姿を見て、烏桓はびっくりしたの何の、

「お前はどうしてここに？」

言われた夢月は、返すことばもなく、ただ地にひれ伏すばかりである。そこで劉弘祖は、彼女にかわって、これまでのいきさつを手短かに語って聞かせると、烏桓、「司馬冏にかどわかされたと聞き、人をやって彼奴の女房に取り入り、檻禁を解かせる工作をしたまでは覚えているが、その後の戦陣多忙で、その結果まで

は確かめておらず、案じておった。

ところが晋の軍中に、名前は判らぬながら、一人の勇猛な女将軍がいて、我が軍を悩ませているとかねて聞き及んでいた。その女将軍がつかまったと耳にし、見たいものとやって参ったのだが、それがまさか我が娘であろうとは…」

しばし絶句していたが、これまたそこへくず折れるように坐り込んだ。

「この娘は、いまは亡き妻が、夢に明月を呑むと見てはらんだゆえに夢月と名づけましたもの。しかし、これまで一度も武芸なんぞ教えたことはありませなんだのに、いつの間に」

と頭を垂れて沈思していたが、やがてキッと頭を上げて言う。

「拙者、ひとこと元帥にお願いしたい儀がござる。お聴き下さるであろうか」

「どうぞ何なりと」

「敵対した憎い奴と思召すでありましょうが、それでも拙者にとっては、たった一人のかわいい娘。そこで思い切って申上げます。以前、鄴都において初めて元帥にお目にかかりました時から、娘のむこどのは、元帥をおいてほかにはないと、拙者ひそかに思い定めておりました。その娘が、うまく司馬冏めのもとを脱し、敵対したとは申せ、かくも武芸にひいでた女将軍に成長してくれ、こうして再会できたとあって、拙者の思いは、いよいよ不動のものとなり申した。元帥、どうか拙者の願いをお聞きとどけ下さるまいか」

先般の初手合わせで、早くも見染めていた形の劉弘祖だけに、内心の喜びをかくし切れずに言う。

「わしに異存はないが、肝心の娘御が何と思われるであろうな」

そばで聞いていた夢月、ポッと頰を染めて消え入らんばかりの風情、とても以前、劉弘祖麾下の勇将猛将たちを手玉にとった、あっぱれな女将軍ぶりは、どこへ行ってしまったかといわんばかりの、たおやめぶりである。

そのさまを見た烏桓は、うなずいて言う、

「ご謙遜あるな。元帥は蓋世の英傑、娘に異存のあろうはずはありませぬ」

劉弘祖、なおも何の彼のと辞退していると、そばにひかえていた石季竜、慕容庵、呼延晏らも一斉に言う。

「この期に及んで、四の五のと、元帥らしくありませんぞ。早々に降参なされい。まさかお嫌ではありますまい。それ、赤うなられたわ」

ここを幸いと、はやし立てる。

「元帥の手に捕えられたのも何かの因縁。これ以上のご遠慮は、却って失礼というもの。われらが媒酌人を引き受けます。これでこそ〝英雄、英雄に遇う〟ということです」

そこまで言われて劉弘祖、内心、異存どころか、大乗気ながら、表面では、股肱の意見もだしがたく、という形をとって承諾した。とかく、中国人の礼と形式は、かくもむずかしく、ややこしいのである。

喜んだ劉弘祖、時すでに夕方なので、全軍に命じて酒を出させ、自身も諸将と杯を交わして一夕の歓をつくしたのであった。

翌日、探索していた司馬勤の消息が判った。それによると、司馬勤の軍はすでに河内に入ったという。そこで趙軍も陣を撤して城中にもどった。元帥府に入った劉弘祖は、さっそく侯有方に黄道吉日を占わせたところ、

「お急ぎあれ、来月八日が吉日です」

とのこと。弘祖は石季竜、慕容庵に仲人をたのんだ。

さて八日、きらびやかな婚儀が、いやが上にも盛大に行なわれたのだが、くだくだしくは省略する。ともかく、ここに弘祖と夢月の二人は、めでたく夫婦となったのであるが、それだけでは、余りにも曲がないので、原文のさわりのところを、そのまま書きくだすと――

――洞房ふかきところ、弘祖と夢月、衣を解きて寝台にのぼり、共に鴛鴦の楽しみをいたす。この夜、二人の欣娯、名言すべきなし――

あくる朝、起き出した劉弘祖、石季竜ら諸将に礼をのべたのち、手紙を書いて晋陽にいる趙王石珠に結婚のことを報告すると、石珠も大いに喜んで刑部尚書の方仲山をつかわし、たくさんのお祝いの品をとどけてよこした。弘祖は宴を設けて方仲山を歓待、仲山は二日間滞在して去る。仲山が去ると弘祖は早くも諸将を集めて、河内を伐つ軍議を開く。石季竜が言う。

「元帥は新婚早々、兵を出すのは、まだ先でもよろ

175　弘祖，夢月と偕老同穴の契りを結び，有方の奇計で晋軍を破る

しいではありませんか。二カ月ほど経ってからにしましょう」

「結婚は私事、その私事にかまけて軍旅のことを忘れてはならぬ。いまこそ志を固うして出兵し、初志貫徹に邁進すべきである。諸将は心得違いをせぬよう」

結婚によって、いよいよ人間的に成長した弘祖のこの発言に、なみいる諸将は、ただ感服するばかりである。

方略は決まった。兪家の手勢を前衛とし、杜考、孟玖、姚仲弋の軍を先鋒とし、城を守る若干の兵を残して総勢十五万、汲郡を進発し、河内を望んで押し出した。征旗は青空にひるがえり、その威武は山野を圧する。日ならずして河内をへだたる十里（約六・七キロ）の地点に達したので、そこに軍をとどめ、遊撃隊長の王浚に命じて、琅琅王に対し、

「来る二十八日に決戦したい」

という果たし状を届けさせた。王浚、その書面を持って入城し、元帥府に至って、それを司馬勤に呈すると、司馬勤は怒ってののしる。

「劉弘祖という痴《し》れ者め、王師に対して抵抗することさえ赦し難いのに、決戦をいどむとは無礼千万、こやつをまず血祭にあげい」

と、王浚を斬るよう命じると、郝魚がいさめる。

「軍使を斬るのは戦場の礼に反します。ここはただ、申入れに応じる旨をご返答下さい。拙者に策があります」

司馬勤は、これを納れて、二十八日の決戦に応じることを書面にしたため、王浚を帰らせ、こんどこそ敵を撃滅して汚名を挽回しようと、戦備おさおさおこたりない。

王浚、その返書をたずさえて帰り、劉弘祖に報告、劉弘祖も二十八日を期して準備に万全を期した。戦雲は、こうして急である。

さて二十八日、弘祖は諸将を集めて開口一番、

「だれか先陣をうけたまわる者はいないか」

声にこたえて行軍副元帥の烏桓、

「その役目、それがしに仰せつけられい」

劉弘祖がこれを許せば、烏桓は一万の兵をひきい、孫約と趙徳の二人を先鋒として討って出る。

これを見た司馬勤、郝魚に出撃を命じれば、郝魚、

これを受けて狼牙棍を手に押し出し、烏桓と三十余合斬り結んだが、勝敗は決しない。それを見た孫約と趙徳は、部下をはげまして脇から郝魚に斬りかかる。郝魚、察したりと狼牙棍を持ち直し、まずとび込んで来た孫約に一撃を加えると、孫約は、それをしたたかに首にくらい、首の骨を折って落馬し、息絶える。趙徳、それを見て、

「友の仇、覚悟せい」

と怒りの形相すさまじく斬り込めば、郝魚は体を開いて、その切っ先をかわし、趙徳の脳天を打つ。趙徳もまた頭蓋骨を割られて、これまた、あえない最期をとげた。

左右の両将をたちまち討ちとられた烏桓の怒髪は天を突き、大刀をふりかぶって郝魚に向かう。郝魚の狼牙棍はいよいよ冴え、烏桓の大刀を迎えて戦うこと、さらに三十余合、烏桓は敵しかねてたじたじとなり、ついに刀を引いて逃げかかれば、郝魚は、逃がしてなるか、と後を追う。烏桓、敵がすぐ背後に追って来ているのを察し、

（これは、うまいぐあいに、はまってくれたわい）

とほくそ笑み、ふり向きざまに一刀をあびせれば、兜にあたってカーンという音がしただけで、刀ははね返された。と、一条の黒光が起こったと見ると、郝魚の姿はたちまち見えなくなってしまった。烏桓、これを見て、

（こやつ、妖術を使いおる。これはかなわぬわい）

と、軍を返して劉弘祖に言う。

「それがし、はからずも郝魚という手ごわい奴と出会い、二将を失った上、妖術に遭って思わぬ不覚を喫しました」

聞いた劉弘祖、しばらく考えていたが、

「義父上《ちちうえ》、しばらくお待ち下さい。軍師と相談して、孫趙二将の仇を報じ、奴の妖術を封じる手だてを考えて参りますから」

烏桓がうなづいて去ったので、弘祖は侯有方と郝魚をやっつける方法について相談することにした。

そこへ、趙王の石珠から、司徒の袁玉鑾をつかわして、十万石の粮秣と、報賞用の金帛、慰労用の酒を送って来た。そこで劉弘祖は、まず粮秣をおさめ、功のあった将士に金帛を与え、ついで宴席を設けて石珠か

ら下賜された酒のカメの封を切った。

酒がほどよくまわったところで、袁玉鑾がたずねる。

「本日の戦いの首尾、いかがでしたか？」

「おかげさまで、出征以来、続けていくつかの大郡を攻略し、敵将の司馬勤を打ち負かしたものの、いま郝魚というしたたかな奴に手を焼いているのだ」

と、烏桓の苦戦のさまを物語ると、玉鑾は、

「そやつ、どんな妖術を使うのか、あす、わたくしが手合わせをしてみましょう」

と言う。弘祖は喜び、万事は明日ということにして、その夜は久しぶりに大いに飲んだのであった。

翌日、玉鑾は武装もりりしく、金毛吼にまたがり、方天戟を手に、三千の兵をひきいて討って出た。司馬勤は、またもや郝魚に迎撃を命じる。郝魚、うけたまわって出撃してみると、相手は女性なので、

「女のくせに、この拙者に戦いをいどむとは片腹いたい。戦いは舞踊ではないぞ」

「女と見てあなどると、泣き面をかくことになろうぞ。われこそは趙国の司徒、袁玉鑾なり。その方が郝魚とかいう、インチキ妖術使いか」

「インチキかインチキでないか、いまにわかるわ。泣き面かくのは貴様の方よ。足元の明るいうちにトットと失せろ。それとも、俺さまにとっつかまって、酒の酌でもしてえか」

「ほざくでない。その方の妖術など、どうせ大したことはあるまい。きっと召しとってくれん」

「しゃらくせえ。烏桓の二将を苦もなく討ち果たした俺さま。女こどもなんぞをひねるのは朝飯まえだ。とっとと失せぬと、この狼牙棍が承知せぬぞ」

と、棍をかざして打ってかかる。玉鑾、これにこたえて方天戟をふりまわす。戦うことしばし、玉鑾、乗っていた金毛吼の首をめぐらして逃げ出せば、郝魚は後すれすれに追いかける。と見た玉鑾、さっと戟を突き出せば、狙いあやまたず、戟は郝魚の乗馬の首にグサリ。馬はドウと倒れ、郝魚は地上にころげ落ちる。

玉鑾、してやったりと金毛吼の向きを変え、方天戟を構え直して一突き、と思ったところ、たちまち一条の黒光が起こって郝魚の姿を消してしまった。それを見た玉鑾、はは ん、とうなづき、そのまま陣にもどれば、弘祖がたずねる。

「郝魚との一戦、いかがであった？」

玉鑾は笑いながら答える。

「勝負なしでした」

「では、なぜ笑うのだ」

「あの郝魚という奴、思うに魚の精でしょう。ですから、危急の際には黒光を出して身をかくすのです。あすは、奴が、かくれられぬような手段を講じましょう」

弘祖はそこで桐凌霄に命じて、玉鑾に同行させることにした。

こちらは郝魚、黒光に守られて城中に逃げもどり、司馬勤に報告する。

「女とあなどったが、なかなかの手だれ、じゃが、あすこそは必ず捕えてお目にかけ、奴らに河内をうかがうことをあきらめさせてお目にかけます」

さて翌日、郝魚は勇んで城門を出れば、はや玉鑾は待ち受けている。方天戟と狼牙棍との火花の散る熱戦が、また三十余合くりひろげられる。

ころ合いを見はからった袁玉鑾、気合いもろとも空中にとび上がり、下にいる郝魚をねらえば、郝魚は大いに驚き、たちまち一条の黒光を起こして逃げ出す。玉鑾は少しもあわてず、一枚の五色の錦衣をとり出して黒光に投げつけると、錦衣はふわりとひろがって黒光を包んでしまい、郝魚は逃げることができない。仕方なく、もとの姿にもどって棍をふるう。そこへ桐凌霄がかけつけて来て叫ぶ。

「郝魚め、とうとう年貢の納め時が来たようだな。観念せい」

聞いた郝魚、玉鑾を捨てて凌霄に打ってかかる。凌霄はニヤリと笑って、懐の中から針のついた一条の縄をとり出し、それを郝魚に投げつけると、縄の先の針は郝魚のノドに突きささる。針のついた縄を引っぱりながら、郝魚は逃げ出し、また黒光を出そうとしたが、玉鑾が口中に呪文をとなえて一喝したため、もう変身することができない。

郝魚は苦しそうにあえぎながら馬を走らせていたが、やがて馬もろともドウと地上に倒れ、そのまま一匹の大黒魚と化してしまった。

凌霄は郝魚の本身の大黒魚をとらえ、あまたの晋兵を討ちとって帰陣し、劉弘祖に報告する。同じく帰って来た玉鑾に、劉弘祖はたずねた。

「そなた、この魚をどうするつもりじゃ？」

「この魚は、人間に変化するのは最もむずかしいことだということを知らず、長い間の修練で、形だけは人間に化けおおせたものの、遂に人間にはなり切れませんでした。

しかし、いまこの魚を、このまま殺してしまうのは、いかにも惜しいし、かといって、ここにおいておくわけにも参りますまい。わたしがいただいて帰りましょう。後日、きっと何かの役に立つと存じます」

弘祖が承知して玉鑾に与えると、玉鑾はその頭に一枚の護符をはりつけて、再び変化できぬようにし、水の入った鉢に入れて持ち去った。この魚が役に立つ時が来るのだが、それは後日のはなし。

さて、郝魚の部下の残兵は、城にもどって敗戦を告げ、郝魚が実は大黒魚であり、本性をあらわして趙軍に捕えられたことを報告すると、司馬勤は暗い顔つきになって言う。

「魚の精が人と化して戦う。これはまことに忌まわしい事態。国が傾きかけると、このような妖異なことも起こるものか。もはや大勢は動かしがたい。この戦いは我らの負けじゃ」

そこで諸将に撤兵を持ちかけた。すると、秦志和が主張する。

「あの郝魚が本性をあらわしただけで朝廷の命運を云々されるのは、短慮というもの。いまこそ城の守りを固うし、挑発にのることなく、持久戦に持ち込めば、賊は食つき、志気おとろえ、策またなくなって撤退せざるを得なくなりましょう。その時を見はからい、大王は大兵を発してこれを追撃すれば、勝利は我がものです」

司馬勤は、その意見を納れて、各門をとざし、城壁の上には強弓硬弩（いしゆみ）を備え、守りを固くすることにした。

こうして司馬勤が長期持久の策をとり、守りに徹する姿勢を固めたところへ、たちまち金鼓の響きが天地をふるわせて近づいて来た。物見の兵の報告によれば、趙将の石季竜と桐凌霄の二人が、兵をもよおして攻めて来たのだという。司馬勤はそこで周茂と秦志和を城壁にのぼらせ、矢を雨のように射かけさせたが、趙軍は少しもひるまず、大きな梯子を城壁にかけて、しゃにむに登り始める。

周茂、しからばと兵士に命じて、油をそそいだ芦の束に火をつけて一せいに投げ下ろさせると、登っていた趙兵は、たちまち火だるまとなって焼き落ち、梯子もまた焼けて、趙軍の死者は無数という、手いたい敗北を喫した。

季竜の怒りはすさまじく、次の策として兵士に土を運ばせ、城壁と同じ高さの小山をつくり、その小山の上から城内に矢を射込ませる。周茂、その手は食わぬと秦志和に命じて防戦させる一方、ひそかに命をくだして穴を掘って趙軍の築いた小山の下まで通じさせ、一せいに支柱をはずせば、小山はくずれて、趙兵はまた多くの圧死者を出した。

二度の作戦に失敗した季竜、この上は強襲あるのみと、ひたすらに猛攻を加えれば、周茂また部下を督励して、矢を雨のように放って防ぎに防ぐ。そのさなか、桐凌霄は身に一矢を浴び、痛さにたえかねて後退する。勇戦奮闘していた石季竜も、これまた矢傷を負うたため、力攻めの無理なことをさとり、兵を撤した。

二将がいずれも敗退した上、たくさんの兵を失ったことを知った劉弘祖は、気が気ではない。侯有方に言う。

「これほど守りを固めているとは知らなかった。このままでは犠牲がふえるばかり。かといって持久戦も不利だ。どうしたものであろうか」

「ご心配めさるな。三日のうちに周茂を降伏させ、司馬勤が洛陽に逃げて行かざるを得ない手段が私にはあります。おまかせ下さい」

「どのような方法だ？」

「つらつら天文を按ずるに、明朝は霧がかかりますので、この霧を利用するのです。元帥は軍中に命じてワラ人形を一千体つくり、あすの朝までに、それを敵の前にならべておくのです。それから攻めれば、きっと勝てます」

弘祖は言われた通りのワラ人形をつくらせ、夜陰に乗じてひそかに城壁の近くに運ばせ、武装兵五百に命じて、そのワラ人形とともに待機させた。

片や城中の将兵、前日の勝ち戦に気をよくし、ぐっすりねむって起きてみると、一面の霧である。

（これでは敵も攻めては来まい。きょうは戦争なしの休養日だ）

と安心して朝食をとっていると、たちまち城外に金鼓の音と喚声が起こる。さては敵兵、しょうこりもなく、また攻めて来おったか、と、箸を放り出し、城壁にのぼって見下ろすと、霧の中にうごめくのは、おびただしい敵兵、と見た。それが五百の兵士が動かしているワラ人形であることは言うまでもなかろう。

おのれ、みな殺し、とばかり次々に矢を射かける。あたったはずなのに、なかなか倒れない。こんなはずはないが……と思って、ますます射かける。が、たおれない。喚声はますます高く、敵は次第に近づいてくる。恐怖心にかられ、城兵は射て射て射まくる。霧は依然として晴れない。

こうして見さかいもなく矢を射かけたため、とうとうたくわえの矢は尽きてしまい、あとには弓ばかりが残った。

もはや敵の矢はなくなった……と見た侯有方は、引き上げの命令をくだす。五百の兵はワラ人形ともども引き上げて来た。点検してみると、ワラ人形一体に、平均して五十数本の矢がささっている。労せずして五万余本の矢をちょうだいし、城方は、これに反して、ムダ矢をふくめて七、八万本以上の矢を一挙に失ったわけである。城内の矢はなくなってしまったのも無理はない。

弘祖はこれを見て大喜び、有方にその妙計と功労をたたえ、ついでに城をおとす方策をたずねると、有方は答える。

「これで城壁から矢を射かけられる心配はなくなったので、歩軍総督の兪魁、兪仲、兪季に力攻めさせましょう。拙者も出撃します」

兪家の三兄弟は兵をくり出し、正面から攻めに攻める。その後にあって有方は、神駝にまたがり、例の紫電鎮魔宝剣を手に、五百の神兵をひきつれて城をのぞむ地点までやって来た。

こちらは周茂、城外にまたもや金鼓の響きが起こったので、軍兵に命じて矢を射かけさせようとしたが、矢が一本もなくなっているのを知って仰天、やっと敵にはかられたと知ったが、後悔先に立つはずもなく、あわてて秦志和と作戦をねり始めた。

ところが、城壁の上にいる軍兵どもが、あまりにもさわぐので、何事かと城壁にのぼって見て驚いた。一団の敵の歩兵がひたひたと押し寄せて来ているのはわかるが、その兵たちはなんと、いずれも異形奇怪な鬼や地獄の邏卒ふうな者ばかり、二人はすっかり胆をつぶし、ただただ城門を固く守ることを命じるのがせいー杯。

兪家の兵はトキの声をあげて城門に殺到する。兪魁は東門、兪仲は北門、兪季は西門に達して、城門を突き破ろうとする。城兵は必死になって門を内側からおさえる。周茂、秦志和、頤栄の三人が、それぞれ三門に分かれて防戦につとめる一方である。

と、こんどは南門に趙兵が殺到して来た。有方のひきいる五百の神兵である。押せ押せ、えいえいと、門にぶつかる。周茂、あわてて部下をさいて回そうとしたが、すでにおそく、南門は逆に神兵の怪力によって押しあけられてしまい、趙兵は、なだれを打って侵入して来た。

それと見た周茂、あわてて城壁から下り、攻城軍を迎え討とうとしたおりから、とんで来た一ふりの短剣が、周茂の左肩にグサリと突きささった。あっと叫んで下へまっさかさま、乱軍の中で遂に踏み殺されてしまった。大将討たれて残兵全からず、部下はたちまち戦意を失って散り散りに逃げ失せた。短剣をとばしたのは侯有方だったのである。

有方は、周茂が死に南門に破れたのを見て東門へ向かえば、東門もちょうど兪魁の兵によって破られている。と、残る西門と北門も、ほどなく兪仲、兪季によって破られたという報告がとどく。

城門が次々と破られたので、もはや抵抗はムダと知った秦志和と頤栄の二人、逃げ出す算段を考えて、あわてて司馬勤の元帥府に走り込めば、司馬勤もびっくり仰天し、裏道づたいに南門に来てみれば、門は大きくあけ放たれ、有難いことに趙兵の姿はない。三人は命からがら門をとび出し、孟津めがけて逃げ去ったのである。

侯有方と兪家の三兄弟の軍は、こうして城内に突入したのだが、それを見た城中の民、兪家の兵のあまりにも奇怪なのに歯の根も合わず、いずれも恐れて逃げ出してしまったので、あとには空屋ばかりが残った。

有方は元帥府に入るとともに、伝令を弘祖のもとに走らせて勝利を告げると、弘祖は諸将をひきいて入城して来た。弘祖は言う。

「軍師の策は、いつもながら、まことに神わざ、感嘆のほかはない」

「いやいや、これもひとえに元帥と諸将のおかげで、拙者は微力をそなえたに過ぎません」

と有方は謙遜する。弘祖はそこで安民の布告を出し、府庫を開いて図籍を点検し、占領行政を進めれば、城民も三々五々ともどって来て、やがて動揺はおさまり、平常の生活を再開するようになった。

あとは、お定まりの祝宴である。酒が三めぐりしたところで、武芸の話がはじまり、前軍元帥の石季竜、後軍元帥の段方山、左軍元帥の慕容庵、右軍元帥の呼延晏の四人が一せいに言う。

「元帥は出兵以来、到るところ敵なく、いくつもの大郡を手に入れられました。いまや司馬勤は逃げ去りましたので、我らこの勢いで進めば、黄河を渡って洛陽に入るのも雑作はありますまい。但し、兵は連日の戦いで苦労しておりますので、休息が必要です。そこでお願いですが、一カ月ばかりこの地に軍をとどめて休養させ、その間に軍中諸将の演武をもよおし、最もすぐれた者を洛陽攻略の先鋒として戦えば、まさに百戦百勝、洛陽奪取は期して待つべきでありましょう」

弘祖はこれを聞いて言う。

「それは、まことに道理あることば。洛陽は天下の都なので、それに至るまでには、かくれたる勇士豪傑がおどり出て、我らの行く手を阻むに違いない。いまここで武を操演し、軍威と志気とをさかんにして、その智勇の将をもって先陣をうけたまわらせたら、いかなる堅城強敵も突破できるであろう」

有方も口をさしはさむ。

「いい考えですな。けれども賞がなければ、はげみになりますまい。元帥には、然るべき賞を考えて下さい。ことわざにも〝重賞の下には必ず勇夫あり〟と申しますから」

「軍師の言、まことにもっともです。ひとつ奮発しましょう」

各々、十二分に飲んで歓をつくした。

数日後、練兵場で演武が行なわれることになった。審判の席のわきには、サンゴの木が二本、黄金百両、サイの帯二本が飾られた。賞品である。弘祖が侯有方をしたがえて着坐すれば、諸将は左右に分かれて居ならぶ。まさに劉弘祖麾下の全勇将猛将の総出演による一大演武となったわけだが、いずれも、勇気りんりん、賞は我が物、と早くも満々たる闘志をみなぎらせる。

ほどなく合図の金鼓がとうとうと鳴りわたると、左側から黄奇、右からは費廉がとび出して来て戦うこと三十余合、そのうちに費廉の技がまさっていたのであろう、つき出す槍は、したたかに黄奇の胴を突く。黄奇、わずかに落馬をまぬがれたものの、敗北と知って走り去る。

ついで左から周全が出て来て叫ぶ。

「費廉君、おみごと。だが、拙者はちと手ごわいぞ」

そこで戦うこと二十余合、が、費廉の槍は、またしても周全の肩先を突き、周全は馬からドウと落ちて、これまた退く。弘祖、

「あっぱれ、費廉は剛の者よ」

と叫んで賞を与えようとしたところ、烏宣武がのり出して来て、

「その賞、ちょっと待たれい。拙者がお相手いたす」

費廉と五十余合わたり合ったが、これは勝負なしの引分け。弘祖は二人の敢闘をめでて賞金を五十両ずつ与え、左右の先鋒に任じたので、二人は面目をほどこして退く。

次に右から出て来たのは王子春。

「こんどは拙者が首尾よくサイ帯をせしめてくれん。我と思わん者は出合いなされ」

声に応じて右からとび出したのは李雄である。両者は戦うこと三十余合、李雄が水車のごとくふり廻す一刀は、王子春の背を打ったので、王子春も落馬して退場する。

と見た右の王凌、馬をおどらせ、刀をふり回して李雄に突っかかる。戦うこと三十余合、これまた李雄の一刀にやられて退場する。二人をたおした李雄は勝どきを上げる。

「サイ帯は拙者のものじゃ」

その声がまだ終わらぬうちに兪魁、えものの大斧をふり廻しながらとび出して来て叫ぶ。

「待った待った。サイ帯は拙者がいただくことになっとるわい」

戦うこと五十余合、兪魁の一撃は、あわや李雄の脳天に、と思われたとき、李雄すかさずこれをかわして一刀をあびせると、刀は兪魁の胴をかすめる。いずれも決定打とはならず、またしても三十余合戦ったが、なお勝負はつかない。弘祖は両者に互格を宣して勝負をやめさせ、仲よくサイ帯を与えて賞した。

次に名乗り出たのは左の斉万年、

「黄金、サイ帯は、あえて異とするに足りぬ。拙者は二本のサンゴ樹をいただこう。かかってくる者はいないか」

すると右から「おう」とこたえて出て来たのは、兪仲と兪季の兄弟である。

「われら一体となって貴殿と雌雄を決しよう」

「望むところだ、いざ」

万年の大刀は冴えわたり、二人を右に左になぎ倒せば、弘祖は感嘆して、サンゴ樹を与えようとすると、大喝一声、馬蹄の音も高らかにとび出して来たのは、右隊の符登である。それと見た万年、刀をふりかざして立ち向かえば、符登は二本の短槍を二匹の蛇のごとくあやつっていどみかかる。万年、思わず目がくらみ、刀を使う手がなえ、これはかなわぬ、と逃げにかかる。符登、すかさず突っ込んで万年の脇腹を突けば、万年「しまった」と一声、馬から落ちてしまった。

弘祖はうなづいてサンゴ樹に手をかけたところ、桐凌霄が左から出て言う。

「まだ拙者がおり申すぞ」

符登と凌霄は六十余合も戦ったが、なかなか勝負はつかない。両者の気力はいよいよ加わり、馬を走らせて場所を変え、なおも百余合戦うという熱戦に、全員、手に汗を握り、ただ見守るばかり。引き分けを宣するのも忘れて、ただ固唾をのむうちに、さらに二十余合も戦うに至って、弘祖もやっと気がつき、金鼓を鳴らして引き分けにした。

二人が武器を引き、ホッとして馬をとめると、たちまち土けむりが起こって、あざやかな旗を背に負うて入って来た一人の女将軍がいる。乗るのは五花、天に

187　弘祖，夢月と偕老同穴の契りを結び，有方の奇計で晋軍を破る

したのは方天戟、いわずと知れた夢月である。みんなはびっくりした。それにはかまわず、夢月は中央に乗り出して叫ぶ。

「どなたか、わたくしに戦いをいどむ方はありませぬか」

それを見た石季竜、段方山、呼延晏、慕容庵の四人は顔を見合わせる。いつぞや手いたい目に遭ったことを思い出したからである。お互に目顔で、

「貴公行けよ」

「いや、お主こそどうぞ」

と言い合って、だれ一人出て行こうとはしない。いら立った弘祖、

「だれか戦いをいどむ者はいないか」

と叫ぶと、石季竜が進み出て、

「夫人のお手なみは、われら先刻承知しておりますゆえ、われら四人でお相手したく」

弘祖はびっくりしたが、一人で突っかかって行く者がいない以上、仕方がない。それを許すことにした。

(四人がかりなら大丈夫だろう)

そう思った四人、打ちそろって馬を乗り出して、一斉に打ってかかった。

ところが夢月、少しもさわがず、五花を前後左右に走らせて方天戟をふるう。四人はまるで手玉にとられた形である。ころ合いを見て夢月、腰から抜く手も見せず例の銀鎚をとり出して投げれば、段方山と呼延晏の二人が、まずそれをまともに受けて「アッ!」という声とともに落馬する。

残った石季竜と慕容庵、「こりゃいかん」という弱気がきざした。勇をふるって得物をふり廻してはいたものの、気ははやそぞろである。まず石季竜が銀鎚をよけそこねて肩を打たれ、鞍に伏して逃走する。最後に残った慕容庵、男子の面目にかけて、と気力をはげまして立ち向かえば、銀鎚を使いつくしたように見せかけた夢月は、方天戟をかざして応じる。

(銀鎚さえなければ、こっちのもの)

と慕容庵、安心して突っ込んだところ、すかさず夢月は、懐中から銀鎚をとり出して、目にもとまらぬ早わざで投げつける。不意をくらった慕容庵、これを頭に受けて、これまた馬から落ちてへたばってしまった。

弘祖と烏桓の二人は、それを見て大よろこび、

「でかした」

と叫ぶ。見ていた諸将、兵士たちも一斉に声をあげ、手をたたいて夢月の妙技と優勝をたたえる。試合終了を告げる金鼓が、とうとうと鳴り響いた。

弘祖の前に出た夢月、

「わたくし、諸将に勝つ必要はありませんでしたが、ただ時の勢いで勝てただけです。どうか出過ぎたまねを、お赦し下さいませ」

石季竜らは言う。

「とんでもない。大した腕前です。特に、あの銀鎚と来たら、人間わざではありません。拙者ら、心から感服しました」

弘祖は心中、大よろこびだが、サンゴ樹は桐凌霄、符登に与え、符登を竜驤大将軍に登用するとともに、他の諸将をも厚く賞したころ、日もはや西に傾いたので、その日の演武を終わったのである。

一〇　司馬勤、洛陽に逃げて死を免れ、王弥、朝命を奉じて弘祖軍と対す

演武を終わった弘祖は、全軍を二カ月間休息させることにし、その間に武器や被服の点検整備、粮食の確保、体力、気力の充実などにつとめたのち、洛陽めざして出発した。

軍は黄河を渡り、まず孟津県を攻める。孟津の守将は威風に恐れをなし、戦わずして降伏した。これが呼び水となり、新安、澠《めん》池、宜陽などの各城も、風を望んでいずれも来投したので、劉弘祖は澠池にしばらく駐屯して将士をねぎらった。

ここで話は二つに分かれる。まず例の司馬勤だが、劉弘祖軍の猛攻にあって散々な敗北を喫し、頤栄、秦志和とともに、わずかな敗残兵をつれて戦場をのがれ、孟津に入ったものの、趙軍の急追を恐れ、一日とどまっただけで孟津をのがれ、えんえんたる気息にあえぎながら、ようやく洛陽にたどりついた。

折から洛陽もテンヤワンヤの状態にあった。おごる司馬冏《けい》の栄華は久しからず、成都王の司馬穎《えい》、河間王の司馬顒《ぐう》は、張方という武将を都督とし、兵を率いて洛陽に乱入し、司馬冏を殺して政をもっぱらにしていた。穎、顒、張方の三人は、司馬勤が敗北し、それを追う劉弘祖が諸郡県をくだし、大兵をひきいて洛陽に迫りつつあると聞き、文武の大官を集めて劉弘祖軍撃退策をはかった。張方が言う。

「前丞相の辛賓《しんぴん》が〝琅琊王は文武の才にすぐれているから〟というので、これを登用して出兵させたにもかかわらず、何の軍功もない上に、多くの軍兵を失い、土地を奪われて逃げもどった。いまや賊軍は都に迫りつつあり、これすべて辛賓が、人の推挙をあやまったせいである。そこで、その推挙者たる辛賓を斬って責任の所在をあきらかにし、あわせて司馬勤を召してその罪を問い、しかるのちに適任の総司令官を定めて出征させれば、勝つことができましょう」

これを聞いた司馬穎、

「都督の言は、もっともである」

として、御史大夫の秦準に命じて辛賓をとらえ、城門外に引き出して斬った。辛賓は一言の弁明もせず、黙って刑に服したのだが、そのとき、司馬勤は洛陽にたどりついたのであった。

辛賓を斬刑に処した司馬穎は、また秦準に命じ羽林（近衛）の兵をひきいて、帰って来たばかりの司馬勤召捕りを命じる。秦準は命令にはそむけないので、仕方なく兵をひきいて琅琊王府に向かった。

　さて、やっと都に逃げもどった司馬勤、国政がすっかり乱れ、骨肉あい争い、そこなうさまを見て、大いに落胆し、朝廷に出向いて報告する気も起こらぬまま、自邸にとじこもって心身のつかれをいやしていた。

　だれよりも司馬勤をなぐさめてくれるのは愛する夏氏である。司馬勤は、敗戦の模様をポツリポツリと物語る。夏氏の部屋は暑からず寒からず、調度もおちつき、加えて夏氏は、心から司馬勤の心労をなぐさめてくれるので、司馬勤も生返った思いがする。やわらかい蒲団に包まれ、前後不覚に眠り込んだ。

　ところがその夜半、司馬勤は邸の外で、どろどろと鐘鼓が鳴るのを聞いてびっくりし、目をさました。と、ほどなく道服を着た一人の老人が、手に明々皓々たる太陽をたずさえて入って来、司馬勤に呈して言う。

「大王よ、およろこびなされ。いまから十五年ののち、大王の御子は江南の王となられるでありましょう」

　司馬勤は、何のことやらわからず、片手で夏氏を抱いたまま、くわしいことをたずねようとしたところ、老人は玉の如意をとり出して司馬勤の頭を一撃した。司馬勤は「あっ」と叫んだところで目がさめた。なんと一場の夢だったのである。

（妙な夢を見たものだ）

と、かたわらの夏氏をゆり起こせば、夏氏も、

「実は、わたしもおかしな夢を見ました。道士ふうの老人がやって来て、わたしに太陽を呑ませたのです」

　二人して、お互いの不思議な夢を話し合っているうちに、夏氏は急に腹をかかえて苦しみ始めた。彼女は、はらんですでに十ヵ月、そろそろ赤ん坊が生まれるころだったのである。

　司馬勤は、あわてて侍女を起こし、あれこれと大さわぎしているうちに、間もなく玉のような男児を生みおとした。見れば端正な竜顔（天子の顔）をしており、部屋中に赤い光と、何ともいえぬよい香りが満ち満ちている。司馬勤は大いに喜んで、自ら赤ん坊にうぶ湯をつかわせ、さっそく睿《えい》と名づけたのだが、この子はのちに江南の建康《けんこう》（後の南京）にあって、東晋

第一代の元帝になるのである。

出産さわぎが一段落し、司馬勤と夏氏とはホッとして再び寝についた。間もなく夜明けである。そこへ聞こえて来たのは、門外の兵戈のざわめき。司馬勤は、おどろくとともに不安になって、侍臣をやって確かめさせようとすると、たちまち門外に大声が起こった。

「大王の邸で失火が起こったらしく、火光と燭光を認めました。われらは大王ご一家を火から救いまいらせようと、かけつけて参りました」

聞いた司馬勤はホッとした。

「わしのところに、別に火事は起こってはおらぬ。何かの間違いであろう。みだりに人をおどろかすでない。すみやかに去って我らをねむらせよ」

人々はそれを聞き、安心して立ち去る。ねむりを中断された司馬勤と夏氏は、再び話し合い始めた。

「大王さま、よその人まで火光や燭光を認めたということは、この子が将来、きっと大きなことをしでかす証拠ですわ。さっきの夢といい、大変な吉兆です」

「そなたの申す通りであろう。ただ、あの老人が如意でわしの頭を打ったのは、わしにとって吉兆といえるかどうか」

「気になさいますな。大王さまのお目をさまさせるためでございましょう」

そう言い合っているうちに夜も明けはなたれた。すると、そこへ召使があわただしくやって来て戸をたたく。

「大王さま、一大事でございます。何事かわかりませんが、いま朝廷から派遣されたといって、御史大夫の秦準さまが、近衛兵をひきいて大王さまを連行するといって参られました」

聞いた司馬勤、これはきっと出兵の失敗について問いただすのであろうと察し、直ちに参内の正装に着かえて表へ出ると、秦準は言う。

「小官は聖旨および成都、河間両王の、大王が出陣の功なく、かつ多くの軍兵を失い、諸郡県を奪われた責を問うため、大王を召しとれとの命を奉じて推参したもの。大王よ、ただちにご同道あれ」

「敗戦の罪は、いわれるまでもなく、わしが一番強く感じておる。わしは罰をのがれようとは思わぬ。御史よ、わしは、のちほど自ら参内して、いさぎよく罪に問われよう。決して逃げもかくれもせぬ」

秦準、それ以上ムリ押しもできないので、

「では、直ちにご参内下され」

と言いすてて、兵をひきいて去る。秦準を見送った司馬勤、夫人と夏氏に向かって、ことの次第を伝えると、二人はびっくりしてワッと泣き伏す。

「いまや朝廷は、成都、河間二王と張方の思うがままになっており、陛下は、あってなきような状態です。このままでは大王さまのお命もあぶのうございます。賄賂をつかってでも何とか三人にとり入り、罪をまぬがれて下さいませ」

だが、司馬勤は首をふって言う。

「死生、命ありじゃ。わしは内なる鼠賊に頭を下げてまで命を全うしようとは思わぬ。天の命じるままに身を処そう」

と夫人と夏氏のいさめをしりぞけ、自若として罪を受ける者の姿に着換え、車にものらず、一人の老僕をしたがえただけで参内した。

後に残された夫人と夏氏、司馬勤はああいったものの、放ってもおけぬので、相談した結果、お産早々で夏氏は起き上がれぬところから、夫人がひそかに、おびただしい財物をたずさえて成都王のもとをたずねて、司馬勤の罪を軽くしてもらうよう工作することにした。

参内した琅琊王は、殿上にのぼることなく、午門の外に坐って、恵帝のお出ましを待つ。やがて恵帝が内廷から黄門官を従えて出て来る。そこには、すでに河間王、張方以下、百官が居流れていて政務を奏上する。そのとき、琅琊王が午門にあって罪を待っている、という報告があった。帝はさっそく河間王に対して下問する。

「琅琊王を、いかに処置すべきか」

「彼の罪は軽からず。陛下は信賞必罰の事実を示され、もって将来、勅命を奉じて出征する者への示しとなし給わば、賊徒の滅亡は期して待つべきでございましょう」

恵帝、実力者にこう言われては、反対もできない。

「よきにはからえ」

この一言によって司馬勤の罪は決まり、張方の手の者によって斬刑に処せられることになった。張方は命により、司馬勤を引っ立てて午門を出る。琅琊王は一言の弁明の機会も与えられず、ただ「ああ」と嘆息したただけで縛られて行く。

門を出た司馬勤、ふと頭をあげて見ると、前方に威風堂々、道一ぱいに列をつくって進んで来る高官がいた。美々しくこしらえた輿の上に端坐した高官は、頭に玉製の冠をいただき、身には錦衣玉帯をつけている。引っ立てられて行く琅琊王を認めて輿をとめさせ、司馬勤に言う。

「勤よ、これは一体どうしたことじゃ」

琅琊王が見ると、成都王の司馬頴である。

「わたしは敗戦の責任により、斬刑に処せられることになりました。ここでお別れ申上げます。どうぞお達者で」

「なに？　斬刑じゃと？　わしのいない間に、そんな重大な決定をくだすとは実にけしからぬ。勤よ、心配いたすな。これから直ちに参内して、陛下に上奏し、そなたの罪を減じてもらうとしよう」

司馬頴の参内がおくれたのは、ご察しの通り、司馬勤夫人の泣訴を聞いていたためであり、いまこんなことを司馬勤に言ったのは、司馬勤夫人のおびただしい賄賂が効いたためである。司馬頴、こうして、とりあえず司馬勤をなぐさめ、かつ張方に、

「わしが参内して陛下にお目にかかり、とりなしてくるから、処刑はしばらく待て」

と言い残して去る。張方、かしこまって司馬勤を再び午門までもどし、新たな沙汰を待つことにした。

さて参内した成都王の司馬頴は、恵帝に拝謁して言う。

「かの琅琊王は、なるほど、あまたの兵と土地とを失いましたが、古礼にも〝刑は大夫にのぼさず〟と申しております。ましてや彼は陛下にとっては弟君、陛下は、よろしく肉親の情に思いをいたされ、その罪を減ぜられんことを。およそ刑は、情状に応じて、これを軽くすべきもの。琅琊王の敗戦は、彼のみのせいではありませぬ、陛下は、ここをご勘案くだされ、罪を赦したまわば、臣の感謝、これに過ぎたるはございませぬ」

「朕も、彼を殺したくはない。ただ群臣が、そのように奏上するので、やむなく認めたまでのこと。その方がそう申すのなら、赦すことも、やぶさかではな

197　司馬勤，洛陽に逃げて死を免れ，王弥，朝命を奉じて弘祖軍と対す

い」

するを、河間王が進み出て言う。

「なりませぬ。上意は風のごとく、綸言《りんげん》は汗に似たり。天子に戯言《ぎげん》はなきもの。いわんや琅琊王の罪は山のごとく、もしこれを赦せば、これから出陣する将は、死をおそれ、退くことを何とも思わなくなり、朝廷のために死力をつくすことを、やめるに至るでありましょう。やはり先の決定通り処断すべきです」

成都王も、だまってはいない。

「それは違う。敗戦の罪は、琅琊王にあるというよりも、むしろ、兵少なく、将また不足していた点にある。それに目をつむり、彼を極刑に処せば、陛下は肉親の義を失われるのみか、今後、出征の命を受けても、罪を恐れて尻ごみする者ばかりとなるであろう。これは却って敵を利することになる」

もともと、仕方なく司馬勤の処刑に同意した恵帝である。この一言に救われた形となり、遂に司馬勤を赦すことにした。司馬勤は当分のあいだ自宅謹慎という軽い処分ですんだ。

心中おもしろくないのは河間王と張方である。張方は河間王の司馬顒に言う。

「一度きまったことを、あのようにくつがえすとは、成都王の横暴、ここにきわまりました。このままでは、大王の行く先が思いやられます。いまのうちに成都王を亡き者にしませんと、大王の出る幕は無くなってしまいましょう。いまこそ大王は成都王を斃し、主上を奉じて長安へ奔り、権勢を専らになさるべきではありませんか」

河間王は、これを聞いて大きくうなづき、二人して、いろいろと計略を練った上、さっそく立派な宴席をしつらえ、使いをやって成都王を招く。成都王は、二人に恐ろしいたくらみがあろうとは少しも知らず、喜んでやってくる。成都王を迎えた河間王は、満面に笑みを浮かべて大いにもてなし、そばには張方がいて、何くれとなく気をつかうので、成都王も気を許して大いに飲み、かつ食った。

酒も十二分にまわったところで、河間王は言う。

「いまや敵軍は間近に迫っているにもかかわらず、味方の将士の志気は甚だ低い。そこで、その対策を考えるために、貴公のお越しをいただいたのだ。どうしたらよいと思う？」

「急ぎ智勇の士を挙げて出陣させるほかはあるまい」

「しかし、期待された琅琊王でさえ、あのザマだ。おかげで、みんな畏縮し、朝廷にもまた、これという士はおらぬ。したがって、智勇の士をあげることは、貴公の言うほど易しくはない。しかも、琅琊王は、あれほどの罪を赦されたとあっては、だれがよく死を恐れずに進んで戦おうか」

「朝廷に人はいなくても、広く天下につのれば、智勇の士は無しとはすまい。急ぎ布告を出して有為の人材を求め、これに約束するに手厚い恩賞をもってすれば、敵を撃退できぬはずはあるまい」

河間王は笑い出した。

「迂愚のきわみじゃ。貴公のやり方では、いまの危急は救えぬわ」

「ならば、われら両人が兵を率いて出征するほかはあるまい」

「冗談も、ほどほどにせられい、もはや付き合ってはおられぬ」

河間王は、そう言いながら張方に目くばせすると、侍立していた張方、そろそろと成都王のうしろに廻り、懐中から匕首を抜く。気配に感づいた成都王、ふり向いて叫ぶ。

「張方、何とする。気でも狂ったか」

その声が終わるか終わらぬかのうちに、成都王の背中から胸まで匕首は貫いていた。

成都王を殺した河間王は、ただちに太宰と自称し、張方を大都督総緒諸軍事に任じ、翌日、二人は、剣帯びて参内してはならぬ、という禁令を無視して、剣を帯びたまま参内し、恵帝に一応、臣礼はとったものの、規定の拝跪はせず立ったまま大声で、

「成都王は謀叛をはかったため、昨夜、誅殺いたした。いまや賊徒は洛陽に迫っており、したがって、洛陽は孤立していて守り難くなっており申す。よってこの際、陛下は長安へご遷都ねがいたい」

恵帝は、その無礼をとがめる勇気もなく、かつ、寝耳の水の遷都上申におどろいて、

「成都王が謀叛をはかったのなら、誅殺したのも致仕方もなかろう。しかし、遷都のことについては、諸

臣とも相談する必要があるのではないか」

　すると張方は怒って剣をひき抜いて怒鳴った。

「もし遷都をご承知なくば、お命はなきものと思し召せ」

　恵帝は恐ろしい白刃を見て、恐しさのあまり魂もけしとんでしまい、玉座からすべりおち、こけつまろびつしながら後宮へ逃げ込もうとする。張方、そうはさせじと白刃をかざし、その行く手に立ちはだかって袖をとらえ、

「すみやかにご決断あれ。臣が認めても、この剣は認めませぬぞ」

　恵帝は、びくびくしながら言う。

「すでに、その方らが、それを必要とするのなら、朕に異存はない」

　張方、ニヤリと笑って帝の袖をはなし、

「これで決まりました。さすがはご英明な陛下。では、これにご署名を」

　と、用意して来た遷都の詔を懐中からとり出し、帝に署名をさせる。ついで玉璽が持ち込まれて、ハンがおされた。

「善は急げです。直ちに行を起こしましょう」

　というと、帝を連れ出し、馬を一頭曳いて来て、恵帝をそれにのせる。恵帝は、おろおろして泣くばかり。それを聞いた皇后の羊氏が後宮からとび出して来て、何か言おうとしたが、たちまち張方の刀が一閃、羊皇后の首は胴体から離れてしまった。そのとき、参内していた諸官、二人の余りの横暴に、いきどおったものの、身に寸鉄をも帯びていないので、仕方なく、ゾロゾロと退出してしまった。

　羊皇后を殺した張方は、馬上の恵帝を擁して午門を出、馬を己の軍営へと引っぱって行く。早くも兵諌、遷都と知った都の民衆の間には混乱が起こり始めている。

　大宮の妃嬪および宦官たちも、あまりにも急な遷都なので、ついて行きたくても用意がととのわないため、ただうろたえ騒ぐばかりで、帝のもとには駈けつけて来ない。

　張方の軍営を発した恵帝は、むくつけき兵士にかこまれ、乗ったこともない馬にのせられて洛陽の城門を出たが、行列が上林園まで至ったとき、恵帝は馬上の

つらさ、痛さに耐え切れなくなり、とうとう大声をあげて泣き出した。が、張方は少しもそんなことに頓着せず、ひたすら先を急がせる。

こうして、しばらく行くと、前方に金鼓の響きが天地をふるわせて起こった。見れば旌旗がひるがえり、殺気がみなぎっている。河間王には、それがどこの兵やら判らない。そこで急ぎ張方の部下に見にやらせると、その旗には「東海王」の三文字が認められる、という報告。張方は、それが東海王の司馬越の軍勢とわかったので、大声で叫ぶ。

「東海王殿下。なぜ陛下の行列をさえ切られるのか」

すると東海王は進み出て、声をはげまして言う。

「言うな。おのれらは陛下に強請し奉り、遷都を敢えてしようとしている由、不忠至極ではないか」

と、河間王が進み出た。

「賊はすでに洛陽に迫っており、もはや守り難い。よって我らは陛下を奉じ、しばらく長安へ難を避けて後図をはからんとしているのです。これも陛下のご意思から出たこと」

東海王は大いに怒った。

「聖駕は、さように軽々しく動くべきではない。早早に馬首をめぐらして都にもどられい。たとえ都を出て蒙塵するにしても、群臣も引きつれず、陛下お一人を遷し奉る道理やある。すみやかに馬首をめぐらさぬ分においては、わしは君側の奸をのぞかねばなるまい」

河間王も怒って、

「その方は陛下を奪おうという魂胆だな。われら、どうあっても洛陽にもどらぬとしたら、その方、どうするつもりだ」

東海王、怒り心頭に発し、左右をかえりみて言う。

「だれかある。この奸賊を引っとらえよ」

声に応じて、白い甲冑に身を固めた一人の武将がバラバラと走り出、槍を構えて河間王に向かう。この武将は祁弘《きこう》という東海王麾下の勇将である。それと見た張方も駆け寄り、三人ひとかたまりになっての立ちまわりが始まり、五十余合も戦ったが、そのうちに「ワッ！」と叫んで血しぶきを上げ、馬から落ちた者がいる。よく見れば張方であった。

大将を討たれた張方の部下、その仇を討つどころか、志気を失って散り散りに逃げて行く。祁弘は勝ちに乗じて部下をはげまし、河間王の手勢に殺到すると、河間王も戦意を失い、部下をそっちのけで逃げ出してしまった。その間、すさまじい戦いにおびえた恵帝の乗馬は、帝をのせたまま走り出す。恵帝はおびえて、その馬首にかじりついていたため、落馬はまぬがれた。

河間王と張方の軍を蹴散らした祁弘は、帝のいないのに気がついて、あちこちと探しているうちに、恵帝をのせた馬が立ちどまって草を食べており、その上で帝が泣いているのを見付けて近より、馬から降りて平伏して言う。

「陛下、もう大丈夫でございます。わが主の東海王は、陛下が奸臣に強いられて都を出られたと聞き、その急をお救い申さんと、間道を急いで馳せつけて参りました。いまや、張方は殺し、河間王は敗れて逃亡いたしましたので、臣らは陛下を奉じて都にもどります。何とぞご安心下さいますよう」

聞いた恵帝は泣くのをやめて、その忠をよみす。間もなく東海王もやって来て、恵帝の無事をよろこぶ。

やがて東海王は祁弘に前駆を命じ、一行は洛陽に向かった。

つつがなく洛陽に帰りつき、五鳳楼の前まで来ると、東海王は馬からおり、恵帝を奉じて参朝する。早馬をもって帝の還御を知らせておいたので、それと知った諸官は威儀を正して帝をよろこび迎える。

琅琊府に謹慎していた司馬勤、どうやら自分のことが原因で成都王が殺され、河間王と張方とが帝を拉致して長安へ向かったと聞き、責任感もあって、兵をもよおし、あとを追いかけて帝を奪還しようとしていたところへ、東海王がいち早く河間王と張方を伐って、帝を奪い返し、無事に帰京したと聞いて、大いによろこんで参内し、諸官とともに恵帝を迎えた。万歳の声は宮中に満ち満ちる。

東海王はそこで、帝の前に進み出て言う。

「陛下は奸臣に拉致されましたのに、諸臣だれ一人として河間王らの無謀不忠をいさめ、これを阻止して、陛下をお救いしようとは致しませなんだ。しかるに、いま陛下が還御されたと見るや、厚顔にも平然と参内して賀をのべております。このような不忠かつ腰抜け

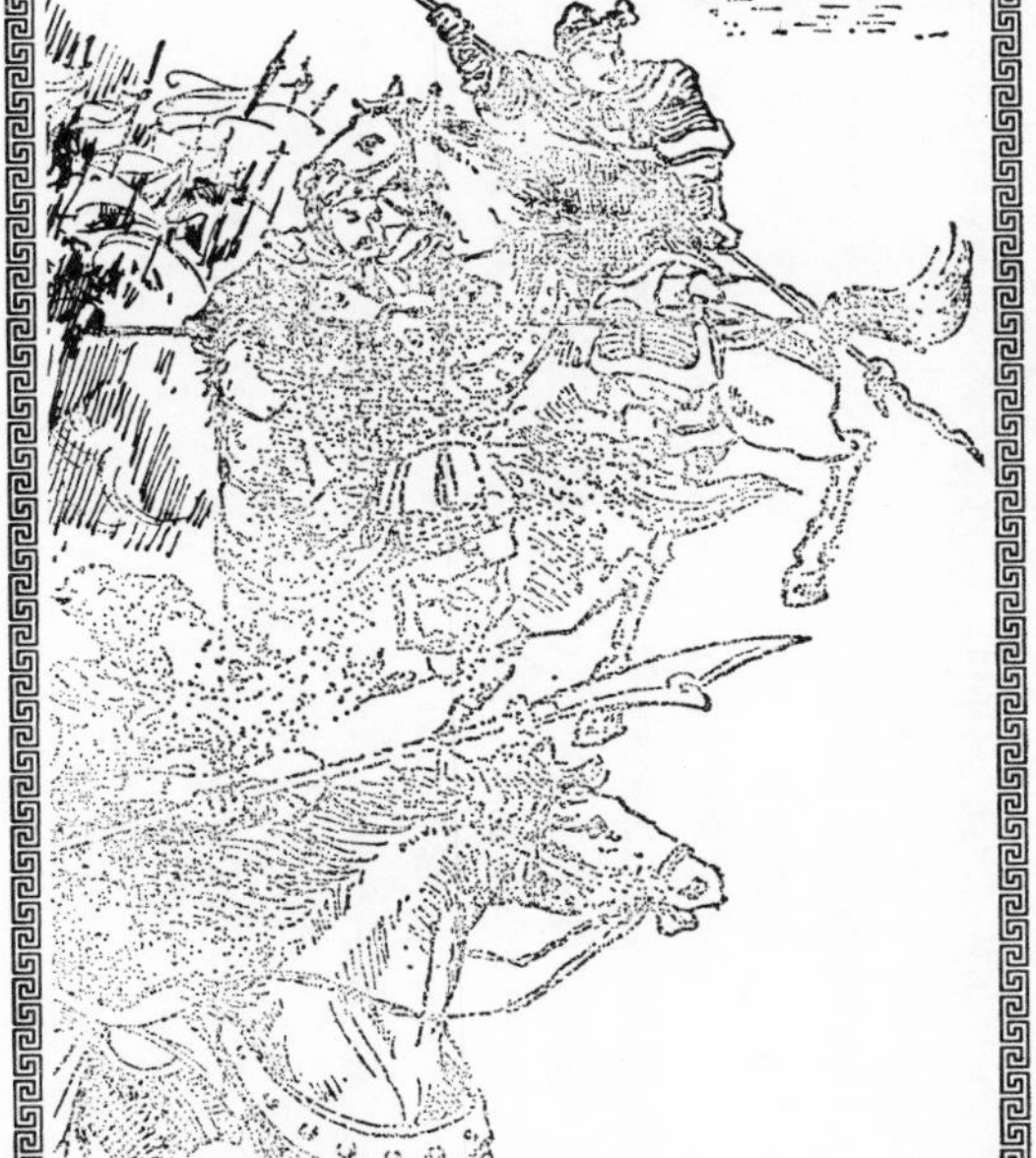

203　　司馬勤，洛陽に逃げて死を免れ，王弥，朝命を奉じて弘祖軍と対す

の輩に対して、適当な罰を加えませんと、君臣の礼は無いにひとしいことになります」

恵帝は、これを聞いて、

「まことに、そなたの申す通りである。万事そなたに一任する」

またしても、よきにはからえ、である。そこで東海王は、帝の名において、みせしめのために、河間王と通じていた者二十余人を捕えて斬り、さらに帝の難を坐視した三十余人をも殺し、帝の奪還戦において死傷した者およびその遺族には厚く賞賜した。

恵帝はさらに東海王の功を賞して太宰にのぼせ、祁弘を大都督に任じて洛陽の防衛に当たらせることとする一方、張方に殺された羊皇后のために喪を発した。

こうして十数日が過ぎたある日の早朝、恵帝は太宰の越（東海王）および諸臣と朝廷にいたとき、黄門官が入って来て上奏した。

「賊の進撃は甚だ急、河東の諸郡はすでに彼らの手に帰し、洛陽、陳留、南陽、汝南はなお朝廷側にあるとはいえ、洛陽の属県はすべて賊に掠略され、陝州はいま攻撃を受けております。急ぎ将兵を派して阻止しませんと、大事に至りましょう」

恵帝は太宰越に言う。

「聞いての通りじゃ。いかがしたものであろうか」

「いま、ここで、すぐその対策と仰せられましても、直ちによい知恵は出ませぬ。邸に帰りまして思案し、改めて奏上いたします」

帝は、これをもっともとし、朝議を散会させた。邸にもどって来た太宰の越は、祁弘を召して言う。

「いまや賊の進撃は急であり、これを斥けるのは難事だ。加えて主上は暗愚、こんな帝に忠誠を望んだとて、だれが命をまともに働こうか。そこでわしは、この際、帝を廃して名君を立て、しかるのちに出兵を命じれば、将兵はよろこんで出征するに違いないと思うのだが、お前はどう思う」

「まことに大王のおっしゃる通りです。ただ、うまくやりませんと、河間王と同じ目で見られる怖れがあります。これでは耳をおおうて鈴を盗む結果となりましょう」

「何かよい手だてはないか」

祁弘はしばらく考えていたが、

「あります」

と言って太宰の耳に口をよせて何ごとかをささやく。

「うむ、それは妙計、あすは七月七日であったな」

そう言ってニヤリ。

翌日、恵帝は宮中にあって官女たちと後庭で、クモを捕えようとしていた。これは七夕（乞巧奠《きっこうでん》）にクモをとらえて箱の中に入れ、その糸の張り工合で裁縫や芸ごとの上達をうらなうしきたりのためである。帝はさらに官女に命じて、五色の糸を針に通したり、はずしたりしてたわむれていたところへ、一人の女官が、にこやかにほほえみながら、どんぶりを捧げて入って来た。どんぶりの中には麺が入っている。

「これは太宰さまが陛下にと献上されたもの。大変おいしいそうでございますから、早くお召し上がり下さい」

人のよい恵帝は疑うことを知らず、喜んで言う。

「ちょうど腹が空きかけていたところだ。太宰は気のきく男じゃな」

女官に毒見もさせず、そのあつあつの麺をすっかり食べてしまった。と、急に腹がいたくなったので、

（これはきっと食べ過ぎたせいであろう。少し休めばよくなる）

と思って中に入り、横になったが、痛みはますますひどくなり、遂には刀で腹を切り裂くような激痛に、七転八倒の苦しみを見せたあげく、夜半ごろになって遂に〝ああ、かなしいかな〟ということになってしまった。

恵帝が苦しみぬいて頓死したのを見た女官たち、明らかに太宰の毒殺に違いないとは思ったものの、口に出すのははばかられ、諸官にただ、恵帝にわかの崩御の事実だけを告げる。太宰の越は、それを聞いて急ぎ参内し、内心のよろこびを押しかくし、文武百官と次期皇帝擁立のことについて相談を始めた。越の腹心の祁弘は、もっともらしく言う。

「太子の覃《たん》さまは徳うすく、人君としての度量をお持ちでない。これに比して太弟の熾《しょく》さまは重厚かつ寡黙、かの武帝陛下（司馬炎）に似ておわす。太宰におかれては熾さまを推され、一刻も早く皇帝となし奉って、社稷生民の王として下されませい。それによって中外の衆望に応えられんことを」

もちろん、太宰と打ち合わせずみの八百長的発言である。太宰はこの言をもっともとし、一面で恵帝の喪を発するとともに、一面では太弟熾の参内を求めて、大統をうけつぐことを要請したが、御史の王璣《き》は参内して言う。

「すでに太子は定まっているのに、これを斥けて敢えて太弟をお立てするのは何の故か。これで万民は納得するであろうか。先帝陛下の立てられた通り、覃さまを推載することこそ、先帝陛下の在天の霊をおなぐさめし、かつ正道をふむことではあるまいか」

すると太宰越は大いに怒り、

「きさま、あえてこのわしにさからうのか。わしの剣がにぶっているとでも思うのか」

と直ちに斬りすて、祁弘に命じて午門外にさらさせた。御史を斬った太宰越は、血のしたたる刀をさげたまま、

「わしにさからう奴は、だれでもこの通りの目にあうぞ」

と叫ぶ。群臣は恐れ、あえて異議をとなえようとはしない。こうして太弟は即位した。懐帝である。時に光熙《こうき》二年（三〇七）、改元して永嘉とした。

懐帝を擁立した太宰の越に対して、百官は恐れかしこまって唯々諾々、ひたすらその意をむかえるのに汲汲たるありさま。ところで、この懐帝は、重厚寡黙で武帝に似ているどころか、王朝末期にふさわしい暗愚の君主、自分が操りやすいために祭り上げられたカイライ君主であることは判っていないし、己の不徳を恥じて向上しようという気もない。あるのは権力欲だけであるが、敵が迫っているという危機感だけはある。そこでさっそく百官を召して敵撃退について問うた。太宰の越が言う。

「いま朝廷にいる文武百官とも軍旅には不向き。したがって、臣と祁弘とが兵をひきいて出陣すれば、敵を撃滅できましょう」

だが、懐帝は、太宰が大きな兵馬の権を一手に握ってしまうことを恐れて言う。

「太宰は朝廷の柱石、いまそなたに出征されては、朕は甚だたよりない。ほかに適任者を求め、その者に出征させるがよい。だれか心当たりはないか」

すると大司馬の王衛が進み出て言う。

「ございます。新城公の劉輿どのこそ、いま求め得る最良の将かと存じます。ただ彼はいま汜水《しすい》関の守りについておりますので、早速にも召喚してご下命あらんことを」

「なるほど、では汜水関の守将の後任は？」

「顧明どのがよろしゅうございましょう」

そこで懐帝は、さっそく劉輿を呼びもどして総督元帥に任じ、汜水関には顧明を赴任させた。日ならずして上洛して来た劉輿が帝に拝謁すると、懐帝は、

「情勢は、その方も知っての通り。朕はその方が大任を果たして晋を磐石の安きにおくであろうことを信じて疑わぬ。首尾よく賊撃退のあかつきは、恩賞は思いのままぞ」

「身にあまるご信任、誓って応え奉ります。ただ臣には、よい参謀がおりませんので、それを求めたく。聞くところによれば、洛水のほとりに王弥《おうや》という在野の異人がおり、古今の兵法、天文、遁甲《とんこう》の術に通じておりますとか。この人物を伴うことをお許し下さるならば、賊の撃滅は期して待つべきでございます」

懐帝もそれを許し、さっそく勅書をしたため、朝官をつかわして王弥に従軍を命じる。この王弥という人物は、元来、儒者であったが、天下争乱の兆を見て文を捨て、武を学んでいたところ、たまたま異人に遇って兵法を伝授され、いまや武芸、兵法、天文等に通じる達人となり、自ら諸葛孔明の再来をもって任じ、いつの日か起《た》って、群雄をなぎ倒し、天下に名をなそうと、うつぼつたる野心を胸に秘めて、草廬から世のさまをうかがっていたのである。

王弥、朝廷の召しに、時節到来とばかり、欣喜雀躍し、弟に後事を託して琴書、宝剣をたずさえ、洛陽にのぼった。王弥を引見した懐帝、その人物の非凡を見て大いに喜び、直ちに行軍侍謀賛善軍師に任じて、劉輿に従って出征することを命じると、王弥もかたじけなくこれを受け、退出して劉輿に会う。劉輿もまた喜んで軍事についていろいろと話し合う。話はまとまったので、直ちに上奏して出師の許可を得、桓彝《かんい》を先鋒に、陶侃《とうかん》（詩人の陶淵明の曽祖父）を副先鋒に、総勢五万は洛陽を発して征旅にのぼった。

劉輿の軍が澠池《めんち》をへだてること五里（約三・三キロ）のところに至って軍をとめ、塞を築いて斥候を出

し、劉弘祖軍の様子をさぐっていたころ、劉弘祖の方は黄河を渡ってから幾つかの県を攻略、軍を澠池にまで進めて、そこに駐屯して兵を休め、鋭気を養うことすでに二カ月余になっていたが、晋朝が劉輿を起用して出撃して来たと聞いた弘祖は、有方に言う。

「聞けば劉輿は汜水関の総督として知謀と勇猛ぶりを発揮した将軍、加えて王弥という軍師も兵法の達人なので、こんどの晋軍は、さきの司馬勤の比ではない。軍師には何か、これを破る目算がおありか」

「拙者、昨夜、天文を按じましたところ、劉輿の将星は光はなはだ薄く、よって彼は三日ののちに死ぬるに相違ありません。したがって元帥は、三日のあいだ出撃をひかえて彼の死を待ち、そのあとで討って出れば勝利を得るでありましょう」

片や劉輿、塞にあって劉弘祖軍の動静をさぐらせたところ、趙軍は塞をとざして森閑としていると聞き、疑いが雲のように起こって王弥にたずねた。

「軍師、これを何と見るか」

「敵の軍師の侯有方は、甚だ謀略に長じた男、必ずや深い計略あってのことでしょう。我らもしたがって、うかつに兵は動かせますまい。塞を固めることが第一ですが、とりあえず明朝、こころみに少数の兵を出して誘いをかけ、敵の出方をさぐってみましょう」

劉輿もこれを納れ、あえて討って出ることなく、これまた防備を厳にするよう命じた。まさに侯有方と王弥の両軍師の駈け引きくらべというところである。

その夜、劉輿は王弥と酒を汲みかわして、午後十時近くになったころ、突然、大きな星が流れたのを見てびっくりした。

（これは大将の星だが、一体だれの？）

王弥を見ると、彼は思いに沈んでいる。

「軍師は天文に明るいので、ご存知であろう。いまのは一体だれの星なのか」

王弥は、それが劉輿の星であると知って、深く落胆したのだが、まさかそうとは言えないので、心をはげまして答える。

「あれこそ、まさしく賊将の星。これで我が軍の勝利は決まりました」

聞いた劉輿は大喜び、そのまま夜半過ぎまで飲んで翌朝、諸将は出兵についての指示を仰ぐべく集まっていたところへ、劉輿の従兵がやって来て、王弥に入ってくるように伝えた。王弥が入って行くと、劉輿は真っ赤な顔をして床の上でウンウンうなっており、王弥の姿を見て涙を流して言う。

「わしはどうも、いかぬように思う」

「元帥、何をおおせられますか。ただの風邪ですぞ」

「いや、気休めを言うてくれるな。実は昨夜、寝についたところ、枕辺に一人のひげの長い道士が、手に大きな赤い帖を持ってあらわれて言うのだ。〝水府の神殿の役人に一人欠員が出たので、上帝に奏上して、そなたを後任にすることになった。急ぎ赴任してもらうから、そのつもりで〟とな。突然のこととて、わしはびっくりしていると、いつの間にか、その老人の姿は消えていた。目がさめてみると、わしは悪感がして頭が痛くてならぬ。そのとき、ハタと思いあたったのだ。ゆうべの落星は実はわしの星であったと。わしはもう長くないのだ」

王弥、

（やはり、そうであったか）

と暗い気持になったものの、それはそぶりにも出さず、なぐさめる。

「夢には正夢と逆夢とがあります。気をたしかにお持ち下さい」

「いや、わしにはよく判っておる。しかし、わしは大軍をひきいて出征して来た身の責任がある。わしに万一のことがあると、軍中に主将がいなくなってしまう。軍師は幸いに才知、軍略、武術にたけ、加えて仁、わしはそこで軍師を、わしの後任にすえてもらうよう上奏するから、わが亡きあとは三軍を掌握して、初志を貫いてほしい。ついては、わしは高熱と悪感とで筆がとれぬので、書記に代筆させるから立会ってもらいたい」

「敵を前にして何たることを……」

「いや、わしをこれ以上、困らせんでくれ」

こうなっては仕方がない。書記が口述筆記すべく筆をとり上げると、劉輿の声が力なく、とぎれとぎれに続く。そこへ心配した諸将が入って来て、いずれも一夜で変わりはてた劉輿の姿にびっくりする。それと認めた劉輿、

「諸君、見ての通りじゃ。わしはもういかぬ。わが亡きあとは軍師を最高司令官として、朝廷のために戦ってくれい」

みな口ぐちに、

「閣下、お気をたしかに」

と叫ぶが、口述筆記を終わった劉輿は安心したのか、そのまま眠るがごとく大往生をとげた。

身にのしかかって来た大任を思えば、王弥に泣いている心のゆとりはない。劉輿の急死を知って敵が攻めよせて来ては……と喪を秘して、諸将に持ち場の厳守を命じ、違反する者は斬に処すと布告した。諸将もそれを堅く守ったので、表面上は何も変わったことはないように見えた。だが、趙軍の侯有方は前述の通り、すべて見通していたのである。

一一　王弥、有方の水攻めに敗れ、弘祖は山中で暗示を受ける

劉輿が死んで二日後、早くも朝廷から、劉輿の上申通り、王弥を総督に、陶侃を副使とする。直ちに進撃して賊徒を討て、劉輿の霊柩は洛陽へ護送せよ、という沙汰がもたらされた。そこで王弥は諸将を集めて軍議を開いたところ、先鋒の桓彝《い》は言う。

「聞くところによると、敵将の劉弘祖は用兵にたくみとのことですが、我らはまだ彼らと手合わせしたことがありません。そこで拙者、こころみに手兵を率いて戦いをいどみ、その手なみのほどをためして、その結果によって、これを破る手だてを立ててはいかがでしょうか」

そこで王弥は三千の兵を与えて討って出させた。

こちらは劉弘祖、

「劉輿は間もなく死ぬであろう」

という侯有方の言によって出撃を見合わせ、守りを固めて待機すること三日間、予期した通り劉輿が死に、軍師の王弥が総司令官に昇格したと判ったので、侯有方にたずねる。

「王弥という男は軍略に長じ、術もたくみとのこと。あなどり難い敵と見たが、軍師には何か彼を破る策がおありか」

有方が答えようとしているところへ、敵が「帥」の字のついた旗を押し立てて攻めかかったという知らせ。有方は左右に聞く。

「きょうは、どっちの風が吹いているか」

「天気晴朗で風はありません」

「風がないのに旗が動くとは、それは暴兵に違いない。心して掛からなくては」

そこで李雄に命じて三千の兵を率いて出させる。李雄うけたまわり、青海驄にのって塞を出てみると、前方には土煙が天に冲し、殺気が大地をおおっている。李雄は叫ぶ。

「あらわれたのは何奴、名を名乗れ」

「晋軍の先鋒の桓彝なり。そういう貴様こそ何奴だ」

「大将軍の李雄なり。汝の主の司馬氏は骨肉あいそこない、兵は天下に起こりつつある。日ならずして晋朝の亡びること、すでに明々白々、それに対して忠義立てをするおろか者め、早々に甲冑をぬいで降参せい」

「ほざくな逆賊、中原に人なしというか。これをくらえ」

と長槍をしごいて突っかかれば、李雄また刀をふりかぶってこれに応じ、丁々発止と斬り結んだが、はや日も暮れかかったので戦いをやめ、それぞれの本営に引き上げた。

翌日、王弥は再び桓彝に出撃させたが、趙軍の方は選手交替して桐凌霄が出、両人相まみえて戦うことしばし、凌霄は敵わぬふりをして逃げ出せば、桓彝はこれがはかりごととも知らず追いかける。ころ合いを見た凌霄、さっとふり向いて一刀をあびせれば、桓彝は肩先を斬りつけられ、驚いて逃げ走る。凌霄は馬首をかえして晋軍中になぐり込みをかけ、おびただしい兵器、甲冑をうばって意気揚々と帰陣する。

桓彝は自陣に逃げもどり、王弥に報告する。

「趙兵の勇戦ぶり、まことに敵しがたく、拙者は敗れてしまいました。何とぞ処罰していただきたい」

「勝敗は兵家の常、貴公の罪ではない。わしに彼を破る手だてがあるから安心したまえ」

桓彝が安心して退くと、王弥は陶侃と卞壺《べんこ》の二人を呼んで言う。

「西南方に我が軍の粮食がある。これを持って来て、さきの桓彝がうばわれた兵器、甲冑のつぐないをしようではないか」

陶侃と卞壺の二人、何のことやらさっぱり判らぬまま、三千の兵をひきいて西南へ向けて出て行く。二里(一・五キロ)ほど進んだが、それらしいものは見当たらない。

「何もないじゃないか。元帥は妙なことを言う」

と二人はブツブツこぼしながらなおも進み、三里(二キロ)も進んだところ、前方に一隊の人馬がノロノロと歩いている。その旗には「運粮都護王」の五字があるのは、趙将の王子春のひきいる輸送隊である。それを見た二人は、王弥の言う意味がわかった。

(あれを奪えということだな)

二人は顔を見合わせてうなづき、地形を利用してソロソロと近づいた。そして輜重隊のそばまで行って突然大声をあげた。

「粮秣をそこへ置いて行け。さもないと命はないぞ」

王子春、怒って直ちに護衛兵を指揮して迎え討ち、二十余合も戦ったが、元来、輜重隊は戦さには弱いと決まっている上に多勢に無勢、さんざんに討たれて王子春は命からがら逃げ出すと、部下たちも車を放り捨てて四散してしまった。

陶侃、卞壷の二人は大喜びで兵士に命じ、ぶんどった粮秣を曳かせて本営にもどって王弥に報告すると、王弥は

「それみろ、我が軍の粮食といった意味が判ったろう」

と大笑いして二人の功をねぎらった。

こちらは五万荷の粮秣を奪われて本営に逃げ込んだ王子春、劉弘祖の前へ出ても小さくなって何も言えない。

「その方は河内から粮秣を運んで来たはずだが、どこにあるのだ」

「申しわけありませぬ。実は……」

と敵の急襲を受けて、そっくり奪われたことを報告すると、劉弘祖は大いに怒って王子春を下がらせ、軍師の侯有方にたずねる。

「王弥の詭計により、大量の粮秣を奪われてしまった。この恨み、何としても晴らさねばならぬ」

「元帥、まあそうお怒りにならんで。奪われたのなら、それを十倍にして返してもらえばよいではありませんか」

「何か方策でもあるのか」

「ありますとも、まず五十艘の大船を都合して下さい。はかりごとはそれからです」

そこで弘祖は歩軍総官の兪魁、兪仲、兪季に命じて、河辺へ行かせて船を徴発させることにした。三人は、ほどなくもどって来て、五十艘の大船が手に入ったことを告げる。

侯有方はそこで諸将を集め、懐中から束帖をとり出して劉弘祖に渡し、自身は神駝に乗り、宝剣を手にして営を出て行く。弘祖、束帖を開いてみて、何やら大きくうなづき、そして命令をくだして諸将をひきいて一斉に営を出て河岸に向かう。と同時に、営内のすべての粮秣を営前に積み上げさせ、四、五十人の老弱兵だけを残して、大きく開いた営門の番をさせることにした。

さて王弥、趙軍の粮秣をうばったので大喜び。

「これで劉弘祖の軍も、わけなく破れるだろうよ。彼奴が用兵にたくみだというのも、ただの宣伝でしかないことが判った。強い敵にめぐり合わねば、勝つのに決まっている。この好機を逸することなく、攻撃を加えて一挙に殲滅してくれん」

そこで陶侃と卞壺の二人を呼んで、命じる。

「それぞれ三千の兵をひきいて、硫黄などの引火物を持ち、左右から敵の塞に近付け。そして火を放って、それを合図に一斉に突入して賊将をとらえて来い」

さらに賀循を呼んで言う。

「劉弘祖は詭計が多いから、用心のために、お前も一万をひきいて敵陣の前に埋伏し、喚声が上がったら呼応して突入せよ」

それぞれが、かしこまって出て行くと、王弥は庾《ゆ》開に塞を守らせ、自分も本隊をひきいて弘祖軍の塞の近くまで進んだ。

こうして王弥は、全軍を四つに分けて趙軍の塞に近づき、相呼応して鬨の声をあげたが、趙軍の塞は案に相違して、ひっそり閑。だれも応戦して来ない。見れば塞中には粮秣が山のように積んであり、塞門は大きく開かれていて、わずかな老弱兵がチラホラしていたが、王弥の大軍を見て、みな武器を投げ捨ててバラバラと後営の方へ逃げ込んでしまった。

これを見た王弥は思う。

（劉弘祖め、かなわぬと見て、あわてて逃げ出したのであろう）

そこで塞中に突入して、そこにあった粮秣を運び出させ、さらに後営に突っ込ませてみると、二匹の白い羊が鼓の上にしばりつけられており、そのために鼓がポンポンと鳴っていることがわかった。王弥は思う。

（弘祖め、わが軍の急進を恐れ、羊に鼓を打たせて偽兵の計に出たな。まだ遠くまでは行っていまい。ひっとらえてくれん）

とりあえず兵を集結させ、その後の区処をすることにして、命令をくだそうとしたところ、たちまち塞外に金鼓の響きが起こり、大軍が来襲したことが判った。

王弥、あわてて陶侃、卞壺らと塞の門まで出て見てびっくりしたの何の、なんと地上には丈余の水が四方八方から押しよせており、その水の上にはたくさんの船が浮かんでいて、その先登には劉弘祖の元帥旗がひるがえっているではないか。

全く考えてもみたことのない意外な事態である。

（こんなバカなことが！）

と思う間もなく、晋兵は、またたく間に水に呑まれて溺死する者その数を知らず、水に浮かんでアップアップやっている連中も、石季竜、呼延晏らにやられて水中に姿を消す。王弥と陶侃、卞壺の三人、どうにも手の施しようのないのを見て、馬を水中に乗り入れ、ただ逃げるばかり。馬がないため逃げおくれた庾開は、劉弘祖の一鞭を食らって、水中に没してしまった。

三人を追いかけた慕容庵は、陶侃がおくれているのを見つけ、鉄カギのついた棒で陶侃を引っかけて船の上に引き上げて捕えれば、約五百の別働隊は晋軍の塞に押しかけ、奪われた粮秣を取り返したばかりか、そこに屯積してあったおびただしい晋軍の粮秣、兵器などを奪った。

こうして劉弘祖は王弥を破った。侯有方は命令をくだして船首をめぐらし、髪をほどいて手の宝剣を按じながら呪文をとなえると、水は徐々にひいて行き、もと通り大地があらわれる。その引き水に乗って河岸まで来た趙軍は、船を再び河にもどして船をおり、勝利の軍鼓を打ち鳴らしながら塞にもどった。鬼謀神術は神のごとき侯有方にとっても、一生に滅多にない大きな術であった。

こちらは王弥、ようやく水をのがれ、馬を急がせて十里（約七キロ）も逃げのびて、やっと水のないところまで来てホッと一息をつき、敗残の兵をまとめてみたところ、一万人少々しかいない。まさに惨憺たる大敗北である。そこへ卞壺ものがれて来たが、陶侃、桓彝、賀循、庾開はのがれて来ない。王弥がその消息をさぐらせたところ、夕方になって、桓彝、賀循だけが逃げのびて来たので、王弥が他の者のことをたずねたところ、二人は言う。

「拙者らは元帥の命を受け、趙営の背後に回り、いざ襲おうと出て行きましたところ、たちまち思わぬ大水に遭い、ようやく脱してまいりましたので、他の者のことは判りませぬ」

「拙者も、自身がのがれるのがせい一杯、とても余人のことまでは……」

217　王弥，有方の水攻めに敗れ，弘祖は山中で暗示を受ける

しばらくすると、斥候がもどって来て報告した。

「陶侃将軍は捕えられ、庾開将軍は戦死されました」

王弥はガッカリして声も出ない。ややあって卞壺に言う。

「このたびの思わぬ不覚、すべてわしの至らぬ故じゃ。この上は明日、旗旌をととのえて討って出、かなわぬまでも決戦し、雌雄を決しよう」

「このたびの敗戦は人力ではなくて、侯有方の妖術のせいです。あまりご自身を責められまするな」

と卞壺がなぐさめているところへ、近くの森からとび出して来て大声で叫ぶ者がいる。

「おまえらは、そこで何をマゴマゴしているんだ」

王弥ら、さては劉弘祖軍の伏兵、とびっくりし、あわてて腰の刀に手をかけて声のした方をながめると、その人は身のたけ八尺、長いひげを垂らし、白馬にまたがり、手に大刀をさげ、威風りんりん、なみの者ではないと見えたが、その態度から見て劉弘祖軍の伏兵とも見えないので、王弥は心中ひそかに喜んで思う。

（もし、この仁を味方につけることができれば、役に立ちそうだ）

そこで自ら声をはげまして言う。

「拙者は晋の大元帥の王弥、劉弘祖軍と戦って利あらず、ここに集結中じゃ。そなたは何者で、何用あって我らをうかがうのか」

その男は、びっくりした様子で、態度を改める。

「もしや洛水村の王先生では？」

「いかにも、その王です」

男は、あわただしく馬からとび下り、平伏して言う。

「ご高名は、かねがね雷のごとく聞き及んでおりますが、こんなところでお目にかかろうとは」

「貴公とお目にかかったことはないが、ま、お立ちなされい」

と王弥は扶け起こして名を問えば、

「拙者は蒲公亮と申す者、世の乱れを見て兵を集め、いま手元に十万を擁しております。いずくんぞはからん、王先生ともあろう方が劉弘祖に敗北なさるとは」

「これは用兵、戦術のつたなさのせいではない。かの侯有方め、思わぬ怪しい妖術を用いて大水を起こしおったせいなのだ」

「有方という男は恐るべき奴ですな。ところで元帥は、これからどちらへ？」

「かなわぬまでも再び決戦を、とも思ったが、所詮、多勢に無勢、兵を失うだけだと考え直して、これから陝州に入って再起をはかる所存、ただ、兵少なく将また不足しているのが難。しかし、いま貴公を見ると、英傑の相をしておられる。いかがじゃ、このさい朝廷に忠をつくされ、拙者とともに陝州に入って趙軍を討つ手立てを考えてはもらえまいか。拙者、朝廷に奏して重く封爵していただこう。貴公にとっても悪い話ではないと思うが」

「拙者も久しく、その気持は持っておりましたが、伝手《つて》がないまま今日に至りました。元帥にそういっていただけるなら、喜んでおことばに従いましょうぞ」

王弥は喜んで、蒲公亮の軍と合わせて十一万とし、公亮を前軍大将とし、一斉に転じて彼の塞に入って兵馬を休めた。公亮は牛馬をほうって宴席を設け、王弥らをもてなし、大いに意気投合したのであった。

翌日、王弥は蒲公亮に命じて塞中の粮秣、兵器などを荷物にし、陝州めざして転進を開始した。そのとき王弥は、蒲公亮の軍が軍紀厳正、威風堂々としているのに感心したが、陝州につくと同地の守将は、味方の到来とあって喜んで門を開いて兵馬を迎え入れ、戦闘の模様をたずね、趙軍と戦う方策について問いただしたのは、趙軍大挙来襲、しかも、その勢い甚だ盛ん、という風評がすでに方々に響いていたゆえと見えた。

こちらは劉弘祖、水攻めの奇計で王弥を撃破して澠池の本営に引き上げる。慕容庵は捕えた敵将の陶侃を引きつれて弘祖の前にさし出せば、陶侃は立ったままで弘祖をにらみつけている。弘祖は顔をやわらげて言う。

「王弥は己の勇をたのみ、我が軍の粮秣を奪ったので、そのむくいとして大敗を喫した。これは自然の道理、いまその方は我が軍の捕虜となりながら、なぜ膝まづかぬ」

「我が軍の敗北は妖術による詭計のせいであって、堂々たる決戦の上のことではない。拙者は武運つたなく捕えられたとはいえ、一個の大丈夫、なんじらに向かって膝が屈せるものか」

「その方は詭計にかかったのであって、戦力のゆえではないと言う。ならば、わしはその方を解き放って帰らせてつかわそう。王弥ともども、もう一回攻めて参れ。そのとき改めて雌雄を決しようではないか」

「拙者を解き放ってくれるなら、次回は間違いなく堂々の決戦をしてくれるであろうな」

陶侃も勇者、平然として言う。弘祖は大笑いして答える。

「武人に二言はないわ」

と、部下に命じて縄を解かせ、鞍をおいた馬を与えて放免することにした。慕容庵がいさめて言う。

「陶侃は、まことの勇将、いま放免しては、のちのち我が軍の不利になりましょう。いまのうちに追って殺すべきです」

すると劉弘祖は、陶侃の面前で、こともなげに言い放つ。

「勇将なればこそ、これを惜しんで放つのだ。かつ、我が軍には勇士が雲のごとくいる。だから彼を放っても必ずやまた、これを捕えるであろう。いってみれば、彼はカゴの中の鳥、捕えようと思えば、いつでも捕えられるので、決して不利ではない。

仮りに万が一、捕えそこなったとしても、やがて天下は我らの手に帰すのだから、彼もまた、我が朝の士となる。よけいなことを心配いたすな」

と陶侃を放免する。なみいる諸将、弘祖の度量に改めて感嘆すれば、陶侃もまた、深く感心し、かつ感謝しながら、深々と一礼して馬にのり、趙軍の塞を後にして陝州めざして去って行った。

陶侃が去ると劉弘祖は酒を出させ、全軍の将士をねぎらい、功のあった者を賞したが、酒宴の席上、弘祖は銀の小箱を取り出して諸将に見せながら言った。

「むかし、ある異人が、わしにこの箱をくれて〝このカササギは軽々しく出して使ってはならぬ。火急の大事のときにのみ用いよ〟と言った。わしは挙兵以来、いつも諸将の助けによって、有難いことに一度もこれを開かねばならぬ困難に遭ったことがない。いまは火急の際ではないが、一度とり出して見よう」

そう言ってふたを開いてみたが、何の変わった点もない。そこで、ふたをしめようとすると、カササギはたちまち箱からとび出して空中にのぼり、塞の上を一まわりしたかと思うと、どこかへ飛んで行ってしまっ

た。諸将はおどろき、心配したが、弘祖は、
「なに、そのうちにもどって来るわい」
と平然としたもの、諸将も安心して、また飲み始めた。

翌日、弘祖は、つれづれなままに、四、五騎をつれて馬で塞を出、近くの山のふもとまで遠乗りをした。この山は能耳山といい、陝州との境界にあって、二つの峰が相対峙していて、むかしから文人墨客がのぼって詩文をものした、手ごろな行楽地をなしていたのだが、軍旅多忙な弘祖は、その名は聞きながらも、まだ一度も訪れたことはなかったのである。

山に近づいてみると、前には奇峰が天を摩し、巨木がたくさん生えている絶景なので、弘祖はうれしくなって烏竜騅にムチをあて、一歩々々のぼって行くと、山上には石壁があって、その上には次のような七言絶句の詩が書かれていた。

血戦年来久しく休《や》まず
縦横の四五　神劉に属す
中原の事業は南渡に帰し
上党の分茅　又幾秋

弘祖は、その意味がよく判らない。
（わしの幼名は神霄子といったが、この詩には神劉の文句がある。まさか、このわしが将来、帝王になるというのじゃあるまいな）

頭をひねりながら、烏竜騅を駈ってなおも進む。前はすべて茂った林で、トゲやイバラも深く、その向うに一宇の廟が見えた。弘祖はそこで樹々をかき分けて、そこまで行ってみると、軒には、
「神霄祠」の扁額がかかっている。
（また〃神霄〃か。さきには〃縦横の四、五、神霄に属す〃とあり、こんどは〃神霄祠〃か。とにかく、不思議なことだ）

そこで戸を開いて厨子の中をのぞき込むと、中には一人の神像があり、頭には金冠をいただき、身には斧形を縫いとりした礼服を着、飄々として脱俗神仙のおもかげがある。また、そのそばには二匹の鬼が侍立しており、一人は手に一羽のカラスを、他の一人は白いカササギを持っていて、カラスもカササギも、いまにも飛び立たんばかり。

弘祖はびっくりした。そこで従者を廟の後に走らせ

たところ、ほどなく六、七十歳ぐらいの老道士が出て来たので、弘祖は、この廟のいわれをたずねたところ、老道士は言う。

「この廟は神鴉大王の廟所です。むかし漢の文帝のころのこと、淮南王は日ごろ遊猟を好み、一羽のカラスとカササギとを飼っていましたが、二羽とも霊力を持ち、王の気持を察して、その気持のままに動いておりました。

のちに王が罪を得て自殺したとき、カササギは自ら石に頭を打ちつけて死に、カラスはとんでここに来ました。村人は、たたりを恐れたのですが、そのカラスは人語を話し、村人に、いろいろなことを教えてくれたので、村人は大助かりしました。そこで廟を建てて淮南王の神像と、カラスとカササギの像とを刻み、ここに祀ったのです。

のち、この二羽は大変な霊力を発揮したのですが、ここ十年ほど、どうしたわけか、二羽とも、さっぱり霊力を示さなくなってしまいました」

それを聞いた弘祖は思った。

(わが父はかつて、わしが肉球から生まれ、たくさんのカラスが、わしを守ってくれた。しかも、わしのてのひらには神霄子の三字が書かれていたという。してみると、わしは淮南王の生まれ変わりなのであろうか。そういえば、劉という姓も、淮南王の、そして漢室の姓だ。そして、石のカササギも、わしのところにあり、すばらしい霊力を発揮している)

しばらく神像をながめた末、その老道士に手あつく布施をして帰路についたのである。

廟を出た弘祖、いま見た廟内のこと、老道士の話を思い返しながら山を下っていると、前方から一人の将校が馬を走らせて来るのが見えた。劉弘祖を見ると、あわただしく馬からとび下りて言う。

「元帥が、どこへ行かれたのか、拙者ら、ずいぶん捜しておりました」

巡羅遊撃の王凌である。

「何ごとじゃ。急な事態でも起こったのか」

「されば、王弥から元帥あての書面がとどきました。軍師らも勝手には開封できませんので、元帥のお帰りをお待ちしております。一刻も早く、ご帰営下さい」

弘祖、それは一大事と、馬腹を蹴って帰営すると、

223　王弥，有方の水攻めに敗れ，弘祖は山中で暗示を受ける

侯有方が一通の書状をさし出した。王弥からのものである。開いてみると次のようにしたためてあった。

——それがし聞く、兵は義を以て動き、戦いは必ず正を以てすと。君ら、率土の臣を以て兵を発し順を犯す。もとよりすでに義にあらず。ちかごろまた堂々の旗を行なわず、詭道を以て我が師を破る。二者、一として取るべきなし。今まさに君とともに陣勢を排し、以て雌雄を決せん。詐謀を用いることなく、詭術に頼ることなかれ。ただ君ら、力をはかり、徳をはかれ。以て察を加えよ——

読み終わった弘祖は有方に言う。

「彼は決戦をいどんで来た。どうする?」

「どこで、いつ戦おうとも、我らは常に用意がととのっております。敵撃滅あるのみです」

そこで弘祖は右筆に命じて、次のような返事を書き送った。

——足下、僕を責めて、戦うに義を以てせず、正を以てせずと。僕の粮五万、これを奪われたるにより、餓えを防がんために起こせる戦いは、正と義にあらずして何ぞ。故に僕、計術を施し、天河の水をこぼし、粮を盗むの軍をくつがえす。これ造化の効霊にして、智巧の倖得、また論争を要せざるところにあらずや。挑戦の儀は、これを承る。他日決戦せん——

さて、その返書を読んだ王弥は、蒲公亮に言う。

「彼、劉弘祖は、すでに決戦準備をととのえている。我が方も、おこたるまいぞ。陣を布くまえに、その前面に指揮用の将台をつくれば、司令官も各陣営も便利ではないか」

「元帥の言、まことにもっともです」

そこで命じて将台を設けさせる。間もなく台が完成したという報告があった。蒲公亮が王弥に言う。

「拙者は幼時に異人に会い、陣法の秘訣を教わりました。そこで、その陣法をこころみたいと存じます」

王弥がそれを許すと、蒲公亮は勇んで出て行き、兵に命じて陣を張らせる。その陣というのは、手にした「令」の文字を書いた旗を一ふりすると、青旗が紛々混々と、たちまち西北方にならび、門や戸のついた陣が満々亮々と出現する。ついで「命」の字の旗をふると、こんどは黄旗が滾々滔々とはためき、いままであった門や戸は、たちまち消え、陣は真南に展開する。

さらに「令」字旗を一ふりすると、いろいろな色の旗が来々往々と押し出して来て、両座の旗門は東北方に至って三陣にまとまり、方向をわかちがたい。こうして門戸相連、左右相属という異形の陣が出来上がった。

布陣を終えた蒲公亮は、王弥とともに将台にのぼり、

「これで準備は出来ました。よって劉弘祖に見せてやりましょう。彼は恐らく、これを見破れますまい」

と自慢気に言い、王弥の許しを得て、劉弘祖に「出て来て陣立てを見よ」と通告する。

それを聞いた劉弘祖は、石季竜とともに営を出てやって来て、三陣が鼎立して、中間の門戸がうまく排列されており、きわめて整然としているのを見て言う。

「これは三才変化の陣という。石元帥は知っておるか」

「学んで知っておりますが、実地に見たのは初めてです。けれども、こんな陣立ては、人をあざむくこと甚だしいものです」

「では、いま見たさまを敵陣に向かって叫んでやれ」

弘祖が命じると、石季竜は馬をのり出して敵陣の前に向って叫ぶ。

「これすなわち三才変化の陣なり。このようなもの、あえて異とするに足りぬわい」

叫びおわって馬首をめぐらし、弘祖とともに帰営する。

片や王弥と蒲公亮、劉弘祖がすでに、この陣形を知っていたのに、ひそかに驚き、将台を下りて陣に入り、しからばと、命令をくだして陣形を変え、三陣を合わせて一陣とした。一陣は、たちまちにして五隊に分かれ、旗も五色とし、各々が方位によって五陣となり、その五陣には、それぞれ一人づつの大将が旗門を守っており、前陣も大いに変わっている。

蒲公亮、陣立てを変え、こんどこそは見破れまい、と、また人をやって弘祖を呼ぶ。出て来た弘祖は、これを見て
「バカな奴だ」

と大笑いし、呼延晏を呼んで叫ばせる。

「これすなわち五方五帝の陣、どこに妙処があろうか。つまらん小細工はやめろ」

二度までも見破られた蒲公亮、がっかりして王弥に

言う。

「かくなる上は取っておきの、それこそ秘中の秘ともいうべき陣形を作り、敵軍に知っている者がいるかどうか、ためしてみましょう。もし万一、見破られたとしても、拙者には妖術という奇手があります」

「そうとも。次には我らの学問兵法に底のないことを示してやりたまえ」

そこで蒲公亮、諸将を集めて図上作戦をし、兵法、陣備えの周知徹底をはかったのち、各将を配置した。

まず東方の第一隊は、辰、卯、寅であり、角、亢、氐、房、心、尾、箕の七宿に按じて、手には青旗を持ち、兵は三千、中に旗門を三つ設け、各門に大将各一を配することにし、これには桓実、賀循、謝幼輿をあてる。

第二隊は斗、手、女、虚、危、室、壁の七宿に按じ、北方の丑、子、亥とし、手には黒旗を持たせ、兵は三千、同じく三旗門に三大将を配し、陶侃、庾翼、薛璋をこれにあてる。

第三隊は奎、類、胃、泉、畢、觜、参の七宿に按じて、西方の戊、酉、申とし、白旗を持たせて兵は同じく三千、卞壺、何績、王彬の三人をあてる。

第四隊は井、鬼、柳、星、張、翼、軫の七星に按じ、南方の未、午、巳で手に赤旗を持つ、兵はこれまた三千、三門と三将を置き、これには桓謙、趙仁士、温嶠を配することにする。

こうして蒲公亮は東西南北の四陣をならべおわり、さらに残る諸将を金、木、水、火、土の五行に按じて、各々の方位に従って中軍に配置し、さらに東方に一座の旗門を設けさせて、門上には一箇の明灯をともして王弥に言う。

「いまはまさに霜降の季節、日は大火の次にあります。したがって、太陽が東方の卯門上、明灯の下に来たら、直ちに金箙をとり上げて諸将に指図し、太陽の動きに呼応して将士を動かして下さい」

王弥はすっかり感心して、この進言に従うことにした次第だが、陣の排列を終えた蒲公亮、将台にのぼって大声で叫ぶ。

「趙軍の将よ、早く来て我らが布陣を見よ」

劉弘祖、そこで石季竜、段方山、慕容庵、呼延晏の四人をつれて見に行く。五人が近づくと、黒気がもうもうと立ち、陰風がひゅうひゅうと吹いていて、陣上には青、赤、黒、白の四色の旗が立っており、十二座の旗門があり、さらに東方には一箇の明灯が見える。

弘祖、しばらく見ていたが、諸将にたずねる。

「こんな陣立ては、これまで見たことも聞いたこともないが、だれか知っている者はいないか」

四人、だれ一人として知る者はいない。弘祖は、だれも知らないのを見て、心中に一計を案じて蒲公亮に言う。

「なかなかよくできているが、もはや夕暮れ、あす、もう一回見に来てやる」

言い終わって帰営すると、侯有方がたずねる。

「どうご覧になりましたか」

「それが、どうもよく判らんのだ。くやしいので、あすまた見に来ると言い残して帰って来た」

「どんな有様でしたな」

劉弘祖、そこで見たままをくわしく語って聞かせると、侯有方は笑って、

「なるほど、わかりました」

「何という陣だ」

「いまはハッキリ言えませんが、あす拙者がじきじきに見に行きましょう。多分、間違いはないと思います」

果たして、何という陣であろうか。

一二　弘祖、敵の太陽軌道陣を破り、王弥は氷の営塞を設けて防ぐ翌朝、軍師の侯有方は令して雲梯を作らせ、劉弘祖とともにのぼって見ると、敵方の明灯と灯の下の大将は、きのうは卯にあったのが、きょうは寅門内にある。弘祖は言う。

「なぜ移ったのだ」

「別に大したことではありません。拙者の察した通り、この陣は太陽軌道陣と称するもので、上天二十八宿を金木水火土の五行に按じて、七宿ごと分属させる一方、三個の中気については、太陽の軌道にしたがって各陣に旗門と三人の大将とを置いたもの。いわば、あの明灯と大将は太陽になぞらえたものです。

太陽が霜降の日に至ると、大火の次の卯に入り、小雪の日には、析木の次の寅に入ります。きょうは霜降の季節なので、太陽はなお大火の次の卯にあるのですが、次のを先取りして寅に移しただけです。これは定石なので、あえて異とするに足りません」

さすがは大軍師、たなごころの上に指さすがごとき指摘に、弘祖もただ感心するばかり。

「軍師はすでに、あの陣を看破された。そこでまた部将をつかわして、あの陣形を見破ったことを言わせてやろう」

有方はそこで石季竜を派遣すれば、季竜は敵陣の前へ進み出て大声をあげる。

「王弥ならびに蒲公亮、よっく聞け。なんじのあの太陽軌道陣は、余人をあざむき得ても、われらはだませぬわい。さっそく陣を布きなおしたらどうじゃい。さもなければ、拙者が突きくずしてくれるぞ」

聞いた蒲公亮、がっかりして、しばらくは声も出ない。が、しばらくして、ニヤリとして、ポツリと、言う。

「見破ったのはいいが、そうたやすく破れるかな」

石季竜は走りながら笑った。

「なんの、見破ったからには、突き破るのに雑作もないわ」

そう言い捨てて営にもどり、蒲公亮の言を弘祖に告げると弘祖、

「さて、軍師、いかがする?」

「破るのは容易ですが、あの蒲公亮という男、拙者が見るに妖気に満ち満ちております。したがって、戦いにあたっては、その妖術によって我が軍は傷つく恐

れがあります」

「軍師の方術は神技に達しているのだから、天下無敵、蒲公亮ごときを気にする必要はあるまいに」

「もとより恐れはしませぬ。しかし、拙者は今回は、彼と法術は戦わしたくないのです。尤も、それ以外に方法がないとすれば用います。それも出来れば、彼の妖術を台なしにして、堂々たる三軍同士の決戦をしたいのです」

「その方法は？」

「一種の仙草さえあれば、各人に携帯させることによって、妖術が効かなくなるのです」

「その仙草は何といい、どこにあるのだ」

「金糸草細葉紫花と申し、食べれば百毒を消し、たずさえれば、もろもろの邪気妖気を払う効果があります。ただ、その草は錦城の雪頂山のいただきにだけ生えております上に、その山は遠くかつけわしいので、すぐとってくるというわけには参りません」

「軍師の方術で、何とかとって来てはもらえまいか」

有方が口を開こうと思っていると、たちまち頭上にパサパサという鳥の羽音が聞こえる。二人がふり仰いで見たところ、なんと、先日の酒席からとび立ったまま行方不明になっていた、例の白カササギではないか。

「おっ！」と二人が声も出す間もなく舞い下りて来たカササギの口には、これまた驚いたことに、たくさんの草がくわえられている。それを見た有方は、日ごろの冷静沈着さにも似ず驚喜の叫び声をあげる。

「おお、これぞまさしく金糸草細葉紫花、元帥、これでもう勝ったも同然ですぞ」

劉弘祖も大よろこび、

（やはり、この石カササギは、わしにとっては守り本尊）

なみいる諸将も、これで感心したり安心したりで、勝利への確信がわいた。

劉弘祖は白カササギを箱におさめ、「明日ひる、そちらを攻撃する」という宣戦布告文を王弥に送る。書面を受けとった王弥からも「承知した」という返事が来る。戦雲をはらんで、その日は暮れた。

翌日、劉弘祖は諸将を集めて、有方に敵の陣形のくわしい説明をしてもらい、その攻撃方法を聞く。有方、

手にとるように教えたのち、

「したがって、この敵陣を破ることは、さしたる難事ではない。諸将は自信をもって当たってほしい。ただ、その難易のほどを見るために、まず一将を敵陣に突入させ、それをさぐったのち、改めて攻略の具体的方法を立てたい」

そこで弘祖、

「だれか先陣をうけたまわる者はいないか」

と言うと、進み出たのは前軍大将の桐凌霄、

「その役、拙者におおせつけられたい」

弘祖が許すと、凌霄は馬にとびのり、日月大刀をひっさげて出撃して行く。敵陣に近づいてみると、中軍に明灯があり、王弥と蒲公亮は将台の上にいる。

凌霄の進出を見た蒲公亮は、急いで手にした牌をたたくと、陣中から一団の猛獣が走り出て凌霄にとびかかる。凌霄はもとより勇将ながら、こんなにたくさんの猛獣に一度にかかられては敵わない。そこであわてて馬首をかえして逃げ出す。

と、たちまち号砲一発、東陣にさっと旗があがり、卯門の中から大将の賀循がとび出して来て、腕をのばして凌霄をとらえて自陣へ拉し去る。部下が逃げもどって、それを弘祖に報告すると、弘祖はあわてて、凌霄の救出策を侯有方にたずねる。そばで聞いていた車騎大将軍の斉万年
「拙者が討って出て桐将軍を救い出し申そう」

と言うや否や、劉弘祖の許しを待たずとび出して行く。それと認めた蒲公亮、牌を打つと、こんどは狼の群れが踊り出て万年におそいかかる。兪家軍の怪物を見なれている万年、少しもさわがず、大刀をふるって二十余合もこれと戦う。

と、号号一発、たちまち北方の子《ね》門から大将の庾《ゆ》翼がとび出して来て、一刀のもとに万年を斬り伏せる。趙軍万年はあわれや馬から落ちて絶命したのである。趙軍としては最初の大将格の討死であった。

万年の戦死を耳にした弘祖は怒り狂った。

「彼は開国の功臣、それをむざむざ討たれたとあっては、何の面目あってか趙王にまみえることができよう。この上は、わしじきじきに討って出、万年の仇を報じてくれん」

そばで侯有方がなだめる。

「斉将軍は軍令を軽んじ、元帥の命令をも待たずに出撃して討たれたもの、これも天命でしょう。元帥のおなげき、お怒りは判りますが、総大将がそう軽々しく決戦してはいけません。要は敵を破ること、そうすれば万年の霊も浮かばれましょう」

聞いた劉弘祖は、少々アタマを冷やして、有方の計略にもとづき、例の金糸草をとり出して一人々々に与え、それを身につけさせると、侯有方は、まず石季竜を名指して言う。

「敵陣の東方の一陣には、辰卯寅の三つの旗門と三人の大将がいるはず。みな木に属しているので、その方は白旗、白袍、白馬を用いよ。これは相剋の道理によったもので金は木に勝つ。三将のうちの一人をたおせば、余はすべてくだすことができるのだ」

季竜が承知して立去ると、ついで段方山を指名して言う。

「北方の一陣は丑、三重の旗門と三人の大将がいるが、これは水に属している。その方は黄旗、黄袍、黄馬を用いよ。これは土をもって水に勝つ方法である。突っ込んで一門を崩せば、勝を制し得るであろう」

方山がうけたまわって去ると、次は慕容庵である。

「西方の陣は戌酉申であり、中間の将門、三人の大将のうちに旺というのがいる。その方は赤旗、赤袍、赤馬で当たれ。これは火をもって金に勝つ方法である。中間の酉の大将にいどめば、彼は必ず敗北するであろう」

その次は呼延晏の番。

「その方は南陣に当たれ。これは未午巳であり、三人の大将のうちの一人を斃せばよい。黒旗、黒袍、黒馬を用いよ。これは水をもって火に勝つ方法である。勝利うたがいない」

こうして有方は、四人の大将にそれぞれ、五行説にもとづく相勝（剋）の術をさずけて出撃させたあと、符登、崔賓佐、王子春、王淩、費廉の五将に命じる。

「敵陣中には、さらに五人の将がいる。これは金木水火土の五星を四方（一つは中央）に分けたもの。その方ら五人は各々、青黄赤黒白の五色を身につけて敵陣へ突入せよ。これも相勝の義によったものだが、各各、打勝つべき相手を間違えてはならぬ。つまり、木は土に、土は水に、水は火に、火は金に、金は木に、それぞれ勝つからである。間違えたら、必ずや敵に敗れるであろうぞ」

五将も承知して去る。全員を配置しおわった有方、劉弘祖に言う。

「諸将の区処は終わりました。これで勝利うたがいなしです。ただあの王弥は寅門にあって、まさに太陽の戦いに応じるので、こればかりは元帥ご自身に出馬していただかないと」

「軍師の進言、どうしてさからえようぞ」

「ただし、元帥は黒甲、黒衣、黒馬で出かけて下さい。王弥は寅門にいるので、まず明灯をこわせば必ず勝てます」

弘祖、この進言をいれて姿形をととのえ、斉々と出発した。全軍の出撃を見た有方は、烏桓とともに本営にあって、ゆうゆうと勝利の報を待つことにした。

さて石季竜、白一色で前進し、東門の青旗陣に突入し、卯門を破って賀循と十余合戦う。蒲公亮は将台上にあって牌を打てば、たちまち一陣の黒風が季竜めがけて吹き寄せたが、季竜は例の金糸草を身につけているので、何の異状も感じない。ますます力を出して戦う。

蒲公亮、案に相違して奥の手の妖術が効かないのを見てとると、金鼓を一打して辰寅の二門から、桓彝と謝輿の二将を一せいに突出させる。季竜、大喝して蛇牙をふりかぶり、謝輿を馬の下に斬りおとす。賀循これを見て刀を舞わしてとび出したが、これまた季竜の一撃を肩に受けて後方の自塞に逃げ奔る。

味方二将が、またたく間にやられたのを見た桓彝、戦意を失って、これまた後方に逃げれば、季竜はこれに勢いを得、大声で叱咤して暴れ回り、ために敵の七将は、いずれも敵しかねて退き、季竜はみごと第一陣を破って凱歌を奏したのである。

第二陣の段方山、北方の陣を攻めるべく、命ぜられた通りの黒ずくめの一隊を率いて突進し、北門に至って庾翼の軍と合戦を始めた。と、たちまち将台の上から一頭の猛虎がとびおりて来て、方山に向かったが、方山には例のおまじないの金糸草があるので、方山に近寄れない。まわりをウロウロしていたが、いつの間にか姿を消してしまった。

庾翼は力戦して、なかなか勝敗は決しない。妖術が無効と知った蒲公亮は、金鼓を打って陶侃、薛璋《せっき》の二将をくり出して方山にいどみかからせる。方山、三将が切先をそろえて一せいに突っかかって来たので、一計を案じて逃げにかかる。と薛璋が先頭に立って追いすがる。二人の乗馬がすれすれになったころを見はからい、方山は手にした大槌をふり上げて横なぐりすれば、薛璋は「グエッ」という悲鳴もろとも、馬からころげ落ちて息絶える。

段方山は、また馬首をめぐらして敵軍に突入し、虔翼を槌で馬から殴りおとして捕え、自陣にもどれば、二人がやられるのを見た陶侃は、とても勝ち目はないと見て追うのをやめ、七人の将とともに自陣を出て本塞に帰る。こうして北方の一陣も段方山に破られたのである。

第三隊の慕容庵、赤ずくめで西門へ向かうと、中門の何績が出て来たので、十余合戦ったが勝負はつかない。見ていた蒲公亮、急いで手にした宝剣をささげて口中に何かとなえると、たちまち金甲の神将があらわれ、宝杵をふりかぶって慕容庵に打ってかかるが、彼にも金糸草があるので驚かない。かくし持った銅鏡でその神将を照らすと、その神将は、かき消えてしまった。慕容庵、これに力を得て何績に打ちかかり、その脳天を一撃すると、何績は脳漿をほとばしらせて倒れ伏し、そのまま動かなくなってしまう。

金甲の神将に効なしと見た蒲公亮、大いに怒って金鼓を乱打して、卞壺と王彬の二将を突出させると、慕容庵は金簡をふるって二人を相手に二十余合戦った末、王彬を討ちとった。

同僚の死を見た卞壺は怒って七将を促して殺到したが、慕容庵は恐れる色もなく、その軍中に積極的に乱入して右に左に大あばれし、七将のうちの三将まで討ちとった上、卞壺をしたたかに打ちすえる。卞壺は血ヘドを吐きながらも運強く逃げ去った。

こうして三陣まで次々に打ち破られて、残るのは南方の師諌《しゅ》の守る門である。呼延晏は黒一色になって陣前に到り、青竜刀をふりまわして突入すれば、午門下の趙士仁、これを見て気力をはげまし、狼虎のような形相で、これを迎え討つ。呼延晏は、これはかなわぬ、と刀をひいて逃げにかかる。これが計略とも知らぬ趙士仁、かさにかかって追いにかかる。

呼延晏は逃げながら、懐中から例の金の小箱をとり出して開けば、たちまち金のタカがとび出して空に舞いあがり、矢のように舞い下りて来て趙士仁の顔に襲いかかる。士仁は片目を突かれて、たちまち馬の下にころげ落ち、呼延晏の一刀を浴びて斃れる。

呼延晏、馬首をかえして敵軍の中に殴り込めば、すべての妖術が役に立たなかったのを見て、蒲公亮は怒りにワナワナとふるえ、キリキリと奥歯を嚙みしめながら金鼓を忙しく連打する。未門と巳門の桓謙、温嶠の両将は力を合わせてとび出し、呼延晏をとりかこむ。延晏ますます自若として数合ののち、まず温嶠に一刀をあびせれば、温嶠はその太刀風に恐れをなして逃げ出し、残った桓謙は、ひるまずに戦っていたが、これまた呼延晏の一刀を肩に受け、驚いて奔る。七人の将もまた呼延晏の猛虎のような大暴れに、だれ一人として近付く者はなく、残兵をまとめて逃げ去ってしまった。

こうして四陣はすべて破れた。そこで符登、崔賓佐、王子春、王凌、費廉の五将は、矛先をそろえて敵の中軍に突っ込み、有方に指示された通り、おのおのの勝つべき相手を見つけて決戦をいどめば、晋将は相互連繋もあらばこそ、四分五裂の状態となり、ただうろたえるばかりで、戦おうとする者はいない。

ころを見はからって劉弘祖は、金の鞭を手に、烏騅を駈って王弥の本陣に殺到し、一鞭で彼の明灯をうちたおし、王弥めがけて討ちかかる。王弥、これを迎えて戦うこと数合、とても敵わぬと見て逃げ出す。弘祖は、あえて追わず、陣中をあちこちさがしたところ、さきに捕えられた桐凌霄が、気息えんえんとして酒に酔っているような姿で横たわっていたので、馬にのせて連れて帰る。蒲公亮の妖術にかかったのである。

全軍、勝鬨をあげ、金鼓を高らかに鳴らして引き上げる。蒲公亮が知恵をしぼり、肝脳をくだいた太陽軌道陣を、もののみごとに打ち破ったのである。

塞にもどると、諸将はそれぞれ功を述べて賞を乞う。すなわち石季竜は謝輿を斬り賀循をやっつけた、段方山は辟璋を殺し庾翼をとらえた、慕容庵は何績と王彬を斃し、卞壼を傷つけ、さらに三将を殺した、呼延晏は趙士仁を斬り温嶠、桓謙をやっつけた。

また符登ら五人の将も、それぞれ自分の功をのべて

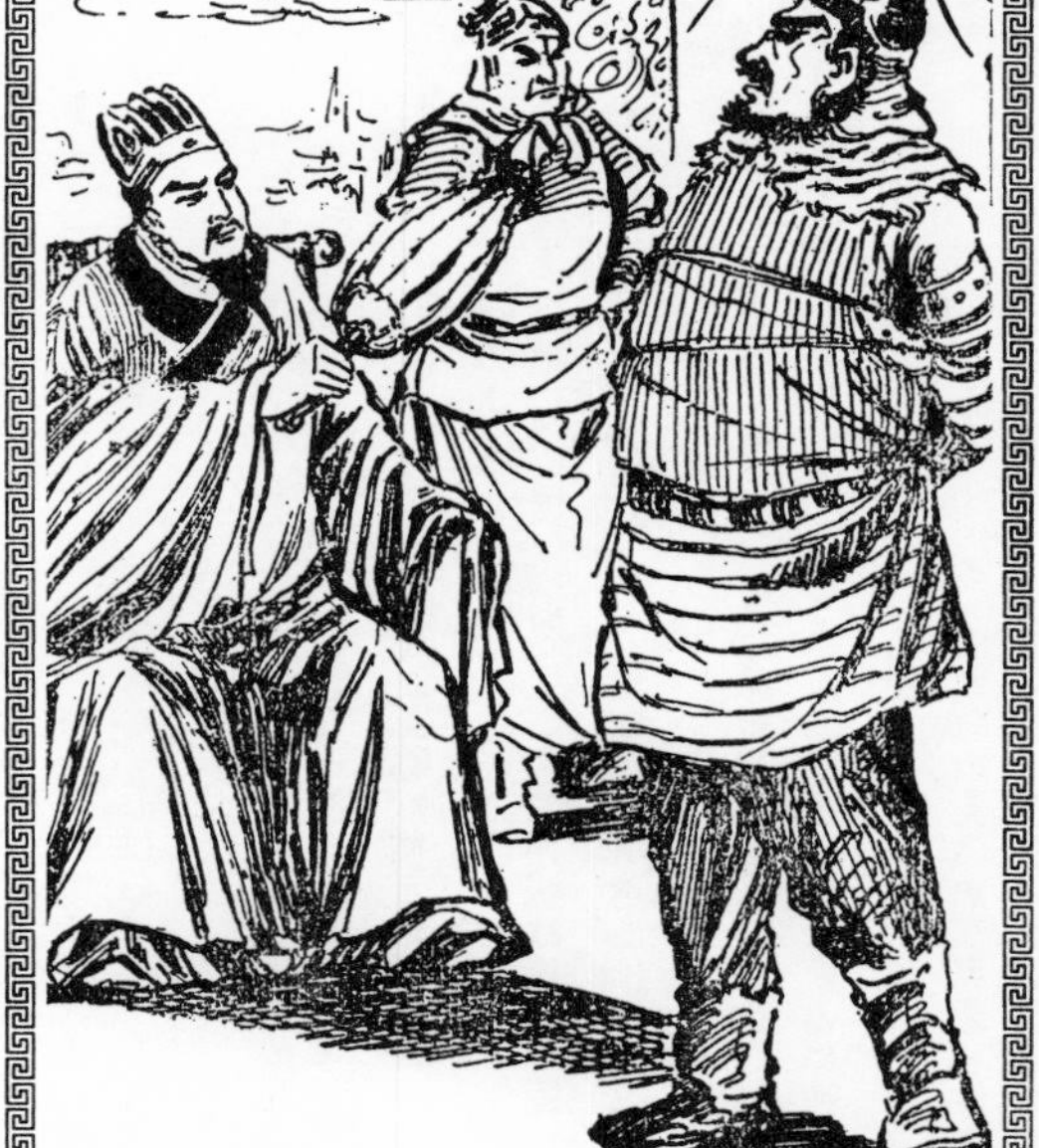

237　弘祖，敵の太陽軌道陣を破り，王弥は氷の営塞を設けて防ぐ

首や捕獲品を献上したので、劉弘祖は、それぞれに賞を与え、さらに斉万年のなきがらを探し求めて、手あつく葬ったのち、降将の傅友徳、頤志忠、庾翼の三人をつれて来させて訊問する。庾翼は、

「拙者は、あくまで晋朝の臣、くだろうとは思いませぬ」

といえば、弘祖、

「義士じゃ、ゆるしてやれ」

と言って解き放つ。残る二人は、

「元帥の天成、まことに我らの敵うところではありませぬ。願わくは降をおゆるし下され」

と両手をつく。弘祖は、

「知恵のある者どもじゃ」

と笑ってゆるし、それぞれの役目をあたえる。そのほか、功のあった将士に、それぞれを賞したので、みな、元帥の賞賜は甚だ公平だ、として、喜ばぬ者はなかった。

こちらは蒲公亮の進言をいれて大敗を喫した王弥のもとへ、ほどなく蒲公亮、陶侃、桓彝、賀循、卞壺、桓謙、温嶠らの諸将が相ついで入って来て、王弥に敗戦をわびる。王弥は、諸将がいずれも重傷を負い、さらに三十余人の武将のうち、半数以上が討死してしまったと聞いて、痛恨にたえず、暗い顔をして言う。

「すべて主将たるわしのせいであって、諸将の罪ではない。しばらく休息して再起をはかり、陣歿諸将士の仇を討とう」

聞いて諸将はホッと安堵し、改めて王弥の将器に感激して王弥のもとを去ったが、蒲公亮だけは残ったので、王弥は彼と善後策について協議した。蒲公亮は言う。

「この陝州城は狭くて固守しがたいので、もし敵が大挙して攻めて来たら、とても持ちこたえられますまい。さいわい、陝石山の下にむかし陝石関があり、甚だ嶮岨で、一人これを守れば万人も阻む要害の地、弘祖がここを奪わないのは彼の失策です。

そこで元帥は、すぐさま兵をやってここを修復し、これに兵を入れて基地にすれば、陝州を保全することができ、さらには弘農等の郡をもまた確保することができましょう」

「それはよいところに気がついた。しかし、弘祖が

陝州をおとしたのち、陝石関に向かわずに直ちに洛陽を衝いたらどうする。」

「彼が陝石関を放置して洛陽を直撃することはありません」

「それはまたなぜだ」

「洛陽は、いやしくも晋の都、ここには将兵もたくさんいますし、晋朝も面子《メンツ》にかけても死守しようとしますから、弘祖もいま直ちに洛陽をねらう挙には出ますまい。したがって彼は、まず都の周辺をうばい、その上で洛陽に攻めると思うのです。

したがって、我々は陝石関にたてこもって趙軍を迎え、これをひきつけておく。同時に都から大兵を発して敵を挾み討ちにすれば、きっと勝てます。それに敵軍には策謀の士が多いので、戦略上、まず陝石関を攻め、ついで洛陽へ向かうと見るのです」

「わかった。そうしよう」

王弥はそこで卞壷に命じて兵五百をひきい、陝石関へ向かわせる。数日後、卞壷から、関の修復が終わった、という報告が入った。王弥は蒲公亮以下の諸将と部下をひきいて出発し、間もなく関の見えるところまで到着した。

そのとき、前方から一人の将軍が馬をとばしてやって来た。見れば庾翼である。王弥、

「その方は、これまで、どこで何をしていたのだ」

「拙者は無念にも賊にとらえられ、降伏をすすめられましたが、応じませんでしたところ、劉弘祖は、義士だ、として放ってくれました。不幸にも病気にかかりましたので、伊水郷で静養していましたところ、奇妙なことが起こりました。そこで一刻も早く元帥にお知らせしようと、とんで参ったのです」

「どんなことだ?」

「ある夜、拙者が眠っていると、一条の赤い光が窓から入って来たので、驚いて夜具をハネのけて起きました。すると、その光は下の石の板にさしました。そこで拙者が、その石の板をめくってみますと、小さい四角な石の箱があるのです。開いてみたところ、中には一箇の四角な玉璽が入っていて、上には篆《てん》文が書かれていたのですが、残念ながら、拙者には読めません」

「なに? 玉璽とな、それはいまどこにあるのだ」

「主人のところにあります」

「なぜ持って来ぬのだ。もし他人に奪われたら惜しいではないか」

「いや、その人のことなら、ご心配は要りません。早くから元帥に心を寄せておりましたが、投じる機会がなかったのです。拙者が元帥の部下であると知って喜び、その玉璽を献上しようと、拙者のあとを追って、ついそこまで来ているのです」

「何という人物だ」

「姓を赫連《かくれん》、名を勃々《ぼつぼつ》といいます。智力、胆力、武力ともに衆にすぐれた仁。元帥は厚く遇されて然るべきかと存じます」

「さっそく、これへ」

と言っているところへ、

「一人の将軍が見え、元帥に会いたいと言っております」

という知らせ。王弥はさっそく主だった将軍をひきつれて出迎えてみると、一見ただ者ではない風貌態度の武将なので、喜んで営中に招き入れ、互いに名乗りを上げる。赫連勃々は懐中から、くだんの玉璽をとり出す。王弥が手にとってみると、篆字で、

「受命于天　既寿永昌」

――命を天に受く　既に永昌を寿《ことほ》ぐ――

とある。王弥は諸将に言う。

「これは伝国の宝物。どうして一民家の石板の下なんかにあったのだろう。不思議なことだ。だが、わしも将軍らも、すべて人臣であるから、我らの手元に留めておくべきではない。人をやって陛下に奉ろう」

だれをやるかは関に入ってから決めることにして、とにかく陝石関に入る。まず赫連勃々を積弩将軍に任じたのち、玉璽を洛陽へ運ぶ役を温嶠に命じた。

温嶠は、かしこまって少数の部下とともに出発し、澠池県まで来たとき、突然、前方に立ちはだかった一隊の将兵がある。剪尾豹にまたがり、大刀をひっさげた将軍は叫ぶ。

「温嶠将軍だな？　玉璽を奉じて洛陽へ向かうと見たはヒガ目か」

「いかにも拙者、温嶠には違いないが、玉璽など、何のことやらさっぱり判らぬ。そういう貴公は？」

「拙者は趙軍に、その人ありと知られたる呼延晏な

り。侯有方軍師の命により、貴公の来るのを待っていたのだ。さっさと玉璽を渡すがよい。そうすれば通してやろう。さもなくば、ひっとらえて軍師のもとへしょっぴくぞ」

「そんなものは知らんと、さっき言ったではないか。一体なんのことだ」

「軍師の言に間違いはないわい」

「軍師は何と言ったのだ」

「軍師は一昨日、一条の紫気（天子の気）が立ちのぼるのを見たので、占ったところ、伊水郷に玉璽が出現したと出た。そこでさっそく人をやってさぐらせたところ、玉璽はすでに赫連勃々の手によって王弥に献上されたとのこと。さらに占うと、今日、温嶠という者によって洛陽へ送られるとも出たので、それを頂戴すべく、拙者をつかわされたというわけだ。どうだ、恐れ入ったろう。いくらかくしても、すっかりお見通しなんだ」

聞いた温嶠は思う。

（世の中には、こんな神仙のようなスゴい人物がいるのか。それにこの将軍、ここで戦っても、とうてい勝ち目はない。第一、趙軍の強さは、先日の戦いで骨身にこたえている。命あっての物種、ここはひとつ、すなおに渡して、どこかにかくれひそみ、天下が泰平になったら改めて出仕した方がよい）

そこで呼延晏に言う。

「お察しの通り、玉璽は所持している。無駄な血は流したくないから引き渡そう」

と言って、懐中から取り出し、渡すやいなや馬にムチをあてて、そそくさと立去った。

「物わかりのいい奴だ」

拍子抜けした呼延晏は、その後姿を見送りながら、にが笑いをする。温嶠は、そのまま行方をくらまして江南に奔り、姓名を変えて隠れ住んだが、のちに江南に東晋が建国されたとき、元帝に仕えて王敦を討った蘇峻は彼の後身であり、歴史に名を留めている。ただし、これは十年のちのことである。

首尾よく玉璽を手に入れた呼延晏、喜び勇んで帰り、劉弘祖に献上すれば、弘祖は、とりあえず大切にしまっておくことにして、当面の大事である王弥軍攻撃について侯有方と相談する。有方は言う。

243　弘祖，敵の太陽軌道陣を破り，王弥は氷の営塞を設けて防ぐ

「いま王弥は陝石関を修理して入っておりますが、ここは名だたる天嶮、ここに拠って長久の計を立てる所存と見えます。ひとまず玉璽奪取に成功して意気あがっている呼延晏に命じて小当たりさせ、敵の出方を見た上で、改めてこれを破る計を立てましょう」

延晏は命をうけたまわって出発する。

片や王弥、温嶠の従者が、あわててもどって来て、玉璽が奪われたと聞いて、とび上がって怒り、

「すぐさま兵をやって彼奴を探し出し、極刑に処せ」

といきり立つ。陶侃と蒲公亮がなだめたので、王弥もようやく思いとどまったが、心中の怒りは容易におさまらなかった。そこで、兵を出して趙軍を討とうとしているところへ、たちまち金鼓の響き、物見の兵が、
と報告する。

「呼延晏がやって来て、戦いをいどんでいます」

王弥はそこで赫連勃々に出馬を命じれば、勃々、かしこまって出陣し、初対面の二人は互いに名乗りをあげて五十余合も戦ったが、勝負はつかない。かねて呼延晏の腕前を知っている王弥、勃々が緒戦で傷つくのを怖れ、急いで金鼓を打って引上げを命じると、勃々も兵を返したので、この一戦は引分けに終わった。本営にもどった勃々は言う。

「まさに彼奴をひっとらえんとしたときに、戦いの中止を命じられたのは何故ですか」

「その方は知るまいが、あの呼延晏という奴は、知勇兼備の猛将に加えて、いつも懐中に金のタカを所持しており、いざというときに、それを飛ばして相手の顔や目をつつかせるスゴ腕の奴。そこで大事に至らぬまえに、お引上げを願ったのだ」

「なるほど、そういうわけですか。以後、心して相手いたしましょう。ところで拙者に一計があります。お聞き願えますか」

「聞こう。申されよ」

「この陝石関はキリ状をなす要害の地ですが、陝州一帯を保つ拠点としては不十分。もし敵がひそかに兵をひきいて洛陽を直撃すれば、わが兵がその後を追っても、洛陽が戦慄することは避け難いと思います。ところで、いまや我が軍の将兵は数十万にふくれ上がりました。

そこで一万を残して、この関の守備に当たらせ、大

半の兵を十隊に分け、五里（三・三キロ）ごとに一大営を設ける。すなわち陝州から澠池県界までに十営をつくり、首尾左右が相互に連繋をたもち、敵がそのうちの一営を攻めれば、他の営はすかさずこれを救援する。いわゆる長蛇の陣をもって一ヵ月も対峙すれば、劉弘祖は進むに頼るところなく、退くにもまた拠るところなくなり、困り果てて黄河を渡って逃げ帰るほかはありますまい」

王弥が思わず膝を打って感心すると、そばにいた蒲公亮が口をはさんだ。

「敵の侯有方という軍師は、なみなみならぬ手だれ。その鬼謀と神通力には恐るべきものがあります。その彼が、もし火攻めの計に出たら、どうします」

「その前に、拙者、計を立てて彼の火攻めを無効にしてお目にかけます」

「どんな計で？」

「それは追い追い。それよりも元帥。早く兵を出して下さい。計は、いまは申しません」

王弥はそこで、陶侃に命じて一万をもって陝石関を守らせ、他をあげて関をくだり、陝州から澠池澗水の間数十里（中国里、一里は六丁＝約六五〇メートル）にわたって、全軍の兵を分散配置した。その十営というのは、

第一営　前軍大将軍蒲公亮　一万五千人
第二営　車騎大将軍桓彝　一万人
第三営　奮威将軍庾翼　一万人
第四営　討虜将軍賀循　八千人
第五営　総督大元帥王弥　三万五千人
第六営　積弩将軍赫連勃々　二万五千人
第七営　冠軍将軍桓謙　八千人
第八営　征西将軍卞壼　六千人
第九営　後軍将軍庾開山　一万人
第十営　護軍都尉先鋒使王珉　二万人

以上の通り王弥は配分しおわると、各営それぞれに、のろし台を置き、相互に救い合う手段を講じ、さらに各門を通じさせて、いわゆる魚貫の勢（魚をつらねて串にさしたように列をつくる）をやらせた。営の配置が終わると、王弥は赫連勃々にたずねる。

「営の配置はすんだ。で、これからどうするのだ」

「まあ元帥、見ていて下さい。これから大雪を降らせます。塞の柵の外は、すべてカチカチに凍りますので、敵が火攻めをかけて来ても大丈夫です」

「それはいい考えだ。わしは将軍の助言によって行動しよう」

そこで令して高台を作ると、赫連勃々は台にのぼり、机の上に号令用の牌、宝剣などをならべ、斎戒沐浴した身体で、髪をふりほどき、南面して口中に呪文をとなえ、牌を三たびたたき、宝剣を抜いて天の一角をさすと、不思議や、たちまち黒雲がひろがって太陽は光を失い、台上の旗が、はたはたと鳴った。

と、西北から肌をさす冷たい風が吹いて来て、黒雲はいっそう厚さを増す。勃々、ついで手中の白旗を三回ふると、空から雪がちらちらと降り始める。初めは粉のようなこまかい雪だったが、次第に大きくなり、その降り方もだんだん激しくなって、遂には一寸先も見えぬ豪雪と化し、一刻あまりの間に三尺余もつもった。

勃々は令牌を一撃して雪をやめ、雲を散らし、兵に命じてその雪をことごとく木柵外に運んで城壁のように積ませた。各塞は白玉の障壁でかこまれたような美しいながめになった。さらにまた術をつかって冷たい北風を送り込んだので、雪の壁はカチカチに凍り、すべる上に、斧で切りつけても壊れないまでに固くなり、立派な氷城と氷の連営ができ上がったのである。

こちらは呼延晏、弘祖に言う。

「赫連勃々は智勇絶倫、われらに勝るとも劣らぬ腕前、しかも、その人相は非凡、尋常の輩ではありません。元帥は計略をめぐらしてこれを捕えるべきで、この男と力闘してはいけません」

そこへ兵士が入って来て、

「晋陽の左丞相の陸松庵さま、鎮国将軍の拓跋珪さまのお二方が見えられ、何か元帥に大事な用件がおありとのことで、すでに営外に到着されました」

弘祖は拓跋珪という人物は知らず、かつ何の用かは知らないが、ともかく諸将を従えて出迎えてみると、拓跋珪は才にひいで、気宇軒昂としているので、心中ひそかに感嘆しながら口を開く。

「拙者、出征以来、趙王にはお目にかかっておらぬが、いまお二人が見えたのは、何か大事でも起こったのか」

「趙王は元帥らのご苦労を思召され、手前どもをつかわされて慰問の数々の品をとどけさせられましたが、これは、元帥らが一日も早く功をなしとげて凱旋してほしいということです。しかし、もう一つ、元帥とご相談したい大切な用件があるのです」

「はて、何ごとであろう」

「趙王には、急ぎのぞかねばならぬ心腹の患がおありなのですが、それは元帥が王弥を破った上で相談せよとのことです」

さて、何の話であろうか。

一三　弘祖、軍を分けて晋陽に向け、片や奇計によって王弥軍を撃破

拓跋珪が言い出した。

「雲中白登山に聞人彦という異人がおり、手下は十余万。馬邑、新昌、沙南一帯を支配していて、その勢いは甚だ盛ん、かつて朝廷がたびたび討伐軍を出しましたが、いつも敗退したという、いわくつきの強者です。その聞人彦が趙に抵抗し、いま我が方の雁門関を攻めており、その戦況は予断を許しません。さいわい稽有光副軍師が力闘して関を支えていますが、晋陽では、この戦いの成行を非常に心配しております」

「わかった。ところで、その聞人彦という男には、どんな特技があり、わが軍の諸将は、何をしているのだ」

「彼自身、軍略と武芸にすぐれている上に、部下には、沮渠《そきょ》、李高という二人の勇将がおり、ともに万夫不当の勇と妖術を持っております。ために我が方の将も、しばしばこれに敗れ、飛狐等の郡を失いました。司徒の袁玉鑾どのまで敗れたので、趙王のご心配は一方でなく、手前どもをつかわされて元帥および諸将を呼びもどし、この心腹の患をのぞいてほしいというご意向なのです」

聞いた弘祖は、困ったことになったと侯有方に相談する。

「晋陽は我が王都、しかるに王の手元にある将兵は多くない。ほっておいては大変なことになるが、どうしたものであろう」

「かといって、ようやく大功を立てる時が来たというのに、当面の敵を捨てて晋陽にもどるわけにも参りますまい。ここはやはり直ちに大兵を発して洛陽を奪い、晋王を降伏させ、すぐさま反転して趙王の急をお救いするべきです。いたずらに王弥ごときにかかずらってはなりますまい」

「軍師の言う通りだ。しかし、我々が兵をひきいて去れば、王弥は大兵をもって、あとを追って来はすまいか。そうすると腹背に敵を受けることになる」

「いや、王弥は陜石関に拠って固く守る姿勢にあるので、急に追っては来ますまい」

だが、弘祖は、なおも意を決しかね、二日たっても心は定まらないまま、有方の意見をいれて洛陽攻撃に向かうことにしたところ、竜驤大将軍の符登がやって来て言う。

「王弥は、いつの間にか関を出、陝州と澠池との間に十営を設け、これを連結して、大いに意気あがっています」

聞いた有方、大いに喜んで、

「関から出て来おったとは有難い。破るのにワケはありません」

「どのような手で？」

「かつて蜀漢の照烈帝（劉備）が連ねて設けた塞を、ことごとく焼きはらわれ、やむなく、白帝城へ身をもってのがれた故事を、元帥はご存知でしょう。したがって、これを火攻めにすれば、雑作なく破れるでしょう」

劉弘祖も、なるほどと思って、洛陽進発を中止して、まず王弥を破ることにし、火攻めの準備をさせようとしたところ、符登が言う。

「それはいけません」

「なぜだ。その方は王弥がこわいのか」

「そうではありません。火攻めの効果は無いと思うからです」

「木柵だから、火攻めに限るではないか」

「それが実は……」

と符登は、さきほど述べたような王弥軍の十営の氷の連塞連壁のさまを物語ると、聞いた弘祖は頭をかしげる。

「ここ数日、雪は降っていないのに、どうしたことだ」

有方はうなづいた。

「すべて妖術のなせるわざです。それにしても、そんなことができる者が王弥軍にいたとは。ともあれ、火攻めはムリですな」

「となると、これを破る手だては？」

「まず元帥ご自身で、一ぺん見て来て下さい。対策は、その上のことです。私もお供しましょう」

そこで弘祖は直ちに烏竜騅にのり、有方、石季竜、慕客庵をつれ、四人で出かけた。そして晋の営塞に近づいてみると、なるほど、白凱々、一面に凍りついた営塞は、折りからの陽に照らされて白く美しく光っている。有方は、

（敵ながらあっぱれ）

と感心したが、弘祖は

「こんな向寒の折に雪や氷を作られたんでは、いつとけることやら、とすれば、この塞を落とせるのも、またずっと先の話だな」

と心配する。有方、

「計略を用いるほかはありますまい。が、ひとまずもどって考えるとしましょう。しかし、王弥もさる者、我々が出て来たのを察知して、兵をくり出して、捕えようとするに違いありません。一刻も早く引上げなくては」

そこで四人が馬首をめぐらしたのだが、その時はやく、かの時おそく、西北方から一団の軍兵が殺到してくるのが見えた。大将は前軍大将軍の蒲公亮である。早くも四人の面前に到った蒲公亮は言う。

「それなるは敵の総大将劉弘祖と見たはヒガ目か。われらの目を盗んで我が軍の営塞をうかがうとは卑怯千万、引っとらえて手柄にしてくれん。痛い目を見たくなければ、早々に馬からおりて縛《ばく》につけい」

弘祖はあわてて有方に言う。

「軍師の心配した通りだ。ぬかった」

「拙者と石将軍、慕将軍の三人で、何とか血路を切りひらきますから、元帥は我らには構わずに逃げて下さい」

と言うと、馬腹を蹴って、手にした宝剣を構える。それを見た蒲公亮、それを有方得意の法術を使うためと見て、そのスキを与えまいと四人をおし包み、えものをかざして同時に突っ込む。

有方らは、弘祖を守って右に左に敵をなぎ倒し、斬りたおすが、なかなか血路は開けない。有方、何とかして法術を使うスキを見出そうとするが、八方から一せいにかかられては、そのスキが見出せない。多勢に無勢、もはや、これまでか、と思われたとき、突如、蒲公亮の包囲軍が「ワッ！」という悲鳴とともに後から大きく崩れ、その崩れは次第に大きくなり、やがて蒲公亮軍は算を乱して逃げて行くではないか。

弘祖ら、何のことから判らぬまま、ホッとして気分をもりかえし、追撃に移る。と、前方には、一人の女将軍、方天戟をひっさげて暴れ回っている。方天戟を手にした女将軍——いわずと知れた弘祖の妻の夢月であった。

若い季竜と庵の二人の勇気は百倍した。そして逃げる蒲公亮軍に追いすがり、夢月ともども、当たるを幸いに斬りつけ、突き倒せば、蒲公亮軍は悲鳴をあげながら逃げ散ってしまった。

敵を蹴散らした夢月、兵をおさめて弘祖のところへやって来た。

「わが君、ご無事で何よりでした」

と笑顔を見せれば、弘祖、

「そなたのおかげで危ういところを助かった。礼の申しようもない。それにしても、よく来てくれたな」

「王弥は、したたかな男、恐らく少人数のわが君一行を狙うに違いあるまいと、兵をひきいて後をしたって参りましたが、間に合って、よろしゅうございました」

弘祖らは危地を脱し得て帰営し、当面の王弥軍撃破のための計略を練っていると、晋陽から、またまた御史中丞の賀玉容がやって来たという。弘祖、

（晋陽の情勢が急迫したに違いあるまい）

と急いで面会してみると、賀玉容は言う。

「陸丞相と柘跋将軍が出発したあと、敵将の聞人彦が大兵をひきいて来襲し、雁門関を攻めましたが、稽有光副軍師の火攻めの計によって一応は撃退しました。しかし、敵は翌日、また攻め寄せて参り、味方にも相当な被害が出ました。加えて敵将の李高がいつわって降伏したのを、うっかり許して城内に入れたため、内外呼応して攻め立てられ、ために雁門関は敵の手に落ちるに至りました。

敵は勢いにのって晋昌に来襲、ここも奪われようとしております。以上の通りで、いまや晋陽も危機にひんしているため、趙王はいたくこれを心配され、わたくしを急ぎつかわして元帥に、一刻も早く兵を返して、まず晋昌を救い、しかるのちに再び兵を洛陽へ向けてほしいとのことです」

弘祖は、だまって耳を傾けていたが、

「もう一息というところなのに、これを捨てて兵を返すのは、いかにも惜しい」

と賀玉容に言う。

「わしに一つの方策がある。それは、ここにいま二十余万の雄兵と勇将雲のごとくいるので、この軍を二つに分け、半分をもって晋昌を救い、残る半分で王弥を破り、そののち両者を再び合体して洛陽に向かって

はどうであろうか」

「それもやむを得ますまい。元帥、とにかく急いで下さい」

そこで弘祖は有方と相談のうえ、軍を二つに分け、以下の五人を晋昌救援に向けることにした。

前軍大元帥　石宏
右軍大元帥　呼延晏
行軍副元帥　烏桓
種務将軍　崔賓佐
前軍将軍　桐凌霄

このほかに一隊を柘跋珪に指揮させ、計六隊に編成して黄河を渡って晋昌へ向かわせたが、通過する諸都県は、守将がいずれも趙方なので、粮秣の補給にもとどこおりなく、進軍に何の支障もなかった。

こうして兵を二分した劉弘祖は、万一のために姚仲弋を汲郡に移して事態の変動に対処させたが、これは案じたほどのこともなく、仲弋は間もなく兵を返して来た。弘祖はさらに兪魁、兪仲、兪季の三兄弟を澠池へ出動させて警戒に当たらせたが、ここも無事で兵をもどした。こうした手を打ったのち、弘祖は有方に言う。

「晋陽を狙っている聞人彦は全く心腹の病患、兵を二分して半分を向けたものの、どうなるかわからぬ。われらがここに長く駐留していては、糧秣のついえもバカにならぬし、やむを得ずに行なったこととはいえ、兵力を分かつことは、兵法でも愚策としている。王弥をすみやかにくだし、兵を返して晋陽を救うよい手だてはあるまいか。趙王の御心を安んじるのは人臣としての義務だ」

「元帥の言、まことに金石をも貫く立派なおことば。ただ、今は冬の最中、氷は固く、水は涸れ、敵と戦ってもムダです。一、二カ月待って来年の春、北風がやみ、氷がとける時いたらば、戦っても勝てぬことはありますまい。いまは持久策しかありません。気を長くお待ち下さい」

弘祖は、しばらく黙っていたが、

「ここに留まるのは大してむずかしくない。しかし、もし晋陽を失ったら、と思うと、いても立ってもおられぬ気持だ」

「聞くところによると、聞人彦は勇猛ながら策にとぼしいので、長くはありますまい。あまりご心配なさるな」

「どうして、それがわかるのか」

「烏合の衆は金鉄の結びの我が兵には敵しがたいことが第一。彼らの勇将としては李高、沮蒙、渠遜ら数人に過ぎないのに比して、わが軍には勇将、猛将のひきいる隊が十もあるのが第二。彼は小さな巣穴にこもっているのに反して、わが方は都を定めていて、進んでよし、退いてよし、守ってよしの立場が堅まっているのが第三。彼らは流寇なので粮秣のすべてを略奪によるほかはないのに反して、わが方は土地を確保しているので、決まった補給ができる、これが第四。彼らは多勢とはいえ、せいぜい十万足らず、しかるに、わが方はいま晋陽にすでに数十万あり、衆をもって寡に当たっている、これ第五。

かつ、天の時、人の事を見るに、晋室はすでに天下の主たるの資格を失い、中原の逐鹿戦は激化している中で、ひとり趙王のみは百万の強兵と多くの豪傑を擁しており、その軍の進むところ、成らざるはないことは、天のなせるわざであり、だれもこれを阻止することはできません。以上、かの聞人彦にいくら勇があり、いっときの勢いを得たとしても、成功しないことは明らかです」

まことに理路整然、たなごころの上に指さすように明快な分析に、弘祖は大いに喜び、かつ意を強くした。

「軍師の言、わしは目の前が明るくなったような気がする」

「ところで、もう一つ付け加えることがあります。それは、拙者、夜な夜な天文を按じ、諸将の星が朔方の分野にあって、きらきら光っているのを見ますが、いま敵がたにいる聞人彦、李高、沮蒙、渠遜の四人は、遠からず我が軍に帰して、成功のあかつきは諸侯となることに運命づけられております。これは天意として、すでに定まっているのです」

「なるほど。では、このわしはどうだ」

有方は笑って言う。

「元帥の運命は、この四人とは違います。元帥のみならず、諸将も同様です。ただし、天機もらすべからず、ただ元帥は、いま拙者が述べたことはよく覚えておいて下さい。他日きっと思いあたることでしょう」

「軍師は全く神人だ。その言にどうしてウソやいつわりがあろう。ただし、わしは臣として決して趙王に対して二心を抱くべきではないと堅く決意している。たとえ天命がどうあろうとも、鞠躬《きくきゅう》して本分をつくすのみじゃ」

「元帥のその忠誠心をうけたまわり、拙者は感服のほかありません。拙者も及ばずながら力一ぱい尽しましょう」

二人は固く手を握り合う。前途に光明を見出だした思いの弘祖は酒を出させ、諸将を呼んで盃を汲みかわす。酒がほどよくまわったところで、弘祖はまた有方にたずねる。

「晋室のありさまを軍師はどう見るか」

「天象をつらつら按ずるに、晋室の正統は、すでに絶えたといえましょう。しかし、すべてなくなったわけではなく、一隅に、それも南の方で、その残党は存続するでしょう」

と、早くも江南に拠る東晋の存在を予言する。

「王弥以下の将帥はどうだ」

「王弥は一個の将帥にすぎず、器は小さいのです。しかし、彼の幕下の蒲公亮、赫連勃々の将来の功業は、元帥にまさるともおとらず、いまそれを限量すべきではありませんが、封侯を得ようとも、趙王の手や元帥の幕下をはなれることはありますまい」

「ということは、これらの者も、やがては我が方にくだるということか」

「その通りです」

聞いていた弘祖、ハッと思いあたるフシがあった。それは先日、熊耳山中の石壁にあった四句の詩の文句である。その文句が、いま有方の言ったことばと符合しているのに驚いて、またたずねる。

「王弥らは、いつ降伏するのだ」

「それは、いまは判りません。将来の人事のことは測りがたいもの。いまはただ王弥攻略に全力を投入すべきです。そうすれば、その時期を早めることができましょう」

「その言、まことに我が意を得た」

そう言って、有方に大杯を与える。有方も辞退できず、なみなみとつがれた大杯をグッと飲み干す。座中の諸将また大いに気をよくし、各々が胸襟を開いて歓談し、月がななめに、北斗七星の柄のところにかかるまで痛飲したのであった。

こうして戦線は膠着対峙状態のまま、時は過ぎて行った。光陰は矢のごとく、はや南風が吹きそめ、氷はとけ、百草のもえ出る春がやって来たので、弘祖は有方に言う。

「よい時候になった。軍師に知恵を出してもらう時が来たようだが」

「敵を破るのは大して困難ではありません。ただ、数十里にわたって連ねた営塞は、ただの一戦では破れますまいから、ここはひとつ、ゆるゆると攻めるほかはありません」

「我らは出兵以来、上は主上の洪福を受け、下は軍師の智、諸将の力、軍兵の勇を得て、多くの郡県を手中に収め、向かうところ敵なしの進撃を続けたが、今回、はからずも王弥の手ごわい反撃を受けて、いたずらに時日を空費してしまった。われらがいつまでも、ここに釘づけになっているのは、味方にとっては大きな損、加えて稽有光副元帥らの作戦は一体どうなっているのやら、はっきりしない。このありさまでは、洛陽はいつ落とせるのやら。思えば気の重いことだ」

「元帥、もっと心を大きく持って下さい。明朝、手はじめに一将を出して、敵の出方をさぐってみましょう。その結果によって拙者、策を立てます」

弘祖も、その進言に従うことにした。

片や王弥、法を使って営塞を凍らせ、趙軍の来攻を阻むことができ、大いに安心し喜んでいたが、日はどんどん過ぎて春となったので、蒲公亮、赫連勃々らと相談する。

「冷凍戦術は、そろそろ通用しなくなった。敵軍が間もなく殺到してくるのは、火を見るよりも明らか。これにどう対処すべきか」

赫連勃々が言う。

「聞けば晋陽の状勢逼迫で、敵は兵力を二分した由。したがって当面する相手は半分だけですから、弘祖が攻めてくるなら、拙者が討って出て、これを一ひねりし、わが軍を正視できぬようにしてくれん」

蒲公亮がそれをおさえて言う。

「いやいや、敵は半分になったとはいえ、劉弘祖の用兵のみごとさ、侯有方の軍略のたくみさ、諸将の勇猛ぶり、決して軽視はできませんぞ。たとえば先般の女将軍の働きぶりは、まさに万夫不当、だれがこれに近づき得ましょうか。いま軽々しく討って出ては、いたずらに将兵を損じるのみ。

ここはやはり守りを固めて敢えて挑戦に応じないのに限る。そうすれば敵は、戦うことも退くこともならず、坐して自滅を待つのみとなり、あげくのはて、志気はおとろえ、兵糧はつき、仕方なく河を渡って逃げ帰るほかはなく、その時を待って一挙に討って出、これを追撃すれば、勝利は期して待つべきものがありましょう」

王弥はこれに賛成し、守りの態勢を固めることにした。と、そこへ、たちまち軍鼓の響きと喚声とが聞こえる。部下をやってさぐらせてみると、

「慕容庵が三千をひきいて攻めて来ました」

とのこと。王弥はいまの決定通り、諸営を固くとざし、妄動をゆるさず、軍命にそむく者は斬る、という厳命をくだしたため、諸将、軍令にそむく者はなく、したがって、塞営を出て戦おうとする者はないので、全営すべて、ひっそり閑と静まり返っている。

これには殺到して来た慕容庵も拍子抜けし、大声で、

「出て来い」「応戦しろ」

と、たびたび叫んでみたが、依然として、だれひとり応じようとしない。そうこうしているうちに、日もようやく暮れかかったので、仕方なく兵をひきいて帰営し、ありのままを報告すると、そばで聞いていた有方が笑って言う。

「王弥も考えましたな。わが軍を坐してつかれさせ、粮秣が尽きて、やむなく撤退するのを待って、後から討とうという寸法です。しかし、こんな手にのる我が軍ですか。明日、元帥は幾人もの将を出して、大いにののしらせて下さい」

そこで弘祖は翌朝、李雄、符登、慕容庵の三人に、各一万の兵を与えて出撃させ、敵の営塞間ぎわまで近づかせ、王弥のことを三代にわたってクソミソにののしらせてみたが、やはり敵からは何の反応もない。三将はこれまたスゴスゴともどって来るほかはなかった。

「それでも出て来ないか。困った奴じゃ」

と弘祖、それならばと翌朝、一通の手紙をしたため、あわせて小箱の中に女のスカート、靴や化粧品などを

つめ、歩軍総官の兪魁に命じて王弥に贈らせた。諸葛孔明がかつて、敵将司馬仲達に対して行なった故知にならったのである。王弥、開いてみると次のように書いてある。

――それ聞く、豪雄の士は襟懐おのずから轟々烈々、帥の職をかたじげのうし、王師の統領として、自ら猛力、功を争うべき身、我が軍をして風を望み、英雄として敬仰せしむべき立場にありながら、何を以てか塞柵を固く鎖して妾婦の態をなし、深閨の姿をつくる。これまことに大丈夫として恥というべし。ひそかに君のために採らざるところなり。すみやかに力勇し、鼓を打って決戦せん。もしその力と勇なくば、すなわち帰伏せよ。君、この二つのいずれをとるや。君、それこれをはかれ――

手紙を読み、ついで小箱を開いて見た王弥は、笑ってこれを受けた司馬仲達ほどの度量のある大人物ではなかったので、机をたたいて激怒した。

「わしに勇気と力がないと？　女同然の腰抜けだと？　おのれ、目に物見せてくれん」

部下に、軍使の兪魁を斬ることを命じた。だが、兪魁は法術に長じているため、何の恐れるところがあろう、たちまち一条の赤い光と化して自陣に逃げもどる。報告を受けた王弥がびっくりしていると、そばにいた陶侃と桓彝が言う。

「我らは堂々たる天朝の臣、賊徒のあなどりを受けてはなりません。明朝、拙者らが討って出、一戦をまじえましょう」

だが王弥は、

「いや、彼奴がはずかしめおったのは、このわしじゃ。だから、わし自らが出て行って戦おう。とはいえ、これは一時の怒りからではない。わしにはわしの考えがあってのことじゃ。貴公らだまっていてくれ」

二将は仕方なく退く。

さて、一条の赤い光となって帰営した兪魁、ありていに報告すると、弘祖は、王弥が軍使を斬ろうとした無礼には怒りつつも、手紙と贈物作戦に効果があったと知って喜び、有方に相談すると、有方、

「それはようございました。そこで計略ですが、一、両日はこのままにしておき、そのあとで、わが軍の兵粮がつきて、軍兵が動揺している状態をつくり出し、

いつわって黄河を渡って北に帰るさまを演出し、同時に兵を四方に埋伏します。

するど、これを見た王弥は、必ずや塞営をカラにし、全兵力をあげて追撃に移るでしょう。そのとき、一部の兵に命じて敵の背後にまわり、彼奴らの営塞に火を放てば、敵は進むことも退くこともならず、わが軍に破られるでしょう」

いつもながらの有方の水ぎわ立った作戦である。弘祖は喜び、諸将に命じて一、両日の休養をとらせる一方、ひそかに輜重隊長の王子春に粮秣の搬入をやめさせ、かつ諸将に、この計略をくわしく話して、粮秣が不足しているさまを演出させ、それを晋軍にわざと知らせるようにした。

二、三日過ぎた。趙軍の様子をうかがっていた晋軍の忍びの者が晋営にもどって王弥に言う。

「趙兵はここ数日、しきりに近辺の民衆に押し入って牛やら羊やら、畑に植えてある野菜まで奪っています」

聞いた王弥は、なおもたずねる。

「敵の本拠の晋陽からの粮秣運搬状況はどうだ」

「バッタリとだえています」

(晋陽の方も急迫していて、手がまわりかねているのだな)

と王弥はひそかに喜び、さらに探索を命じる。数日たって忍びの者はもどって来て報告する。

「趙軍の兵士の略奪ぶりは、いっそうひどくなり、軍馬はみな黄河の方へ草を食べに出ています」

(いよいよ大づめだな)

と王弥は、ほくそ笑む。

こちらは弘祖、有方のいった作戦に乗り出して、はや数日、有方は弘祖に切り出した。

「ようやく敵撃滅の機は熟しました。まず伏兵をおきましょう」

弘祖はそこで、慕客庵、姚仲弋、李雄、符登の四将を名指しで呼ぶと、有方は命令する。

「諸君は各々、五千をひきいて暗夜、馬に枚《ばい》をふくませて出て行き、四方に散る。決して物音を立ててはならぬ。そして空中から笛の音が聞こえて来たら、直ちに突出せよ。ただし、敵将を傷つけることなく生けどりにせよ」

261　弘祖，軍を分けて晋陽へ向け，片や奇計によって王弥軍を撃破

四将が立去ると、段方山を招いて地図を示しながら
「ここに二本の道がある。一方は大きな官道で、他の一本は細い。貴公は五千をひきいて小路の方に埋伏せよ。わしが合図のノロシを上げると、王弥はそれを見て、きっとこの道をとるであろう」

「ノロシを見た王弥は、こっちの方に伏兵があると見て、この道をさけるでしょう」

有方は笑う。

「そこが兵法のいう〝虚〟、つまりウラのウラなのだ。わしに勝算がある。大丈夫だ。いう通りにしたまえ。王弥をつかまえる方策はチャンと出来ている」

方山も承知して兵をひきいて出て行く。有方は次いで歩軍総官の兪家三兄弟を呼んで言う。

「お主ら三人は、部下の歩兵に硫黄、乾柴、火弓を持たせて、ひそかに晋兵の背後にまわり、敵の塞営を焼きはらってほしい」

三人も承って出て行く。全将を区処しおわった有方は弘祖に言う。

「これで攻撃準備はすべて完了しましたが、一人だけまだ区処しない将軍がいます。それは令夫人ですが、これは令夫人でなくては出来ない仕事、元帥、どうされますか」

「大いに活用してほしい。しかし、女に夜間はムリなので、明朝に出撃させよう」

「同感です」

最後に有方、老弱の軍士を呼んで言う。

「その方らは便衣に着かえ、外へ出て言いふらしてくれ。〝晋陽は重大な事態におちいったので、劉弘祖元帥は趙王の命により、すみやかに軍を返すことになった。わしら、また苦労するのがイヤで、逃げ出して来た〟とな。晋兵はこれを聞いて本気にするだろう。うまくやれ」

老弱兵も承知して出て行く。

さて翌日、幾人かの老弱兵は便衣に着かえ営を出て行って、有方から言いつかった通りのことを言いふらして歩く。耳にした晋兵は帰ってその旨を王弥に報告する。王弥もさる者、なおも半信半疑で、忍びの者を出して探らせると、忍びの者はしばらくして帰って来て言う。

「趙営には、いまやだれもおりません」

ここに至って王弥は、やっと信じる気になった。

「ようやく時いたった。出撃じゃ」

急ぎ命令を下して全軍をことごとく発進させることにした。兵を分かって鶴翼の陣形をとり、左に蒲公亮、右に赫連勃々を配し、自身は中央にあって前進する。威風りんりん、殺気うつぼつ、山をも倒す勢いで数里も進んだころ、前方に土ぼこりがあがって十余万の兵馬が前進しているのが見えた。

その最後尾にいるのは、道服を着て神駝にのった人物。王弥、それは趙兵で、その人物こそ侯有方と見て、大声で諸将に言う。

「いまこそ手柄を立てる時ぞ、突入して捕促殲滅せよ」

王弥の叱咤で、晋軍の兵はふるい立ち、全員、武器をかざして突進して行く。と、どうしたことか、侯有方の姿は、乗っていた神駝とともに、空中へ昇って行って中天にとどまってしまう。さらに奇怪なことに、趙軍の十万余の兵馬は、煙のように消えてしまって、何一つ見えない。あとには野原が広がっているばかりである。

王弥は驚いたの何の、目をこすりこすり、あたりを見廻したが、やはり影も形もない。突撃した将兵も、相手が急に消えてしまったので、ウロウロ、キョロキョロと、あっちへ一かたまり、こっちに一かたまりして、不安をかくし切れない。

それを空中から見下ろしていた有方、やおら懐中から笛をとり出して吹き始めた。その音は不気味に大気をふるわせ、王弥は、自軍にとっての不吉の前兆と聞いて、あわてて諸将を集め、軍をまとめて本道にもどろうとしたところ、たちまち金鼓の響きがわき起こった。王弥、驚きのあまり、サッと顔色を変えて言う。

「しまった。敵のワナだ」

言いも終わらぬうち、四方にわき起こったのは敵の伏勢である。これぞ慕容庵、符登、李雄、姚仲弋のひきいる伏兵、馬腹を蹴って突進して来て、

「やあやあ王弥、待ちかねていたぞ」

と叫ぶと、晋軍の中からも、その声に応じてとび出した者がいる。賀循、桓謙、桓彝、庾翼の四将である。ここに両軍入り乱れての激戦が展開された。

斬り合い、突き合い、殴り合いの死闘が続くことし

ばし、慕容庵は金簡をふるって桓彝に向かい、はっしとその頭を打てば、桓彝かわしそこね、左肩に痛打を受け、馬の首にしがみついて逃げ去る。

晋将の庾翼、また符登の一槍を馬の首に受け、地上にころげおちようとしたところを、突進して来た桓謙に救われ、これまた奔り去る。賀循、他の三人が逃げ去るのを見て戦意を失い、これまた血路を開いて逃走してしまう。慕容庵らは、敵将を傷つけはしたが、その命まで奪ってはいけないと有方の厳命通り、あとを追うことなく、地上に遺棄してあった、おびただしい甲冑、兵器、馬匹のたぐいを鹵獲して営にもどった。

さて王弥、諸将とともに趙軍の重囲から脱出して逃げること数里（中国里）、ようやく敵の追撃の来ないところまで来て、ほっとしてあたりを見廻すと、わずかな将兵しかついて来ていないので、心中大いに後悔の念を起こしたものの、いまそれを言っても始まらぬ。そこで諸将に相談を持ちかけた。

「営にもどる道が二つあるが、どっちを通った方がよかろうか」

諸将がまだ口を開かぬうちに、西北方の空にノロシが上がった。王弥は、それを見て言う。

「よし、こっちをとろう」

蒲公亮と赫連勃々が、あわててその袖をおさえた。

「ノロシのあがるところ、必ず伏兵ありと申します。元帥、あちらの道はいけません」

「貴公らは兵法をよく知っているだろう。〝虚〟というのはこれだ。敵の軍師の侯有方は詭詐百出、虚々実々のくせ者。したがって、ここでは実は大路に兵を伏せておきながら、小路に伏せてあるように見せかけるために、そっちの方でわざとノロシを上げたのだ。だから、小路を進めば伏兵はないのだ」

と言って小路にとり、西へ向けて馬を進め出した。諸将もやむなく、その後に従う。

一、二里（中国里）も進んだところ、突然、金鼓の音がわき起こって天地をふるわした。王弥、諸将と顔を見合わせているところへ、大きな赤旗が草むらの中からサッと立てられた。その旗には「後軍大元帥段」の六字がハッキリと読みとれる。と。一人の猛将が赤驤にのり、燕槌を手にしてあらわれ、道をふさいで大笑いをする。

265　　弘祖，軍を分けて晋陽へ向け，片や奇計によって王弥軍を撃破

「軍師の言われた通り、虚のまた虚の術にひっかかって、ノコノコこっちの道にやって来おった。このナマ兵法のうすのろめ。とっとと馬上から下りて降参しろ」

聞いた王弥、怒りと辱しさに逆上し、寡勢も忘れて突っかかる。方山、少しもあわてず、兵をサッと展開させ、王弥らを押し包んで打ってかかる。が、所詮は多勢に無勢、段方山軍の包囲戦によって、部下のほとんどを殺傷され、王弥、蒲公亮、赫連勃々の三人のみは、ようやく趙軍の重囲を死にものぐるいで脱出した。段方山がそれを追わなかったのは、これまた侯有方の命令があったからだ。

命からがら危地を脱した王弥ら三人、営塞にもどろうと、そちらの方を見て驚いた。何と、営塞はすべて一面の猛火に包まれているではないか。怒り、後悔、慚愧、悲哀の念に気も動転せんばかりの王弥。

「ぬかった、全くぬかった。完敗じゃ、しかし、ここを去ってどこへ行こうぞ」

「やはり陝石関へもどるほかありますまい。あそこで再起をはかろうじゃありませんか」

そう言い合っているところへ、またしても起こった喚声と兵馬の群れ、これぞ兪魁らの歩兵部隊である。兪魁は開山斧を手にして王弥をののしる。

「無礼無知の匹夫め、おのれは先日、軍使たるわしを、ひどい目に遭わせおった。その罰で、おのれらの塞は、わしの手によって焼け落ちてしもうたわ。どこへ逃げて行こうというのじゃい」

三人はあわてて馬腹を蹴って逃げ出す。兪魁はもちろん後を追わなかった。

一四　王弥ら三将、ついに降伏し、いよいよ大詰めの洛陽攻防戦へ

塞営を焼きはらわれた王弥ら三人は、仕方なく陜石関をめざして、あわただしく馬を進めた。すると前方に一対の旗がひるがえっていて、一行の前進を阻んでいるように見える。王弥はびっくりして足もなえるような思いである。

「まさか、ここにまで伏兵がいるんじゃなかろうか」

蒲公亮も、それを一目見て、

「もし敵兵ならば金鼓を鳴らして突出して来るでしょうが、あの一隊は静まりかえっております。思うに関の将士が我らの敗戦を知って、迎えに出てくれたのではありますまいか」

そう言い合っているところへ、おびただしい兵馬が草むらの中から急に起き上がって殺到して来る。その先頭に立つのは一人の女将軍、銀甲をかたくよろい、方天戟を手に、五花に乗った姿は、いわずと知れた夢月である。それと見た三人は、びっくりして魂もけしとぶ思い。夢月は兵馬を展開させ、高く澄んだ声で叫ぶ。

「王弥元帥、まだ馬からおりて縛につかれぬおつもりか。いまをおいて、いつの日に降参されるのです」

蒲公亮、これがあの有名な夢月と知り、とてもかなわぬと馬にムチをあてて逃げ出す。残った王弥と赫連勃々は、いずれも勇猛の将とはいえ、一日じゅう戦ってつかれ、腹もへり、敗戦で気もめいっているので、気鋭の夢月に敵し得べくもなく、数合打ちあっただけで、馬腹を蹴ってワラワラと逃げる。夢月、少し追ったが、やがてやめ、数百の晋の敗残兵が、なおも抵抗の姿勢を見せてウロウロしているのを見ると、方天戟をかざして叫ぶ。

「なんじら、いま投降すれば一命は助けてつかわすが、あくまで抵抗する分においては、一人ひとり手足をバラバラにし、骨をも砕いてしまうがどうじゃ」

晋兵は一せいに手にした武器を投げ捨て、ひざまずいて泣き出す。

「降参します。どうぞおゆるし下さい」

夢月はそこで金鼓を打って軍をおさめ、本営に帰る。片や逃げ出した王弥と赫連勃々、しばらく行くと先に奔った蒲公亮と落ち合ったので、互いにニガ笑いをしながら、三人一緒になって、なおも前進すると、知らず知らず山の中へ入ってしまった。前方には高い山があり、道は行きどまりである。日もとっぷりと暮れてしまった。三人はガッカリして元気を失ってしまう。王弥は馬上、刀を抜いて天を仰ぎ、長嘆息して二人に言う。

「わしは洛陽を出て以来、いまだ尺寸の功をも立てていないのに、かえって戦いに敗れて部下を失い、土地を奪われ、このような敗残の身となり、加えていま、行く道までふさがれてしまった。引き返して別の道をとろうとも、再起のメドは立たない。おめおめ都に戻ったとて、極刑に処せられるのは必定。お二人は当今まれに見る英傑なので、今後大いになすある身、わしはここで自害するから、ご両所はわしの首を手土産に劉弘祖にくだられよ。弘祖はきっと重用するに違いあるまい。立身栄達は思いのままぞ」

言い終わるやいなや、刀を首にあてようとする。二将はあわててその手をおさえ、刀をうばっていさめる。

「元帥は蓋世の雄才、たまたま計をあやまって大敗しただけのこと。一時の失敗で有用の身を失ってはなりません。このまま進んで山上にいたり、人が来るのを待って出道を聞き出そうではありませんか。早まってはいけません」

聞いた王弥は、しばらく考えていたが、大きくうなづいて刀を鞘におさめた。そして三人いっせいに馬から降りて手綱をひきながら山上に至った。

山上には木が生い繁り、奇峰が相対していて、一団の大月が中空にかかり、だれ一人として登ってくる者はいない。三人はしばらく月の光に照らされていたが、いつまでもこうしてはおられぬ、と月の明りをたよりに山を下りはじめたところ、中途に一軒の家があり、その中に一人の老人がいて、そのわきに二人の少年が坐っているのが見えた。そこで王弥は進んで声をかけた。

「ちと物をおたずねしたい。この山は何といい、どちらへ行けば山を下りられるのか。答えるのが面倒なら、指で示してくれい」

老人は立ち上がり、さもおかしそうにハハハ……と笑いながら答える。

「この山は臥雲山といい、向うへ出るのなら、なお二つのけわしい峯を越えねばならぬ。ここはわたしの家、きょうはもうおそいので、ここにお泊まりなされ。明朝、童子に山のふもとまで送らせて進ぜよう」

二人はそこで、その厚意に甘えて泊めてもらうことにする。

「みなさん、ここでしばらく休んでいて下され。酒と食物とを用意しますほどに」

「いやいや、お宿をいただけるだけでも有難いのに、これ以上のお心づかいは心苦しい」

「何の何の、山の中なので何もありません。気になさるな」

そう言って童子をうながして奥へ入る。三人は、あたりを見廻したが、部屋の中はガランとして、みごとに何もない。坐る椅子もないので仕方なく、そこにあった三個の鉄線の束の上に腰をおろした。やがて老人が顔を出して、

「いざ、こちらへ」

と言うので、三人は立って歩こうとしたが、どうしたことか身体が動かない。あたかも、しばり上げられでもしたかのようにである。

「こりゃおかしい。一体どうしたことだ。まさかあの老人と子供は妖怪ではあるまいな」

三人は、お互いに顔を見合わせてうろたえる。そしてハッと気がついてみて驚いた。家は消え失せ、山もなくなり、月だけが中天に輝いている。ふと下を見て、驚きは頂天に達した。何と三人は、いつの間にか縛られて鉄の皿の上にのせられ、三本の旗竿の上に高々と吊り下げられているではないか。

三人は魂もけしとぶ思いで、うろたえてみたものの、もはやどうにもならない。目をパチクリさせて、もう一度下を見たところ、地上には紅袍金冠の官人ふうの人物と、道服を着た仙人ふうの人物とが相対して酒をのんでおり、そのわきには、あまたの武将や二人の童子も侍立しているのである。

これは実は、侯有方が王弥ら三人をからめとるため、遁甲の法術を用いて三人をだまし、しばり上げ、旗竿の上につるしたのである。さいわいに月は明るいので、有方は営門外に宴席を設け、つるされた三人をサカナに飲むことにしたもので、すべては有方の術によって作り出された幻影だったわけである。

三人は完全に参ってしまった。そこで下に向かって

叫ぶ。

「参った。参り申した。どうか助けて下され」

下の道服を着た人物は手をたたいて笑いながら言う。

「王将軍、だれもあなたを誘わぬと見えますな。どうです、ご自分で下りて来られては。拙者は余人にあらず侯有方、これなる人物は劉弘祖元帥。お三方がもし我らにくだられるのなら、すぐにも下ろしてさし上げるが、なおも嫌だとおっしゃるなら、そのまましばらく、中空の月見をお楽しみ下さい。そのうちに余興として、お三人を的に弓矢の競争が始まりましょうから」

三人は真っ青になって一せいに言う。

「どうか降伏させて下され。おろして下さい」

聞いた有方、宝剣で空を指さすと、三箇の鉄皿はするすると下りて来た。弘祖は急いでその縄をほどけば、三人は拝伏して言う。

「劉将軍の英才、侯軍師の鬼謀、まことに恐れ入りました。降伏をおゆるし下さいますならば、忠誠をつくすことを誓います」

そこで席を設けさせて三人を坐らせ、諸将とともに杯を傾けさせる。王弥、つくづくと劉弘祖を見たところ、仁慈かつ慷慨、諸将みな和気かつ率直なので、降伏してよかったと心中大いによろこび、昨日までの敵対関係をサラリと忘れ、わけへだてなく大いに飲みかつ食った。酒宴の間、弘祖は王弥を招いて兵法問答を始めたが、二人ともすっかり意気投合して、さらに杯を重ねたのであった。

翌日、弘祖は王弥を行軍正元帥に、蒲公亮を冠軍大将軍に、赫連勃々を車騎大将軍に任じると、三人は大いに喜んで口々に礼をのべる。そのとき、守門の将校が入って来て言う。

「営外にいま二人の将官が見えております」

「これへ!」

やがて入って来た二将を見た王弥は、びっくりして、

「おお、君たちは……」

と叫ぶ。二人は何と、王弥の部下の桓彝と庾翼だったのである。

「君たちは、どこから来たのだ。いままで何をしておったのじゃ」

「拙者らは、あの手痛い敗戦のとき逃げ出したので

すが、桓謙と卞壺の二人の行方や生死のほどは判りません。昨日、陜石関へ奔って一泊しましたが、元帥が降伏されたと聞き、改めて自分をかえりみたとき、進退無門、身を帰するところのないのを知って、拙者らも投降するつもりで参ったのです」

「陶侃と賀循には、もともと帰隠入山の志があったので、家郷に帰って行ったのではありますまいか」

王弥はそこで二人を弘祖にとりなすと、弘祖も喜んで二人の降を受け入れ、ただちに大軍将校に任じ、立身栄達は今後の手柄次第、とつけ加えて、二人を激励した。ついで劉弘祖は桓彝に陜石関を、庾翼には陜州を守らせることにしたのであった。

ところで、晋陽方面の状況は、どうなったのであろうか。弘祖は書面をしたためて王湊を使者とし、戦勝を報告すると同時に、聞人彦との戦いの様子をたずねさせることにした。王湊は命を奉じて晋陽へ向かったのだが、当の晋陽では——

まえに述べた通り、石季竜、呼延晏、烏桓、崔賓佐、桐湊霄の五人の猛将は、十万の雄兵をひきいて澠池で劉弘祖にわかれ、晋陽救援に向かい、稽有光の軍と合体して、意気大いにあがる聞人彦の軍と対峙した。

ところが、侯有方が劉弘祖に述べた通り、聞人彦自身は勇猛ながら、兵少なく、将また不足しているので、歴戦の勇将ぞろいの趙軍に敵すべくもなく、戦うごとに敗れ、半年もしないうちに趙軍に降伏を余儀された。趙王石珠は喜んでその降を受け入れて聞人彦を威勇大将軍に、その部下の李高、渠逊らもそれぞれ然るべく任じた。こうして晋陽に平和がよみがえり、その祝賀をしようとしていた矢先き、弘祖の勝報と、情勢を気づかった書面がとび込んで来た次第である。

趙王は弘祖の報告に大喜び、さっそく粮米二百万石を送ることにし、弘祖に対して、

「手元にある軍勢で予定通り洛陽へ進発せよ。晋陽にある軍は別途、これまた直ちに洛陽へ向かわせる」

という命令書を書いて王湊に渡せば、王湊はうけたまわり、馬をとばして陜州にもどって来る。命を受けた弘祖は、そこで洛陽を目ざすべく、十余万の軍勢を次の三隊に分けた。

第一隊　慕容庵、姚仲弋、赫連勃々

第二隊　劉弘祖、侯有方、王弥、蒲公亮、段方山、

李雄
第三隊　兪魁、兪仲、兪季、王淩、
ほかの王子春の輜重隊
こうして十余万の雄兵は、旗をひるがえして堂々の進撃を開始した。一人々々が強く、馬また壮で、あたかも天兵の進むにも似た、勇壮な進軍であったが、隊伍は斉々、軍紀は厳正、少しも民をおかし、かすめることなく、一路進んで行くところ、過ぎる郡県はみな戦わずしてくだり、その勢いはまさに破竹のごとく、長駆して汜水関に到った。

弘祖は令して、関をへだたること十里（六・五キロ）の地点に軍をとめ、関を破って再び行を起こそうと、諸将を呼んで、

「だれか先陣をうけたまわる者はいないか」

と言うと、冠軍大将軍の蒲公亮が進み出る。

「拙者、投降以来、いまだに何の手柄も立てておりませぬ。本日の先陣は、ぜひとも拙者めに。関を破ってご覧に入れ申す」

弘祖がこれを許すと、蒲公亮は三千の兵をひきいて白馬にまたがり、大刀をひっさげて進む。関の守備兵がそれと見て守将の頤明《い》に伝えれば、頤明は諸将を集めて軍議を開く。

「趙兵がやって来た。どうしてこれを退けようか」

すると副将の張湧が言う。

「彼奴らはいま来たばかりで、我々はまだその手の内を知りません。拙者がまず討って出てこれと一戦し、その腕前をたしかめてのち、改めて策を立ててはいかが？」

頤明がうなづくと、張湧は五百をひきつれ、関をひらいて出、両者あいまみえて名乗りをあげ、戦うこと五十余合、張湧の気力はなえしぼみ、馬もつかれたので、馬首を返して逃げようとする。蒲公亮はこれをのがさず、追いすがってまた数合たたかうが、張湧はまたしても次第に受け立ちになり、やがて張湧は蒲公亮の一刀を、まともに胴に受け、大地を血に染めて死んだ。

蒲公亮、さいさきのよい一戦を飾って営にもどれば、張湧の残兵は、ようやくのがれて関に入り、頤明に、張湧の討死と敗戦を報告する。頤明はびっくりしてとび上がる。右将軍の林高は言う。

「敵軍は甚だ強く、これにまともに当たったら、い

たずらに損害を出すだけです。したがって、ここは関をとざして一、二カ月間かたく守り、その動静を見た上で改めて対応策を立てる方がよろしい」

頤明、これをもっともとし、部下に命じて徹底的に守りを固めることにした。

翌日、劉弘祖は、またもや蒲公亮に命じて討って出させる。緒戦の勝利に気をよくした蒲公亮は関の下まで行って盛んに挑戦したが、関門はピタリと閉ざされ、だれも出て来ないばかりか、声で応じる者さえいない。公亮は仕方なく兵を引いて空しくもどる。こうして数日が過ぎた。劉弘祖は次第にいら立って侯有方に相談すると、有方は言う。

「元帥、そう急がれるな。あと数日もすると、関は我が手に落ちましょう」

「何が計略があるのか」

すると有方は弘祖の耳に口をよせて何ごとかをささやく。弘祖の顔がパッと輝く。そして、ひそかに王子春を呼んで命令すれば、王子春は心得て出て行き、準備にとりかかる。

翌日、関将の頤明が、閉ざされた関の中にあって林高と話合っていると、軍士があわただしく入って来て報告する。

「関の外に一人の将軍がやって来ました。甲冑を脱ぎ捨て、後に数十両の粮秣をつんだ車を従え、元帥に降伏したいと申しております」

頤明、これを聞いてしばらく考えていたが、ややあって言う。

「いつわりの降伏かも知れぬ。すぐに入れてはならぬ。わしがじきじきに楼上にあがって、よく見きわめた上で、本当とわかったら入れてやろう」

そう言って楼上に上がってみると、なるほど、一人の将軍らしい男が、身に寸鉄も帯びず、平服で馬にまたがって立っており、その背後には数十両の粮秣車がひっそりと停められている。従う者もみな便衣であり、伏兵らしい姿もない。そこで頤明は安心して関の中に入れ、軍士に命じて、その車を運び込ませる。その将軍らしい男は平伏して言う。

「拙者は王子春、劉弘祖麾下の運粮軍官ですが、かの劉弘祖は賞罰に不公平で、えこひいきが多く、拙者は常に羞しめを受けております。そこで暗主を捨てて明君につきたく、いつわりでない証拠に趙軍の兵粮五万石を奪って手みやげとし、降伏して参りました。ねがわくは元帥、お情をもって降をおゆるし下さい」

頤明はこれを見て少しも疑わず、扶け起こして酒を与え、劉弘祖の軍中におけるありさまをたずねると、王子春は答える。

「弘祖は用兵には巧みですが、虚勢を張りすぎるし、年齢も若く、夫人を陣中にともない、万事に粗略で細心でなく、夜はいつも諸将と痛飲し、よっぱらって眠ってしまうため、元帥がもし大兵をひきいて夜襲をかけられれば、備えをおこたっている趙軍は、苦もなく撃破できましょう。拙者が道案内をします」

頤明は大よろこび、

「もし成功したら、その方を重く賞してつかわそうぞ」

王子春は、ありがたく拝謝する。頤明はそこで将兵を点検し、馬にはすべて枚《ばい》をふくませ、王子春を前隊長として夜半ごろ、一斉に関を出て弘祖軍の塞にしのび寄った。

ところが、白河夜船のはずの趙軍の塞は空っぽで、人っ子一人いない。頤明、

（しまった。はかられた！）

と、あわてて逃げ出すと、たちまち起こる鬨の声とともに、無数の兵馬が四方から湧き起こって殺倒して来た。頤明は諸将とともに手足のおくところを知らず、防戦しながら血路を切り開いて逃げ出し、関下まで来て「開門」と叫んだが、門はピタリと閉ざされたままである。驚いて見上げると、楼の上に夜目にもしるく映じたのは、何と趙の旗ではないか。その旗の下に立つ一将が、いぶかる頤明を見下ろして叫ぶ。

「拙者は段方山、劉元帥の命を奉じて、貴様らの留守中に、この関を頂戴いたした。いつまでも間抜け面をしていないで、早々に降参せい」

計にはまって関を奪われたと知った頤明は、

「われあやまてり。もはやこれまで」

と叫び、剣を抜いて自ら刎ねて死んだ。それと見た関側の諸将は、戦意を失って四方へ逃げ散る。逃げる敵軍を追った趙軍は、やがて関におしよせて、段方山が開いた関の門をくぐって続々と入城、弘祖は元帥府に入って、まず人民安撫の布告を出し、同時に倉庫を

開いて点検し、今回の勝利のキッカケをつくった王子春をあつく賞した。そして翌日、姚仲弋を守将として残し、余はあげて前進を開始した。

しばらく進むと、いよいよ洛陽の入口にさしかかった。そこで令してそこに駐屯し、晋陽からの稽有光らの軍の到着を待ち、両軍合体して一挙に洛陽へ突入することにした。まさに事態は大詰めである。

さて、その稽有光らの軍は、趙王とわかれて晋陽を発したのだが、その数は勇兵十万、猛将二十一人、全軍を次のように三つに分けた。

第一隊　呼延晏、桐凌霄、聞人彦、沮蒙、渠遜

第二隊　稽有光、袁玉鑾、松庵、石宏

第三隊　烏桓、李高、崔賓佐、跖跋珪

全軍、粛々と進めば、旌旗は飄々、剣戟は林のごとく、通過するところ少しも犯さず、山に遇えば馬に乗って越え、河に逢えば舟で渡り、行くことしばらくして大河にぶつかった。聞けば通天河という。見渡したところ、一艘の舟もないので、稽有光は兵士に命じて橋を架けることにした。

兵士はそこで石を運び、木を伐り、橋を架け始めた。

すると、河の真ん中に一陣の怪光が起こって木石をとばし、作業中の兵士の頭といわず腹といわず打ちかかる。みんな、一体なにごと？　とびっくりしていると、続いて一陣の黒風が吹いて来たと見る間に、波がさわいで一人の怪物があらわれた。

上には赤とも白ともいえぬ奇妙な戎衣を着て、頭には三角帽子をいただき、双股の尖刀を手にし、憎々しげな面がまえをしており、兵士に打ってかかる。兵士は敵しかね、バラバラと逃げもどって稽有光に報告すれば、有光、

「それはまた奇っ怪な。水中からとび出したとすれば、さだめし水精の妖怪に違いあるまい。だれか引っとらえる者はいないか」

すると桐凌霄、呼延晏の二人が進み出て言う。

「拙者らにおまかせあれ」

有光がうなづくと、二人はそれぞれの得物をひっさげて馬にまたがり、河岸に到ってみると、怪物は岸にあがって人を食っているではないか。二人は大いに怒って得物をかまえ、どなりつける。

「おのれ妖怪め、もはや赦してはおけぬ」

277　王弥ら三将，ついに降伏し，いよいよ大詰めの洛陽攻防戦へ

妖怪は口もきかず、手にした双股の尖刀をかざして斬ってかかる。二人、おう、と刀をふるって戦うことしばし、怪物は敵わぬと見たか、河の中にとび込み、それっ切り、いくら待っても出て来ないばかりか、兵士がせっかく作った橋をメリメリとこわし始めた。陸上にあっては万夫不当の勇士の二人も、河の中では手が出ない。仕方なくもどって稽有光にそれを報告すると、有光は言う。

「こんなことでは、いつまで経っても河は渡れぬ。ここはひとつ法術に頼るほかはなさそうだ」

すると、そばにいた右丞相の陸松庵が口をはさんだ。

「わたしがひとつ、やってみましょう」

有光がまだ何とも言わぬうちに、司徒の袁《えん》玉鑾《らん》が進み出た。

「お待ち下さい。わたくしに一計がございます」

「どんな計略で?」

「わたくしはいつぞや、劉元帥のもとへ使いに参りましたとき、郝魚という勇猛な黒魚の精と戦って、これをとらえたことがあります。わたくしはそれをもらい受けて以来、いつも身近かに置いておりましたが、今回の従軍にあたり、何かの役に立てば、と思って持って参りました。それを放って妖怪を捕えさせる。つまり水怪をもって水怪を制するわけです」

有光、これを聞いて大喜び、さっそく玉鑾に命じると、玉鑾は行李の中から、くだんの黒魚の入った壺をとり出して、黒魚を手に持ち、まじないをして、水を口にふくんでその頭にプッと吹きかけると、黒魚はたちまち威風りんりんたる将軍と化し、狼牙棒を手に、烏騅にとびのって河岸めがけて駈け出す。

くだんの水の妖怪、これを容易ならぬ相手と見たか、これまた水からおどり上がってやって来、河岸で大立ちまわりが始まった。戦うことしばし、水妖の刀さばきは次第に乱れ、遂に黒魚の狼牙棒をまともに受けて地上に倒れ伏し、みるみる姿を変じた。見ればそれは、なんと劫をへた大エビであった。勝った黒魚は、魚の姿に変じて河にとび込んだかと見ると、ほどなく竜と化して舞いあがり、趙軍の頭上を一まわりしたのち、大空たかく昇って行ったのであった。

こうして当面の難は去った。そこで有光は架橋工事の再開を命じる。兵士らも安心して作業に精を出したので、橋はほどなく出来上がり、全軍は一せいに渡河して、また山を越え、谷を渡り、日ならずして洛陽界に達した。

だが、劉弘祖の軍が、どこに駐屯しているかわからないので、斥候を出して、それを探らせようとしていると、前方から馬をとばして一人の武将がやって来て、有光のまえにとびおりて一礼した。見れば巡哨遊撃の王湊である。劉弘祖の命令で、このあたりを遊弋《ゆうよく》しながら、稽有光軍の到着を待っていたのだという。有光

「劉元帥はいつごろこちらに来られたのか。いまどこに駐屯しておられるのか」

「半月もまえに到着され、いま、ここから五里(三、三キロ)ほどのところにおられ、副軍師が見えたら、一緒に攻城について協議しようと待っておられます」

そこで稽有光は、王湊に道案内させ、馬にムチ打って急ぎ、営中に入って久々に弘祖に面会する。

「副軍師、しばらくであったな。それにしても到着が少しおくれたようだの」

「実は……」

と有光は、水妖にさまたげられたことを物語る。そうこうしているうちに、有光側の本隊も到着して、全軍は久しぶりにまた一つになり、諸将はそれぞれ、肩をたたいて再会を喜び合う。最も喜んだのは、鳥桓と夢月の父娘であったが、そのあと、夢月は陸松庵と袁玉鑾の二人を後営につれて入り、女同士のおしゃべりを楽しんだのであった。

諸将も、一別以来の話は尽きない。その夜は無礼講で大いに飲み、くらい、語り合ったのであった。

その夜、宴はててのち、正副軍師の侯有方と稽有光の二人は、弘祖の召しに応じて、三人でこれからの洛陽攻めについて入念な検討を加えたのち、翌朝、敵情偵察をかね、石季竜に討って出させることにした。季竜は命をかしこまり、夜明けとともに出て行く。

そのころ晋朝では、懐《かい》帝はすでに亡く、朝廷では新帝を擁立した。新帝は西晋最後の帝で、呉王の司馬晏《あん》の子、武帝(司馬炎)の孫で、号して愍《びん》帝という。その前日早朝、諸官の拝礼をおわったあと、奏事官の奏種が奏上した。

「陝州はすでに敵の手に落ち、賊は長駆して来襲しつつあり、汜水関、通天河もすでに破られたので、洛

陽に到るのも、もはや時間の問題と見えます。陛下、すみやかに兵を出して敵に当たらせられませい」

愍帝、なみいる朝臣に対して、

「だれかよく兵をひきいて出撃し、都の急を救う者はいないか」

と朝臣を見渡せば、百官、だれも頭を上げようとはしない。しばらくして太宰の司馬越が進み出て言上する。

「臣、不才ながら陛下と憂いをともにいたしましょう」

愍帝はこれを嘉納し、ただちに御林軍三万を与えて出征させることにした。越は久しく望んでいた兵権を手中にし、いま愍帝の全幅の信任を得たのに感激し、ただちに宮門を出て練兵場に到り、三万の羽林軍を点検して、祁弘《きこう》と主智の二人を左右の先鋒に任じ、明朝の出発を命じた。

翌朝、越は肥馬にまたがり、総大将の軍容もいかめしく、旗をなびかせて洛陽の門から押し出したところ、前方には土ぼこりが天に冲し、おびただしい兵馬が殺到して来ているのが判った。よく見ると、その先頭には「前軍大元帥石」と大書した旗が立てられ、その旗の下には、威風さっそうとした気鋭年少の武将が馬を駆っている。

それと見た司馬越、兵馬を展開させ、祁弘に突撃を命じると、祁弘、うけたまわって馬腹を蹴って突出し、大声でどなる。

「あえて皇城をさわがす不忠、不とどきの妖賊め、名を名乗れ」

「われこそは趙軍前軍大元帥の石季竜なり。われらを阻まんとするその方こそだれだ」

祁弘はこれに答えず、刀をふるって斬りかかる。石季竜、蛇矛を軽々とふるってこれに応じ、両人あい戦うこと五十余合。勝敗は容易にはつかない。祁弘、心中に一計を案じ、馬腹を蹴って逃げ出せば、石季竜、いつわりの逃走とは知らず、しめたとばかり後を追う。季竜が間もなく追いつこうとしているのを察した祁弘は、うなづいて手にした大刀を投げ出し、かくし持った硬弓をとり出して、鉄の矢をつがえ、ふり向きざまに季竜に射かける。季竜、思いもかけぬ戦法をかわし切れず、左ひじを射られて痛さにたえかね、馬の首に

281　　王弥ら三将，ついに降伏し，いよいよ大詰めの洛陽攻防戦へ

しがみついて逃げ出す。司馬越はこれを見て喜び、

「いまぞ、かかれ」

と部下をはげまし、季竜軍を大いに破った。

石季竜はこうして負傷し、ようやく自陣に逃げもどったものの、たくさんの死傷者を出したので、弘祖に会って敗戦を報告して、

「これすべて拙者の罪、何とぞ然るべく罰していただきます」

と言うと、弘祖は微笑した。

「勝敗は兵衆の常、その方の罪ではない。しかも緒戦に敗れたぐらいでクヨクヨするな。しばらく休息しておれ」

季竜は中に入って傷の手当を受ける。弘祖は出て来た侯有方、稽有光の正副軍師に、季竜の敗北を告げると、有方は言う。

「季竜が敗れたとはいえ、敵はホンの怪我勝ち、奇計を出さねばならぬほどの相手ではありません。さらに何人かの猛将をくり出して戦えば、勝てぬことはありますまい」

弘祖も、その通りだと思ったので、翌日、慕容庵、呼延晏、赫連勃々、蒲公亮に計三万の兵をひきいさせて出撃させ、洛陽城塞のまぎわまで進ませた。

こちらは司馬越、第一戦で石季竜をうち破ったので大いに意を強うし、ただちに愍帝に緒戦の勝利を報告すると、帝も大いに喜んで金花表札を下賜し、その勇を賞した。

一夜が明けて、また戦いが始まった。まず趙軍の中からとび出して来たのは、双金筒を手にした呼延晏である。前日、季竜を撃破して意気あがっている祁弘、これを迎えてまた突出し、庵と二十余合たたかう。祁弘の刀技はいよいよさえ、丁々発止と斬りむすぶこと、さらに百余合、なかなか勝負はつかない。

そのうちに祁弘、太刀風するどく斬り込めば、慕容庵はよけようとして馬から落ちかかる。折りから突進して来た蒲公亮に扶けられて姿勢を立て直した庵は、気力をとり返し、蒲公亮とともに祁弘に打ってかかり、その一打を祁弘の左肩にあびせる。祁弘、思わず馬上でのけぞるところを、すかさず蒲公亮の一刀が胸元を貫き、祁弘は血をほとばしらせて落馬し、果てた。

と、晋軍の中から、もう一人の将軍が走り出て来た。

右先鋒の王智である。槍を構えて突っ込んで来るのを見た赫連勃々、これを迎えて斬り結ぶ。勝負はなかなかつかないと見えたとき、勃々いつわって逃げ出せば、王智は、逃がしてなるものか、と追いにかかる。それを見た呼延晏、勢いするどく脇から襲いかかって、気合もろとも一鞭をあびせると、王智は頭をしたたかに打たれ、これまた落馬して、乱軍の中に踏みつぶされて死んだ。

先鋒の二将を討ちとられた太宰越、怒りにふるえながら宣花斧をふるって自らとび出して来た。

「うろたえたか太宰越、総大将が軽々しく自ら血戦をいどむようでは、このいくさ、貴様たちの負けと知れえ」

と呼延晏は笑い、少しもさわがず相手になっているところへ、慕容庵、赫連勃々の二人も駆けつけて来たため、越も急に臆病風が出たと見え、背を向けて逃げ出す。三人は馬首をならべて、これに追いつき、慕容庵の簡がまず越の脳天を打ちくだく。越は脳を割られ、脳漿をほとばらして果てた。

総大将が討ちとられたのを見た御林軍は、すっかり志気を沮喪し、趙軍にさんざんに打ち破られて、死者その数を知らず、残兵はあわてふためき、こけつまろびつ四散した。趙軍の追撃突入を恐れてか、城門は閉ざしたため、わずかの者が入っただけで、大半の敗残兵は中に入れない。ただ四方八方へ逃げのびるだけであった。

御林軍大敗の悲報は、ただちに愍帝にもたらされた。帝は驚愕し、文武百官を召して、

「だれでもよい。討って出る者はいないか」

と、いら立たしげに諸臣を見渡したが、みなうなだれて押しだまったままである。

「だれもおらぬのか、朕とうれいをともにする忠臣は」

と再び叫ぶ。そこへ、

「恐れながら」

と一人の大臣が進み出た。

一五　趙軍、洛陽を降して晋陽に戻り、石珠は王位を弘祖に譲って隠遁

諸臣が黙ってうなだれている中から「恐れながら」と声をあげたのは、余人ならぬ琅琊王の司馬勤であった。

「臣は敗戦の将ながら、いま洛陽が賊の猛攻を受けて危機にひんしているさまを坐視することはできません。もしお許し下さいますならば、再び矛をとって戦い、君恩にむくいたく存じます」

聞いた愍帝は喜んだ。

「そなたの忠誠心により、賊徒は必ずや撃退できるであろう。成功のあかつきには恩賞は思いのままぞ」

司馬勤はそこで鉄甲軍三万をひきいて討って出る。それを知った劉弘祖は侯有方に相談を持ちかけた。

「司馬勤の奴、性こりもなく、また出て来おった。こんどはだれをやるか」

そばにいた稽有光が口をはさむ。

「諸将はみな彼と戦ったことがありますが、拙者にはありませんので、今回はぜひこの拙者を」

弘祖が承知すると、有光は虎に乗り、大刀をひっさげて出て行く。司馬勤は兵馬を展開させ、有光に向かって叫ぶ。

「賊将、名を名乗れ」

「趙軍副軍師の稽有光。その方は琅琊王の司馬勤であろう」

「わしの名を知りながら、なぜ敢えて向かって来るのか」

「いつぞやの惨敗の大将の面が見たくて出て来たのだ」

痛いところを衝かれた司馬勤、逆上して突っかかる。有光、これを受けて戦うこと三十余合、勝負はなかなかつかぬ。然らば、と有光、すきを見て懐中からとり出した鉄の如意を空中にほうり上げれば、如意は司馬勤めがけて落下する。司馬勤あわてて身をかわそうとしたが及ばず、それをしたたかに脳天に受けた。

落馬はまぬがれたものの痛さに耐えず、そのまま自陣に逃げもどったが、痛みはとまらない。仕方なく城内の自邸に引き上げたが、痛さはいよいよつのり、その日の夕刻、遂にはかなくなってしまった。かつて老人に如意で脳天を打たれた夢を見たが、それが正夢となったのである。

だが、天は彼の一家を見捨てなかった。その子がのちに江南に建国した東晋の元帝になったことは、前に述べた通りである。

司馬勤の死を聞いた愍帝は、

「朕は無二の忠臣を失った」

と嘆いた。すると大司馬の王偉が、

「琅琊王はいまや亡しといえども、都にはなお人傑がおります」

と言って涼啓宗を推した。この男はもと鎮国将軍であったが、罪を得て罷免され、洛陽の自宅で浪居していたのである。

愍帝も同意し、急ぎ勅書をしたためて啓宗のもとに使いをやると、啓宗も喜んでこれを受け、直ちに参内して帝に拝謁する。帝は大元帥総督諸軍事に任じ、羽林軍二万と、武芸の達人、徐徳と韋応祥の二人を左右の先鋒として与え、出撃させた。

その報は城内に入れておいた忍びの者によって、いち早く弘祖にもたらされたので、さっそく正副軍師に相談する。

「涼啓宗は罪を得て野にあったとはいえ、稀代の名将、どう対処するか」

「たとえ何十人の涼啓宗が出て来ようとも、我には勇将猛将雲のごとしです。恐れるに足りません」

と稽有光が力強く言い切るので、弘祖も安心して呼延晏、桐凌霄、崔賓佐、聞人彦に命じ、それぞれの部下の精鋭をすぐって戦いをいどませれば、涼啓宗またこれに応じて突出し、両軍の間に死闘が展開された。

そのさまはといえば、

――金鼓しきりに鳴り渡り、殺気は天に冲し、旌旗は五彩に分かれて空にひるがえる。幾千幾万の剣戟は林のごとく、激戦の中に神は吠え、鬼は哭く。槍刀は密に布き、地は暗く天また昏し。人は雄叫び、馬またいななく。叉は鳴り、鼓また響き、人をして感奮興起せしむ。大いなる殺陣は黄昏《たそがれ》に及び、惨々たる金烏《きんう》（太陽）また墜ちんとすれども、両軍の間になお勝敗なく、いまだ兵を休《や》めることを肯《がえ》んぜず――

こうして両軍、激闘混戦することしばし、趙将の聞人彦、いよいよ威武を発揮して開山斧をかざし、勢いするどく迫って晋軍の右先鋒の徐徳を馬の下に斬りさげれば、桐凌霄らも一斉に兵を駆って晋軍に殺到する。

晋兵、その威に恐れ、勢いに押されて続々と退き、晋軍の左先鋒の韋応祥、また呼延晏の一刀をあびて討死する。

こうなっては涼啓宗、もはや単槍独馬、どうして敵対できよう。趙兵に四面をかこまれてしまったが、必死になってその囲みを破り、血路を開いて逃げ出し、城門にとび込んで門を閉じさせ、城壁の上から石を雨あられのように投げ落とすため、城壁近くまで殺到した趙兵も、攻めあぐんで遂に軍を返した。

聞人彦と呼延晏は、それぞれ伐った徐徳と韋応祥の首を弘祖に献じ、崔賓佐、桐凌霄また奪った無数の兵器、甲冑を呈すと、弘祖はこれを激賞して諸将の功を記帳させる。

弘祖はついで侯有方、稽有光と相談して攻撃を中断させ、二十万の総勢をあげて洛陽城に対する最後の総攻撃準備をさせることにした。

一方、城内に逃げ込んだ涼啓宗は、直ちにひとりで愍帝に謁して泣く。

「臣の国に不忠なるにあらず、まことに兵力の不足のせいでございます。とはいえ、敗戦は敗戦、臣をお罰し下さい」

「いやいや、これもすべて天意であろう。そなたの罪ではない」

といって、帝も泣き出したが。いつまでは泣いておられぬ。大司馬の王偉に城壁を固く守らせ、一面、城内に詔して軍兵をつのったが、応じる者はわずかに千余人。これでは仕様もないので、片っぱしから人民を拉致して、やっと一万余人を集め得た。その一面、大急ぎで石火矢や火箭をつくり、また火薬局に命じて一種の大砲を製造させ、母子砲と名づけて城壁の上にならべさせた。

こちらは劉弘祖、まとめ上げた攻城計画に従って全軍に令し、鉄桶の包囲陣を作って力攻めにすることにした。ところが城壁の上に何やら妙なものがあらわれ、近づく趙軍めざしてブッ放すために、兵馬の殺傷は数知れないのには弱った。

そこで弘祖は令して雲梯を作らせ、それにのぼって城内に攻め入らせようとしたが、これまた母子砲に撃たれて、兵士の大半は死んでしまった。

看官的《みなさん》、この母子砲というのは一体なんだと思し召すか。これは一箇の大砲の中に、たくさんの小砲があるので、こう呼ぶのである。その勢いは甚だ強く、ために城内への突入は九日もおくれてしまった。

弘祖が思いなやんでいると、副軍師の稽有光が言う。

「拙者に思案があります。しばらく城のかこみを解いて二十里（十三キロ）ほど軍を下げるのです」

弘祖と有方、いずれも判ったと見えて大きくうなずき、ただちに令して軍を下げた。

それを見た城中では各城門を開いた。しばらく城門を閉ざしていたので、生鮮食料品などが不足していた。そこで城民は争って城外へ買い物に出かけた。これが稽有光の付け目だったのである。

二、三日たって有光は、まず王弥と呼延晏の二人を呼んで言う。

「ご両所は飛脚に扮してほしい。そして南門から軍政府へ行き、その前あたりにかくれていて、もし兵馬が討って出ようとしたら、やっつけてほしい」

二人は、うけたまわって去る。有光、ついで石季竜、段方山、慕客庵の三人を呼んで言う。

「貴公ら三人は秀才に扮して北門から入り、元帥府の近くにかくれていて、もし涼啓宗が兵を率いて出て来たら斬ってくれ」

三人も承知して出て行く。ついで季高、蒲公亮の二人の番である。

「お主らは関西の商人に扮し、東門から入って、門のそばの旅宿に入り、休んでいて、城中に何か動きが起こったら、直ちに東門を内側から開いて我が軍を導き入れてもらいたい」

ついで夢月を呼んで言う。

「夫人は陸丞相、袁司徒と女性三人で百姓女に扮し、西門から入ったところにある蓮真道観という尼庵に、香を献じるふりをして入り込み、休んでいて下さい。そして城中に争乱が起こったら突出して下さい」

夢月ら三女性も出て行ったのを見とどけた稽有光自身も、放浪中の道士のなりをして、ひょうひょうと南門から入って行った。

以上の者たちは、みなふつうの民の身なりをしていたため、城門を守る兵士も、それとは気がつかず、いずれも帰城する城民にまざって無事入城し、指示された場所に潜伏した。

その夜半、大方の者が寝しずまったころあい、突如として、

「趙兵が押しよせて来た」

という火急の知らせ、王偉、ただちに城壁にのぼって兵士に命じ、母子砲をブッ放そうとしたところ、たちまち一人の道士が駈けあがって来て、王偉に斬りかかる。王偉、びっくりはしたものの、これを受けて戦うこと二十余合、王偉の力足らず、道士、すなわち稽有光に斬り伏せられる。城壁の上の兵士たちは、大将が討たれたため、たちまち大混乱におちいった。

城内に潜伏していた組のうち、まず王弥と呼延晏、城壁の上に混乱と悲鳴とが起こったので、手早く甲冑に着換え、刀をつるし、軍政府の前からとび出して、稽有光と一緒になり、出てくる将兵を相手に斬り結ぶ。

蓮真道観にひそんでいた夢月ら三女性も、城中にさわぎが起こったのを聞いてとび出し、これまた当たるを幸いに斬りたおし、なぎ伏せる。

涼啓宗、城中の乱を見て三千の鉄騎をひきいて元帥府を出、石季竜ら三人と渡り合ったが、敵し得ず、蛇矛を胸に受けて絶命した。

一方、蒲公亮と季高もまた旅館からとび出し、東門を開いて自軍を招けば、待ちかまえていた趙軍は、潮のように城内に突入して、先に入っていた諸将の掌握下に入る。

看官的《みなさん》、洛陽は天下の都、こんなにもやすやすと敵軍の入城を許すはずはない、と思われるかも知れないが、趙軍の策があまりにも水ぎわ立っており、その行動が疾風迅雷であったためである。いや、時の勢いというものかも知れない。

趙軍の突然の入城に、城民はあわてふためき、泣き叫びながら右往左往し、逃げ出す者もいる。戦いの常とはいえ、あわれであった。

さて、王弥と呼延晏の二人は、まっさきに朝廷に進んで愍帝をさがし求めたが、どこへ行ったのか行方がわからない。間もなく劉弘祖と城内を掃蕩し終えた諸将とが続々と集結すれば、参集して来た文武百官のうち、ただちに降伏する者、印璽を返して引退を申し出る者、自害して果てる者など、さまざまであった。

弘祖はそこで全軍に令し、無用の殺傷と略奪とを禁じる一方、安民の布告を発し、同時に、皇帝の司馬氏

の一族を探索して、その勦滅《そうめつ》をはかったが、夫人の夢月が進んで言う。

「わたくしがかつて司馬冏にかどわかされたとき、琅琊王に救われ、かくまっていただいたことがあります。それが妙な縁となって、あなたと結ばれる結果となりました。いってみれば琅琊王は、間接的ながらわたくしたちの縁結びの神でございます。どうか王のご家族だけは助けてあげて下さい」

「王にはご子息があるそうだが、そなたの言う通り、決して危害は加えまい」

そこで直ちに、琅琊王府をさわがすことのないように命じ、かつ、その子が琅琊職にあることを許した。その子がのちに東晋第一代の元帝になったことは、すでに幾度も述べた通りである。

弘祖はついで米粟庫を開いて将士に賞賜し、さらに宮中の宝物を運び出して車にのせた。趙王石珠に献上するためにである。そして宮殿をすべて焼き払い、聞人彦をとどめて洛陽を守らせることにし、吉日を選んで軍を晋陽にもどすことになった。

こうして二十余万の兵馬は、意気揚々として晋陽めざして凱旋の途につく。兵馬の足なみは軽く、その心もまた軽い。日ならずして晋陽に帰着、あらかじめ報告してあったので、趙王石珠は、城門外までこれを出迎える。諸将は馬からおりて地上に拝伏、全員は金鑾《らん》殿に入り、改めて拝賀して戦勝を報告、趙王は令して錦のしとねを与え、諸将をそれに坐らせる。

諸将の中に一人の玉の肌、玉のかんばせ、美しいこと限りない女将軍がいることを目ざとく見つけた趙王は言う。

「劉元帥夫人の夢月であろう」

「恐れ入りました。さようでございます」

と夢月が頭を下げると、趙王は立ち上がって自ら夢月の手をとり、自分のそばに坐らせて諸将に言う。

「元帥以下、諸将のご苦労、まことに礼の申しようもありません」

と会釈すれば、諸将も、

「これひとえに王のご威光のゆえでございます」

と答える。趙王はさらに弘祖に言う。

「洛陽はいかがでしたか」

「洛陽の人民は懦弱、風景山水、また晋陽に及びませぬ」

と前置きして、稽有光のはかりごとによってこれを破ったこと、愍帝が行方不明であること等をこまかく奏上し、地図や目録を献上したが、その中に次のような書付けがあった。

晋国を計開するの物件
宮錦万端、竜衣千幅、珍味百石、翡翠千箱、珊瑚千樹、琥珀千枚、黄金千万、白金千万、犀帯千圍、玉帯千圍、金盆百面、玉盆百面、沈香十車、象牙十車
趙王は弘祖以下の諸将に対し、金銀、犀帯、玉帯などを手あつく褒賞し、兵士をねぎらい、五人の女将軍にも、それぞれ珊瑚、金盆、玉盆などを気前よく与え、ために宝蔵は空になってしまうほどの大盤ふるまいとなった。

そのあと、例によって戦勝祝賀の大宴会が開かれ、諸将、心から戦塵を洗い流して痛飲したのであった。

翌朝、改めて諸将を召して封爵を加え、全員がよろこんで前を退くと、黄門官が奏上した。

「朝門外に一人の道士が来て、王さまに面会を乞うております」

趙王、だれかにわかには心あたりはないが、とにかく会うことにすれば、道士はほどなく入って来て、君臣の礼もとらず、ただ手をこまねいただけで軽く一礼して言う。

「珠々、しばらく。健固であったか」

石珠、よく見ると久しぶりの呉真人だったのにびっくりし、急いで王座からおりる。

「お師匠さま。お久しぶりでございます。いままで、どこにいらっしゃったのですか。きょうはまた、どんな風の吹き回しで」

「いやいや、そなたも元気で何よりじゃ。きょうは実は、少々そなたに耳の痛いことを言いに来たのだ。というのは、わしははじめ、そなたに天書をさずけ、神霄子を輔佐してことに当たれ、と命じたはずなのに、そなたは自ら王位について俗世のことに恋々とし、本来の仙女の面目を失ってしまった。まことにそなたのために惜しいことだ。しかし、わしは、そなたを見捨てはせぬ。そなたにもう一回、仙女にもどる機会を与えようと思って、わざわざやって来たのだ」

293　趙軍，洛陽を降して晋陽に戻り，石珠は王位を弘祖に譲って隠遁

石珠はもとより道根のある女なので、これを聞いて自らを恥じ、かつ悟るところもあったので、呉道人の前にひれ伏して言う。

「お師匠さまのお導きがなければ、本当に堕落してしまうところでございました。ありがとうございます」

そのころ、諸臣はまだ朝廷に残っており、呉礼と石珠のやりとりを耳にして、心配してやって来た。中でも呼延晏は叫ぶ。

「王よ、お待ち下され。我ら粒々辛苦して、今日やっと天下を定めましたのは、まさに君臣ひとしく富貴を願えばこそ。それをなぜ、この道士の言を聴いて急に遁世なさろうとするのですか。そんなことなら、いっそ天下を晋朝に返して、我らも一せいに退散した方がましです」

呉礼はこれを聞いて微笑しながら石珠に言う。

「そなた、たくさんの人殺しをしたため、俗世とのきづながなかなか切れそうもないようだの。いま直ちに遁世せよといってもムリのようだから、万事を片づけて恵女庵にもどっておいで、三年たったら昇天させてやろう。わしは、きょうは帰る。早く来るのだぞ」

そう言い終わると、清風と化して去った。石珠はそこで弘祖に王位をゆずる。弘祖もやむなくこれを受けて登極し、漢王となった。引き継ぎをすませた石珠は、冠や飾りをはずし、道服に着換えて出て行こうとすると、袁玉鑾と陸松庵も同じ服装に着かえて言う。

「わたくしたちもお供して修道しとうございます」

石珠はよろこんで承知し、養子の石勒を弘祖にあずけ、女三人は馬にまたがって出発した。弘祖以下の諸将は、名残りを惜しんで晋陽城外まで見送り、涙ながらに別れを告げたのであった。

石珠らが、ほどなく発鳩山のふもと、恵女庵に入ってみると、青松翠竹、浄榻《とう》（寝台）明窓、あたかも人がいて毎日掃除をしていたようにキレイで、キチンとととのっている。三人はよろこんで中に入り、ホッと一息つく。これまでの心身のつかれも全くぬぐったようにとれたのに、三人は驚いた。

以来、おこたりなく身をおさめ、心を養うこと三年ののち、神仙が迎えに来たので、三人うちそろって玉峯洞に入り、仙人となった。

さて、漢王となった劉弘祖、石珠の養子の石勒を封じて趙国公とし、烏桓を国丈太師として晋陽城中に太師府を設け、夢月ともども孝養をつくすことにする。さらに侯有方を護国軍師に、稽有光を鎮国軍師、左丞相陸静、右丞相柘跋珪、王弥、聞人彦、赫連勃々、蒲公亮、沮蒙、渠逊をいずれも王に封じた。

さらに石季竜、段方山、慕容庵、呼延晏、桐凌霄、姚仲弋、崔賓彜佐を侯とし、李雄、符登、桓彜、費廉、烏宣武の五人を伯に、王子春、王浚を殿将軍にしたが、兪魁、兪仲、兪李の三兄弟は封爵を辞退して故郷に帰りたいというので、これをゆるして黄金千両、彩緞百端を与えて帰らせた。

ほどなく夢月は太子を生んだ。そのとき宮中には光が満ちあふれ、瑞気がたなびいた。生まれた子は秀美で常の赤ん坊と異なっていたので、漢王弘祖は大いによろこび、即日、天下に大赦を発して秋糧夏税各三分を免じ、劉曜と名づけた。長じて石勒とともに国事をはかることになる。

やがて春となり、漢王が群臣に宴を賜うたとき、漢王はゆくりなくも、父母がまだ平陽におり、十年も会っていないことを思い出した。そこで石季竜と段方山に命じ、香車、宝馬に二十余人の内臣をつれて迎えにやらせることにした。ほどなく平陽についた二人、たずねたずねて、やっと員外郎の家を探しあてた。

折りから員外郎夫婦は家にいたので、二人はくわしく仔細を物語ると、老夫婦は夢かとばかりによろこび、仕度もそこそこに晋陽へと旅立つ。漢王はそれを迎え出、久しぶりで親子相擁して嬉し泣きしたのも、もっともな話。

ところで老夫婦は、とるものもとらずに、急いで旅に出たため、家の方の整理が残っていた。そこで改めて石季竜に、その仕事を頼む。季竜は承知してまた平陽へ出かけ、諸事をとどこおりなくすませて、いざ帰ろうというとき、ふと思いついて近くの道観へ出かけてみた。

すると、その西廊で泣き声がする。見れば五十ぐらいの婦人と、二十ばかりの娘とが、棺にすがりついて泣いているではないか。ところが、その娘というのは、

——美しきこと珠玉のごとく、眉は春山に似、目は秋水に同じく、涙は香をうるおし、おとがいは却っ

て梨花に似たり――

という美型である。見た季竜は思わず目がとろけ、心がゆらいだ。

（こんな美人が世の中にはいるのか。わしも戦いに明け暮れること十年、ようやく九死に一生を得て平安な日々を迎えることができたのだが、気がついてみると、戦さにかまけて、まだ定まった妻がいない。もしこんな美人を得て妻にすることができたなら、どんなにしあわせであろう。だが、この女もとしごろ、約束した男がいるかも知れぬ。道士なら知っているに違いない）

そこで中に入ってたずねると、道士は言う。

「あれは裴《はい》使君の妻と娘です。使君は晋陽の人ですが、清廉な官吏で、曲ったことが大嫌い、おかげで貧乏ばかりしていましたが、お気の毒にも、昨年亡くなられました。使君には親戚もなく、残された未亡人とお嬢さんの困窮ぶりは大変なものでした。きょうは一周忌なので、ああやって詣っておられるのです」

「あのお嬢さんには決まった人がいるのか」

「まだです」

それを聞いた季竜は内心喜んだ。

「わしはまだ独身、何とか仲立ちしてはもらえまいか」

「よろしゅうございますとも、将軍、あの一家も喜ぶことでしょう」

道士も季竜の立派な人柄、身なりを見て、安心して仲に立つことを承諾し、未亡人のもとへ行って言う。

「奥さま、あの将軍が何やらあなたに、お話したいことがおありとか」

未亡人は石季竜のところへやって来たが、その間に娘は家に帰る。未亡人の話のあらましは、さっき道士に聞いた通りだが、

「拙者は石季竜、年は二十七、漢王の臣。目下独身中」

という季竜の自己紹介に対して、

「わたくしは謝氏で、夫の使君は昨年、五十歳でなくなりました。娘は鳳美と申して今年十八歳で、まだ定まった方はおりません」

という。謝氏の話によれば、夫は死に際して、なきがらを故郷の晋陽に運んで葬ってほしいと遺言したが、

一周忌の今日、貧乏のために遺言に従えないでいるのを、孝心あつい鳳美が悲しみ、亡き父に申しわけながって泣いてしまったという。

「将軍さまは幸い晋陽の方、もし母子を助けて亡夫の遺体を晋陽までお運び下さいますなら、こんなうれしいことはございません。その上、娘をめとっていただけるのなら、もう願ったり叶ったりでございます」

季竜は、こうもうまく話が運ぼうとは夢にも思っていなかったので、天にものぼる嬉しさ。

「とはいえ、この拙者に、あのように美しいお嬢さまのムコになる資格があるでしょうか」

と一応、謙遜してみせると、未亡人はあわてて手をふり、

「とんでもございません。わたくしどもにとっては、もったいないお話です」

「それはかたじけない。それでは、とりあえずこれを」

と言って季竜は、母娘の晋陽までの旅費と柩の運搬代には余るほどの金を謝氏に渡し、

「晋陽に帰ったら、盛大な婚礼をあげましょう」

とつけ加えると謝氏は、

「晋陽の西門内の滴水牌楼のわきに、わたくしどものあばらやがございます。ぜひお越し下さいませ。首を長くしてお待ち申上げております」

季竜、こうして、思いもかけず美人を手に入れることになったので、心は浮き浮き、仲立してくれた道士に厚く謝礼して平陽を出発、晋陽にもどって、まず漢王に復命をすませ、西門内の母娘の家をたずね、改めて娘の鳳美の意向をたしかめさせると、娘には異存はないとのことであった。

翌日、参内したところ漢王のもとには慕容庵、段方山もいた。漢王は言う。

「そなたら三人は、みな青年で、今日すでに功をなしたのに、なぜ結婚しないのだ」

石季竜は待っていましたとばかり進み出て、先日の平陽での一件と、近く式をあげることになっていると告げると、漢王はうなづいて慕容庵と段方山に言う。

「みろ、そなたたちがマゴマゴしているから季竜に先を越されてしまったではないか。そなたたち、女性は嫌いか」

「いいえ、ただ機会がなかっただけで……」

「さもあろう。女性を獲得するのは、戦場で敵の首をとるようなわけには参らぬからな」

二人がヘドモドしながら頭を下げると、漢王は笑いながら言う。

「そんなこともあろうかと思って、わしは内々に考えておいた。いま朝にある謝蘭玉と賀玉容の二人は、女徳も才色も人なみすぐれている。この二人を、そなたたちにめあわせたい。わしが仲人になってやる。ただし、玉容は年長なので、当然、方山ということになる。それから、ついでといっては何だが、季竜の結婚も、仲人はわしがやる。三組一ぺんに、わしの前でやれえ」

三人は有難くお受けして退く。漢王は欽天監に命じて吉日を占わせると、その月の十五日がよい、と奏上する。

十五日が来た。三組の新郎と新婦は、漢王の媒酌によって盛大な華燭の典をあげる。方山と庵とは相手をよく知っているので問題はないが、それでも日ごろ見ていた美しさに輪をかけた美貌ぶりに、びっくりするやら喜ぶやら。季竜に至っては、先日、平陽でチラと見かけたばかりなので、その日の美しさには卒倒せんばかり。有頂天になったのも無理はあるまい。

翌日、三組の夫婦は改めて参内して漢王に礼をのべれば、漢王は、たくさんの品を引出物として与え、三日間、盛大な祝宴が開かれた。

漢王は温厚かつ賢明、人民ことごとくその業をたのしみ、文字通り、吹く風は枝も鳴らさぬ泰平の世となった。

段方山、慕容庵、石季竜の三人は、いずれも夫婦仲むつまじく、それぞれたくさんの子をもうけ、三家は親戚同様の交わりを結び、ともに富み栄えたという。めでたし、めでたし。

（了）

訳者略歴

寺尾 善雄（てらお・よしお）

1923年（大正12年）岡山県生まれ。作家、中国文学研究家。東京外国語学校（現東京外語大学）中国語部文学科卒業。岡山日々新聞社、産経新聞東京本社、秋田書店に勤務。1987年（昭和62年）没。著訳書に『水滸後伝』、『後西遊記』（以上、秀英書房）、『中国文化伝来事典』、『中国故事物語』、『漢詩故事物語』、『宦官物語』（以上、河出書房新社）、『三国志物語』（光風社出版）、『諸葛孔明の生涯』、『知略の人間学』『貞観政要に学ぶ』（以上、三笠書房）ほか多数。

後三國演義 第二版

（『三国志』後伝）

2023年2月25日　第1刷発行

訳　者　寺尾善雄

発行者　瀬戸起彦

発行所　株式会社 秀英書房

神奈川県川崎市麻生区上麻生 6-33-30　〒215-0021

電話　03-3439-8382（お問い合わせ）

https://shueishobo.co.jp

装　丁　タカハシイチエ

印刷所　歩プロセス

製本所　ナショナル製本

ISBN978-4-87957-149-6